韩小蕙 杨建业 主编

2023
东城故事

故宫以东的律动

作家出版社

这就是

我们东城的日常生活

这也是

我们云起云飞的巨变时代

这亦是

我们身临其境的散文的律动

主编简介

韩小蕙，1982年毕业于南开大学中文系。光明日报社首位领衔编辑。中国作家协会全委会委员、散文委员会委员。中国散文学会副会长。北京东城作协主席。南开大学文学院兼职教授。出版《韩小蕙散文代表作》《协和大院》等30余部个人作品集。主编出版当代中国历年散文精选等70余部散文集。

全国五一劳动奖章获得者。全国妇联先进个人。韬奋新闻奖获得者。国务院特殊津贴专家。1994年入选伦敦剑桥国际传记中心《世界杰出人物大辞典》。

作品获中国当代女性文学奖，郭沫若、冰心、老舍、汪曾祺散文奖，三毛文学奖，刘勰散文奖，《美文》报人散文奖，以及北京文学奖、上海文学奖、天津文学奖等。新闻作品《太阳对着散文微笑》和《90年代散文的八个问题》等系列文章，对20世纪90年代中国兴起的散文创作热潮起到第一预报和重要推动作用，被写入中国当代文学史。新闻作品《陕军东征》对上世纪90年代陕西省长篇小说创作起到重要宣传和推动作用，被写入中国当代文学史。

2003年应美国国会图书馆邀请，成为新中国首位在该馆演讲的作家和编辑，并获美国国会图书馆推动文化交流奖等。

杨建业，全国文化和旅游系统先进工作者，北京市先进工作者，北京市宣传文化系统"四个一批"人才，研究馆员，中国作家协会会员，北京市东城作家协会副主席兼秘书长，发表出版有长篇小说《有女人作伴的日子》《成长欲望》《穿过城市的风》《不可饶恕》等，《技艺》《前门和前门的传说》《前门传说》《北京扎燕风筝》《民间崇文》《都一处烧麦》等多部文化专著，编导《捽出一片天》《前门人家》《工匠的天空》等多部非遗题材原创话剧。

目 录

卷首语

韩小蕙

以前每到春节前夕，看到同事们大包小裹地忙活着采办年货，然后喜滋滋踏上回老家的旅程，我内心里就充满了羡慕——我却是无处可去的。从我们老韩家的上辈子起，家族就整体移民北京了。我是在京城里出生、京城里长大的；更详细说，是在北京东城区协和医院出生的，是在北京东城区外交部街胡同长大的，后来工作单位又在北京东城区崇外大街磁器口，我可说是一个彻彻底底的北京土著。但想不到自己竟成了一个"没有故乡的人"——某年某月某日，某家出版社要出一套10卷本的"故乡散文丛书"，主编邀我也写一本，我就写了生我、养我、哺育我成长的北京，结果却让我彻底蒙圈，那家出版社死活不认，非说"故乡"指的是乡土，城市不能算"故乡"。

我把这件事讲给一位作家兄长听，他哈哈大笑，当即驳斥道："小蕙你傻啊，北京怎么不是你的故乡？谁敢说城市不能算故乡？"

是啊，我浑身上下滚过一阵电流，全身的热血都被点醒了：就是，就是，我的故乡就是北京啊！

兴奋！荣幸！幸福！

谁不爱自己的家乡呢？从呱呱坠地，到首生华发，是北京把我一口一口地喂养大。从孩提时代的各种傻各种幼稚各种可笑，到今天继续演绎着各种体验各种感悟各种故事，新情旧爱，喜怒哀乐，北京始终是慈爱的母亲，用她温暖的大胸怀搂抱着我。她看着我欢笑，听着我歌哭，警示我的危难，包容我的不堪，度我的一切苦厄。北京是我的生命之根，她永远是我肉身的平台，是我灵魂的泊地，是我精神境界的冉冉升起的太阳！

当然，北京不仅仅是我个人以及几百万老北京人的故乡，也是无数新北京人的故乡，现在每天都有成百上千新北京人出生在北京，他们的"籍贯"已经不再是父母双亲的老家，而是自己的出生地"北京"了——具有三千年建城史、八百年建都史的北京，就是由一代又一代来自五湖四海的移民们筑造和建设起来的，长江后浪推前浪，一代新人变老人，先来后到皆兄弟，北京都是咱的家。

还有，北京也不仅仅是咱们个人的家个人的故乡，咱们可别把她说"小"了——北京是矗立在当今地球上的一座国际化大都市。她的像航天火箭一样往前冲锋的时代感、流金溢银般的现代感和后现代感，都直指世界之端。她是世界的北京，也是全中国的北京。

北京就是坐落在这个宏大叙事的位置，显示着她辉煌的存在。

当下北京的一个重点工作，是"北京中轴线申遗"。十来年的筚路蓝缕，随着方方面面工作的推进，已呈现出了有序进展，也越来越加快了步伐，越做越精细，越做越完善，越来越深入民心了。

风里雨里，花里叶里，经过大张旗鼓的宣传，北京人没有不知道这项工程的了，也都在为申遗成功作出一己的奉献。

让我们颇为自豪的是，东城作协在这点上是一直走在前列的，因为我们的副主席兼秘书长杨建业同志，长期工作在京城非遗岗位上，他对中轴线申遗一直持有非常积极的推动热情。东城作协受了他的感染，近朱者赤，也就领了风气之先，加上地利之便，便义不容辞地把"助力中轴线申遗"作为协会全年的一项重要工作，热火朝天地干了起来。2022年我们在东城区委宣传部和文联的支持下，以全本《东城故事》形式，出版了东城会员的申遗散文作品专集《中轴线盛世情缘》，得到全市各层领导和同仁的广泛好评。今年我们东城作协乘势而上，聚焦"文化东城"，围绕"一轴、两区、五带、五城"文化格局，有关领导亲自拟定选题，早早地敦促我们组织会员采访、写作，便又有了这部《故宫以东的律动——2023东城故事》。大风起兮云飞扬，紫气东来写华章。

我看见天安门广场上的金色阳光。我看见紫禁城内的春华秋实。我看见皇史宬里的新故事。我看见漫步前门的游客熙熙攘攘。我看见王府井的时尚在快速流动。我看见南锣鼓巷的今昔变迁。我看见角楼图书馆里的明亮灯光。我看见胡同博物馆内的中外观众。我看见颜料会馆、临汾会馆、台湾会馆和曹雪芹故居纪念馆里正在唱大戏。我看见家门口的老百姓自编自演文艺节目。我看见善缘书舍里盲人们正兴高采烈地听书。我看见东三里河居民在街道花园内休憩嬉戏。我看见昔日的京城皇家粮仓在演绎历史。我看见京城老字号稻香村的日新月异。我看见亢慕义斋根据原貌被重新修复。我看见北大红楼被青年学子们崇拜瞻仰。我看见中法大学的红色大门又轰然洞开。我看见人艺大剧场和小剧场在同时上演新戏……

我听见鸟儿在树上啁啾歌唱。我听见绿叶和花儿在喁喁私语。我听见杨树柳树在咔咔生长。我听见猫儿狗儿在欢快地喊叫。我听见风儿在拍抚一只蝴蝶。我听见两只蚂蚁在传递消息。我听见河水在拍打堤岸。我听见太阳在驾车前行。我听见老屋在哼唱旧歌。我听见动车在高速奔跑。我听见苹果和梨子在树上荡秋千。我听见炊烟在送出红烧肉的香味儿。我听见快递小哥在紧张中喘息奔跑。我听见学子们在读写吟诵。我听见超市里的商品在快速轮转。我听见成千上万个二维码在欢乐地蹦跶。我听见飞机在飞。我听见云儿在飘。我听见体育馆里的跃闪腾挪。我听见各个战线上的劳动者们在艰苦奋斗、顽韧不息、咬紧牙关、不舍不弃，豁出命来为好日子挥汗如雨……

这就是我们东城的日常生活。

这也是我们云起云飞的巨变时代。

这亦是我们身临其境的散文的律动。

2023年9月8日于北京燕草堂

中轴
新风貌

我心目中的大前门

韩小蕙

　　说起北京的大前门，与鼓楼、景山、故宫、天安门、人民英雄纪念碑同样，是中轴线上的重要标志。并且由于它的古老、特别是充满了人文市井气和人间烟火气的存在，在老北京百姓和新北京人心中，都具有着不可取代的巨大影响力。

　　整个儿大前门地区，金玉之地，祥瑞之域，雍容华贵，国色天香，从元代、明代、清代到民国，直至新中国华丽的74年历史，迄今已有六百年高寿，早就演变成为中华民族的国家象征、文化象征和精神象征。

　　作为一个土生土长的北京人，我对前门的称呼，从来都是随着北京百姓们的叫法，不称"前门"，也不称"正阳门"，而称之为"大前门"。仔细回头寻去，我的爱戴大前门，一直在内心里给它留着一个无可替代的位置并把它当作自己生活中的一部分，好像已经找不到明确的滥觞了——也许在于儿时吃到了从它那里买来的几颗糖炒栗子？也许在于旧时印在记忆中的那一张张浅灰色调、素雅端庄的大前门烟盒？也许在于那是去往大栅栏的必经之路？也许在于它是老北京的象征，到处都能看到它巍峨的图片？

1982年大学毕业后，我进光明日报社工作，从此和大前门的关系就一下子密切了起来。那时报社还在旧址前门外虎坊桥，我家住东单，于是正阳门就成为我上班路上的一大里程碑。我特别喜欢前门大街上的气氛，那是老北京人都感到亲切的一条著名商业大街，却非常平民化，热闹，悠闲，貌似平淡而又充满生活情趣。常常地，我会飞身越过月盛斋酱肉铺、华孚钟表店、庆颐堂药店、一条龙羊肉馆、盛锡福帽店、公兴文化用品店、祥聚公饽饽铺……轻盈地把自行车停在中国书店门口，进去买上一本书；然后再绕到大街后面的廊房几条里，去食品店、杂货店里逛逛，买上点儿好吃的，再买一两个稀罕的小物件。

最让我忘不了的是，有一天黄昏时分，我下班回家，沿前门大街从南向北骑行。经过了前门五金店、亿兆百货商店、普兰德洗染店、老正兴饭庄、便宜坊烤鸭店、天成斋饽饽铺、通三益果品海味店……慢慢地，正阳门远远地出现在视野里面了。正是初夏傍晚，天空十分晴朗，太阳还没有完全隐身地平线，余晖的金光宛如千万个油画家一起作画，正把浓墨重彩涂抹在渐渐暗下去的大片大片云朵上面，染得它们彤红瓦蓝珠紫靛青，千般热烈万端壮美，就像电影幕布上的经典画面。一大群一大群的雨燕，也许有几百只、上千只，组成了一支支合唱大军，高声鸣唱着，拍打着翅膀，围绕在正阳门城楼周围，环飞绕翔，载歌载舞，撒着欢地追逐嬉闹。看着它们自由欢悦的小样儿、疯样儿，嘴角上不由得漾起长长的微笑。

突然，我的心像被谁点醒了似的——我猛然感受到了正阳门城楼的东方古典建筑美！

你看，它灰色的城墙是多么朴素而又多么刚正、庄严。你看，它三重屋檐的线条是多么简洁而又多么华美、高贵。你看，它的大屋顶是多么不事张扬，简直与遍及神州之内的大大小小宫殿、庙宇、楼台亭阁没什么区别。但它的国字号气度在、精气神在，就在气度上显示出高者苍天的大气象，巍然尊然，境界非凡，犹如一头东方醒狮般昂首啸天……

都传说北京天坛高九丈九尺九寸，因为是拜祭天地祖宗之庙，天为大，所以最高。正阳门高九丈九尺，比天坛低了九寸却又比故宫勤政殿高了九尺，因为它是国门，天底下为尊的就是国家。而勤政殿虽是皇上办公的地方，比起天宇、祖先和国家，君为轻，所以最矮，是为九丈。我查过资料，这传说，其实属百姓心愿、文人杜撰，但我还是特别愿意附会。我的体悟是，中国古建筑经过历朝历代的历练和传承，到了元明清，不仅美学运用已经炉火纯青，尽呈一派庄严、雄伟、美观、大气；而且内蕴丰厚，博大精深，概藏政治、经济、文化、哲学、宗教、天文、地理、社会架构、人际关系……的各种元素，真是一辈子、几辈子也学不完！而我以前，大概是年轻时深受外国文艺的影响；或者是身在福中，满眼皆中国风而不知其宝贵，所以一向偏爱西洋宫殿式建筑而不太喜欢中国的楼、台、亭、阁，包括园林、水榭、装饰等等。比起西洋由石头、铸铁、玻璃钢等元素所堆砌出来的热烈，我老觉得中国的草木建筑显得单薄，也过于淡然。

可是，我的顿悟突然就被大前门点醒了。因为就在那天，我突然发现，晚霞中的正阳门是那么厚实、壮美，它的古朴造型，它的大屋顶、平檐角、矩形城墙，比起周围的任何现代建筑，甚或放开望眼，包括一环、二环、三环、四五六环之内的所有钢筋水泥大厦、所有玻璃钢后现代大楼，都显得庄重，静穆肃穆，宁静致远，自有一种无可比拟的高贵内质。我被震撼了，以前的自己，怎么就没发现这种中国大美呢？

回到家，我赶快翻资料，读到如下介绍：

北京前门为正阳门城楼与箭楼的统称，是在元朝丽正门的位置上建起来的，系北京城中轴线天安门南端的重要建筑之一。正阳门箭楼始建于明正统四年（1439年），建筑形式为砖砌堡垒式，城台高12米，门洞为五伏五券拱券式，开在城台正中，是内城九门中唯一箭楼开门洞的城门，专走龙车凤辇。箭楼为重檐歇山顶、灰筒瓦绿琉璃剪边。上下共四层，东、南、西三面开箭窗94个，供对外射箭用。箭楼四阔七间，宽62米，北出抱厦五间，宽42米，楼高24米，门两重，前为吊落式闸门（即千斤闸），后为对开铁叶大门。

清乾隆四十五年（1780年），道光二十九年（1849年），箭楼两度失火被毁。清光绪二十六年（1900年），八国联军攻入北京，箭楼被焚毁。1901年开始修缮箭楼，1906年竣工。1915年为改善内、外城交通，政府委托德国人罗思凯格尔改建正阳门箭楼，添建水泥平座护栏和箭窗的弧形遮檐，月墙断面增添西洋图案花饰，1916年竣工。改建后，正阳门瓮城月墙及东西闸门被拆除。

我还看到了新中国发行的第一套人民币伍佰圆钞图片，其正面中央，端正印的就是旧时的正阳门城楼图案，能被选为第一套人民币图案，说明了大前门的重要性。还有更辉煌的一页，1949年2月3日，中国人民解放军曾在此举行了盛大的入城式。而在此前中国现代发展史上，它也曾经展示出自己的雄姿：1928年，一批爱国人士为了抵制洋货，发展中国的实业，曾在前门箭楼上建立起国货陈列所，展示祖国的传统工艺品和手工业品，包括丝绸、棉布、工艺品、陶瓷、食品等，百姓闻讯，纷纷前往参观助阵，每天参观者络绎不绝，轰动了全城……

却原来，自己从小就熟悉得像祖父似的大前门，自己天天从此经过的大前门，还有着这么波澜壮阔的历史！自己真是只知其表，不知其里，枉称"大前门"的北京人了！

从此，便自觉地多了一些对大前门以及周边区域的观察、了解和思考。

说来，过去北京有"贵东城，富西城，穷崇文，贱宣武"之说。我个人认为，如果说天安门、故宫、景山、地安门、东单西单……周边一片是正统中国雅文化代表区域的话，那么前门外一代就是市井文化的天下。"市井"，《现代汉语词典》释为"街市，市场"，本属中性词，然因有好事者在其后缀上了"小人""之徒"等字样，就被沾上了轻蔑之意，久而久之，约定俗成，"市井"也就变成了印象中的贬义词。其实原来的老东城区内，也存有不少市井之地，比如老东安市场，我小时候最爱的就是那里。在整个商场的穹窿式顶篷之下，一个一个歇山顶式的小棚子间，即是一家挨一家的小店铺。每家都悬着一顶瓦亮瓦亮的大灯。从大人的齐腿根儿处斜着堆上去，就是装满了各种糖果、点心、小吃，还有各式各样好玩意儿的柜台。售货员就站在或坐在一旁，有顾客的时候就做买卖，没顾客时便抄起个大鸡毛掸子在人们的头顶上比比画画，神气得像乾隆皇爷。那时的东安市场可真是名副其实的"街市，市场"，从早到晚人流不断，热闹非凡，人声鼎沸之中，光看着听着就能咂摸到无限的甜香味儿，真是具有无边无际的吸引力——可惜如今，那些亲民的商铺及和善的售货员，早就被豪奢耀眼的后现代派大玻璃柜台冷冷漠漠地驱逐了，那深入心田的甜香味儿，也早已风流云散啦！

再说，前门外也不仅仅是市井文化的天下，全北京城最浓墨重彩、最有书香墨香的去处，谁能否认是大前门以西的琉璃厂？同样因为热爱，我当年最经典的上班路线，即东单—崇文门—大前门—琉璃厂—虎坊桥。只要时间允许，我就会绕进琉璃厂的小胡同里盘桓一番，哪怕什么都不买，光念念"荣宝斋""汲古阁""海王邨"那些大匾，就既养了眼也养了心，像刚充满了电的手机，精神满满地上班去了。古人云"近朱者赤，近墨者黑"，外国谚语"上珠宝铺不如进书店"，百姓俗话"跟着戏班耍猴，跟着先生吟诗"，说的都是这回事。因此儿（er重音），我有时候突然就会发起奇想、遐想、臆想、瞎想，不知道在"市井"后面，能不能改缀"墨香"二字，那么前门外的市井文化，也就能增加上浓厚的书卷气内涵了，是吧？

况且，我供职的单位光明日报社，也为提升前门地区的文化含金量和文化声誉，作出了全国人民甚至全世界不少人都知道的卓越贡献。我们是中国第一知识界、文化界大报，我们的学术专刊和文化副刊是全国最高的媒体学术殿堂，自创刊肇始就以传播最新文化和科技知识为己任，数十年来哺育的读者不止千千万万，为国家的文化积累不止山高水长，是真正大文化者。现在搬到了大前门以东的磁器口，还在距离前门的一箭之地，还在中轴线的区域之内，还在继续演奏着大前门的辉煌乐曲！

当然，无可回避的是，前门地区也有糟粕，市井文化也有相当下三滥的内容，而且古今都不少。清末多的是提笼架鸟、游手好闲的八旗纨绔子弟，还有麻衣神相、坑蒙拐骗的地痞流氓；民国时有了八大胡同的老鸨、妓女、嫖客，有了光着脊梁、随口国骂的膀儿爷式人物；解放后也还有血口喷人、撒泼耍横的泼皮无赖，也还有气人有笑人无、欺软怕硬的虎妞式悍妇，也还有不讲道德、占人便宜、爱生事伤人的地了排子和胡同串子……但近年来我已明显感觉到，随着社会文明教育和文化程度的不断提升，老北京人和新北京人，无论是在说话用语还是在行为方式上，都进步很快，明显变得"有文化了"。特别突出的例子是，大街上很少看到光着脊梁、随口国骂的膀儿爷了，也很少听到难听的吵骂声了，代之而来的是北京人对中轴线申遗的期盼与自豪。

现在，随着北京中轴线申遗步伐的加快，大前门地区发生了巨大的变化，比如新天桥演艺剧场的建成与日益火热，台湾会馆的落成、东城三里河居民公园的奇异变迁……我虽然不再天天沿着老路线走过大前门，但我还是衷心爱戴着它、关注着它、惦记着它，就像爱我的老人与兄弟姐妹——这是血浓于水的亲情。

（作者为中国作协全委、北京市东城作家协会主席）

我从天安门前走过

李培禹

　　生在北京，长在北京，有谁没有从天安门前走过？然而我要说，我可能是从天安门前走过次数最多的人之一。小时候，家就在与北京站一街之隔的南小街的一条胡同里，儿时的小伙伴们打打闹闹，一溜烟儿就上了长安街，奔了天安门。大学毕业后分配到北京日报社，社址就在东长安街边上，从新闻大厦办公室的玻璃窗西望，王府井、南池子、天安门，近在眼前。从1982年8月来到报社报到算起，三十多个寒暑，一万余个工作日，我都是披拂着长安街的晨风上班，沐浴着天安门的晚霞下班。尤其是在日报总编室做夜班编辑有四五年的时间，那可说是在长安街上度过了一个个不眠之夜啊。

　　想起1974年春天，我在北京二中高中毕业，离开京城去了顺义谢辛庄插队，成了知青。国庆期间正值村里"三秋"大忙，我在农田里度过了第一个离开家、离开亲人的国庆节。这天收工后已是秋月如水，我扒拉了几口饭，就写起诗来。今天还能记得有这样激情的诗句：

我开着隆隆的拖拉机耕地

仿佛是迈着正步从天安门前走过

为什么能记住这两句？因为我曾把这首"诗"寄给了大诗人臧克家先生，臧老一如既往地给我回了信，鼓励我："有的句子不错。"他在我的诗稿这两句的下面用钢笔画了连续的圆圈圈儿。瞧，当农民的时候不想家，想的是天安门！

我爱北京天安门，自然也爱长安街上我供职的报社。自打报到那天起，我就开始了在长安街上当记者、编辑的生涯，直到前几年退休。我的报社同事们虽然也是每天上班都要经过东西长安街，但他们也许比不了我与长安街的缘分——我与这条"中国第一街"的新闻之缘。

有些事今天看来无足轻重，可在当年发生的瞬间，那就是大事，从历史长河的角度看，记录下它们就是记录下历史。试举几个我亲身经历的"独家新闻"吧。

上世纪记不清具体是哪年哪月哪天了，《北京日报》一版刊登了一条醒目的新闻《天安门广场将成为花的海洋》。消息中透露："今年国庆期间，市园林部门将用十万株鲜花装点天安门广场，届时，天安门广场将成为花的海洋。"今天看来，这算什么新闻呀？况且只有十万株鲜花，现在每逢五一、十一等重大节日，天安门广场摆放鲜花的数量都在百万盆之上，甚至十里长街皆花海！可在当年，发出这条新闻并非易事。我是在参加市农口的一个会议上，从一堆文件资料中发现这一线索的,但当时一位主管领导明确告诉我,这个不要报道。我不便争执,便等到会议结束那天,市主要领导来参会,我把按惯例写好的会议消息直接送这位领导审阅,同时把已准备好的"鲜花稿"也附上了。"主稿"顺利通过,领导满意地签字:"可发。"拿起第二条"附稿",他看到"天安门广场将成为花的海洋"的标题,竟眼前一亮,顺口说出:"好!"但他并未签字,说:"小李啊,天安门前无小事,这个方案刚报上去,中央还没有批复,就不报了吧。"此后我一直盯着这事儿,终于等到了市领导秘书打来的电话。稿子早写好,核实无误,《北京日报》抢发了这条"独家新闻"。当天的中央人民广播电台《新闻和报纸摘要》节目、第二天的《人民日报》都摘发了。显然,在那个年代这确实是一条抢眼的"新闻"。

转眼到了1995年,我已离开记者一线,到编辑岗位上任职。然而毕竟算是个"京城老记","新闻"那根弦还在心里绷着。初冬的一天傍晚,我又一次从天安门前走过,忽然发现西长安街上电报大楼的塔钟有些异样,细观察,啊,这座老钟增添了"秒针"在运行。一秒一动的绿色荧光秒针,一下拨动了我心里的那根"新闻弦"。我觉得我有义务把它告诉北京市民,我有责任把这条消息首发在自己的报纸上。采访并不顺利,一些曲折不再赘述,直到联系上具体施工的山东烟台塔钟厂,才算完成了这条仅有几百字的新闻稿。我还记得那天报社值夜班的是副总编辑蔡赴朝,老蔡也是记者出身,他一眼便看出这是一条有意思的本市新闻,当即说:"明天见报,争取上一版。培禹辛苦了!"

1995年12月10日，《北京日报》一版发表了我的"业余"新闻作品，老蔡还让编辑把它列入了"新闻精品擂台"栏目。这篇新闻还能搜索到——

"中国第一钟"悄然进入"第三代"（引题）

电报大楼塔钟添秒针鸣响（主题）

本报讯 昨天清晨6时整，随着电报大楼塔钟上的秒针精确的跃动，悦耳的报时钟声回荡在长安街上空——北京又迎来了一个新的黎明。

细心的读者也许注意到了，素有"中国第一钟"称誉的北京电报大楼塔钟，历史性地拥有了"秒针"，而成为世界上目前唯一一座带秒针的大型塔钟。

电报大楼顶部的塔钟是1958年在周恩来总理的关怀下，由当时的民主德国制作投入运行的，1979年经上海电钟厂维修更换过一次，它曾为共和国的多次重大庆典鸣响过历史的钟声。历经岁月沧桑，现塔钟的走时、报时、照明都已落伍，更换塔钟已迫在眉睫。"第三代"塔钟在保证外观不作变动的前提下，由山东烟台塔钟厂进行了精心的"心脏置换"，采用了该厂在国际上领先的TZ-F6塔钟子母钟系统，可高保真报时和播送乐曲，用使用寿命在10万小时以上的近20万支发光二极管取代了原来易损的172根日光灯管，使嫩绿色的指针和刻度在夜晚显得更加柔和而亮丽。由于整个计算机系统具有故障的自我诊断、报警、维护等功能，塔钟在无人值守的状态下，每分钟可自动校时一次，做到了与北京时间同步。

据悉，由于"第一钟"地处长安街的特殊位置，更换后的塔钟是否增添秒针，是否采用烟台塔钟厂这一在国际上独领风骚的新技术，须逐级上报。很快，有关部门批准了带秒针的方案。于是，"第三代"塔钟伴着一个新时代悄然诞生了。

我所在的"长安街上的报社"——北京日报社，2022年10月恰逢创刊70周年华诞。我忽然想起一首军歌："十八岁十八岁，我参军到部队……生命中有了当兵的历史，一辈子也不会感到后悔！"我真想给这首歌改一下歌词："生命中有了当记者的历史，一辈子也不会感到后悔！"

让我说说党报记者生涯中最难忘的一次"我从天安门前走过"吧。

那是1984年，新中国迎来35周年国庆。中央决定隆重庆祝，首都将举行盛大阅兵仪式和群众游行；国庆之夜，天安门广场还要举行20万人参加的盛大的联欢晚会。报社举全社之力投入了国庆报道工作。日报编辑部成立了两个前线报道组，一个负责白天阅兵和群众游行的报道，一个负责国庆晚会的报道。任命通知下来了，白天组组长由已是部门主任的资深记者刘霆昭担任，我的名字列在组中。晚会组组长由我担任，组员是两位经验丰富的老记者，一位还是部门主任。我去找报社领导，一定是搞错了！当时主管国庆报道的副总编辑唐纪宇乐呵呵地说，没错，你写完白天的部分稿件，统筹国庆晚会的稿子。老唐说，这次国庆报道，中宣部只给北京日报批了三个记者证，白天的两个，叶用才（摄影部主任）、刘霆昭去；晚会的只有一个，文字、摄影就交给你了，责任重啊！

我这个刚分到报社两年，初出茅庐的年轻记者，就这样带着一份沉甸甸的责任，走向了天安门广场。

那是一个终生难忘的国庆之夜！我在稿件的开头写道："缀在西天的晚霞还没有退尽，天安门广场就汇集成欢乐的海洋。晚上七时整，联欢晚会拉开了帷幕。顷刻，广场上二十万男女青年同时跳起了集体舞。色彩斑斓、奇幻多姿的夜空下，青年们围成了一个个舞圈儿，欢唱着，雀跃着。"我从位于东单的报社一出门，就汇入了人们欢乐的海洋。一支支团队看到我胸前红色的记者证，纷纷打招呼，希望我能把他们写进报道中去，有人问："你能进入广场中央吧，你能见到胡耀邦、邓小平吧？""能！"我大声回应着，脚下的步伐变得欢快、轻松，一点压力也没有了。临近金水桥东侧，忽然听到有人喊着我的名字，哦，是我们北京日报社的团队！本来我也是其中的一员，也参加过几次集体舞的培训，立即被同事们拉进了跳舞的阵容。乐曲响起来了，那是我熟悉的云南民歌《阿细跳月》。正值青春，顷刻被那欢快、动听的旋律感染了，被那优美、激越的舞姿陶醉了。那是无数快乐的青年们在天安门广场拉起手，围成圈，尽情欢庆共和国生日的一个不眠之夜。集体舞是交错行进式的，一段乐曲结束，你的眼前就会出现新的舞伴的面孔。当时我觉得对面我们报社的女生一个个都像阿细姑娘般美丽。舞曲间歇，我有点卖弄地说，阿细跳月的故乡在云南红河哈尼族彝族自治州的弥勒县，她的名字叫可邑，我去过。"啊，真棒！"大家欢笑着。我问："今晚的报道做个什么标题呀？""难忘今宵天安门！""激动人心的国庆之夜！"……不愧是新闻单位的团队，我记下了一串儿好标题，每一个都发自内心。

"轰隆隆！"第一束节日礼花施放了，有点震耳，让人兴奋。我在见报稿中写道："七点五十分，节日的礼花腾空而起。第一束跃上夜空的叫'红连星'。在人们的欢呼声中，无数串乘着降落伞的红火球挂满节日的夜空。随后，五颜六色的连珠花'庆胜利'在'宫灯'群中欢唱着、升腾着、燃烧着。'万山红'和'红菊'竞相怒放，像是把晶莹璀璨的红宝石漫空播撒；金灿灿的'黄牡丹'、绿莹莹的'春风杨柳'以及'葡萄满园''瑞雪丰年'等争奇斗艳。首次在天安门上空出现的彩色激光，红、黄、蓝、绿的光束交织闪烁，变幻无穷。这一切，仿佛把狂欢之夜的人们带入了'天花无数月中开，五色祥云绕绛台'的仙境之中……"读了这段文字，可见我是提前做足了功课。国庆之夜，我还现场采访了集体舞的编导之一段世学，歌唱家蒋大为、德德玛，日本青年太刀川登等，我把他们从不同角度写进了新闻报道。有趣的是，我在欢乐的人群中认出了全国劳模朱伯儒，便和他合影，留下联系方式，作为今后的采访线索。

回到报社后，和我同组的两位老师辈儿的记者王振荣、张延军也已出色完成了各自的采访任务，我们配合默契，很快完成了整体稿件。送审，一稿通过。当晚，我们十几位记者都不愿离去，而是等到全部版面都下了清样，才陆续离开报社。

那是一个多么难忘的国庆之夜啊！

岁月荏苒，时光如梭，2009年来到了。报社决定举办一次以"我从天安门前走过"为主题的文学作品征文。作为征文活动的组织者，已是日报副刊部主任的我，写下了这样一则"征文启事"："在迎接新中国成立60周年的时候，我们怎能忘记与祖国共同走过的光辉岁月？我们的思绪又怎能不再一次从天安门广场出发，从天安门前走过？如果你想为祖国母亲唱一支歌，如果你与首都北京、天安门的经历值得记载，如果你情感深处的波澜需要倾诉，那么，来吧！请参加北京日报举办的'我从天安门前走过——新中国60华诞文学作品征文'活动。让我们把心中最美的文字献给伟大的祖国，也献给我们自己！"

今天，2022年的金秋，我从天安门前走过……

（作者为中国作家协会会员、北京市东城作家协会常务副主席）

在传说中延绵的北京中轴线

杨建业

一

北京中轴线被称为最美的一条城市中轴线，这条中轴线的横空出世来自于一个传说。

20世纪50年代成立的中国民间文艺研究会，对存世的民间文学进行过收集、整理、出版。民间文学也被称为口头文学，在文字没有普及的时代通过口耳相传一代一代地流传。同一段故事由不同的人讲出来，听着是一件事，但内容细节的差别显而易见。能够用出版的方式传播的民间文学，都是研究人员或是学者，通过田野调查得来，转化成为文字的。虽然这些书籍中收入的传说有些由于过度的文字转述，并不被一些专业人士认可，但由金受申所著，1957年在通俗文艺出版社出版的《北京的传说》一书所呈现的众多民间传说，至今一直是被作为研究北京民间文学的权威范本的。这本书中，就收录了北京城建城的相关传说。

传说，当年明成祖朱棣迁都北京，要建一座新的都城，便叫刘伯温和姚广孝来勘察地形进行设计。北京古称幽州，地上有多处海眼，常有孽龙出没，影响百姓生活。要在这个地方建一个江山永固的都城不是一件轻而易举的事情。刘伯温和姚广孝两位大谋士一筹莫展之际，哪吒化身为一个身着红衣的孩童，引领两个人随他行走起来。出自《封神榜》的哪吒具有大闹龙宫，给龙之子剥皮抽筋的法力，他来给刘伯温和姚广孝引路自有天意。两个人最终按照八臂哪吒的样子画出了北京城的架构。

建城的图纸有了，但北京城的位置还没有确定。朱棣问刘伯温怎么办。刘伯温向朱棣举荐了大将军徐达。北京这块地方当年就是徐达率领大军从元朝手中夺回来的，他又把自己的女儿嫁给了朱棣，是朱棣的老丈人。让他来选朱棣的都城位置，于公于私都说得过去。徐达接到皇命后，张弓搭箭，一箭从后门桥射到了南苑。这一箭飞过的路线就成为后来北京城的中轴线，也坐实了北京城的位置。

要讲北京中轴线的故事，从事非物质文化遗产的人肯定跟那些历史文物专家说的不一样。我1993年到原崇文区文化馆做创作员。开展民族民间文化遗产普查并将之精华融入当代文化建设，一直是文化馆的重要职能。2001年联合国教科文组织公布了第一批非物质文化遗产名录，2003年中国加入了非物质文化遗产保护公约。全国各地的文化馆是第一批集中进入非遗普查、申报和保护工作的人员。我们其实一直生活在非物质文化遗产的氛围中，只是此刻更明确了自己的身份。2020年，北京市文化和旅游局同北京出版集团联手打造《北京中轴线文化游典》，从16个不同方面挖掘、介绍北京中轴线的文化。其中非物质文化遗产那一本是我写的。人们常说，一个城市是靠记忆而存在的。非物质文化遗产一个重要的特征是——人与人之间的活态传承。只有这种传承，才能保持一座城市、一条街巷、一个院落，恒久并鲜活的生命力。

我们读武侠小说时，常常看到这样的描述：一个大侠走了，但江湖上一直流传着他的传说。而这个传说，让大侠成为一代一代人的精神支柱和行动目标。传说使历史不会远逝，传说给砖石赋予了生命。当我撰写中轴线文化游典《技艺》时，对中轴线上的非物质文化遗产再次进行了梳理。让我更加强烈地感觉到，北京中轴线名副其实就是一条由众多传说搭建、由众多传说延展的古都文脉。那些美丽、神奇，甚至有些玄幻的传说故事，使中轴线不仅以一栋栋恢弘的建筑存在大地上，更以无尽的人生智慧与生活信念渗透于人心中。

中轴线上最北端的钟楼和鼓楼，是元、明、清三个朝代的报时中心。它实际上在很多年里为北京城人们的作息服务，每天都存在于与生活有关的内容中。但对钟鼓楼这两座建筑，人们了解得并不多。以前是因为一般人难以进入其间，后来它又离开了人们的日常生活。外地的亲朋好友到北京，要问北京人那个钟鼓楼都有什么可看的，一般的人还很难明白地说出来。但关于那个铸钟娘娘的故事，大家还是可以讲上几句的。

说是当年钟楼上需要铸造一座大钟，发出的声音能让北京四九城的人们都听到。接了工程的大臣召集了全国著名的工匠，在钟鼓楼旁边的胡同里搭建了工坊一起来铸造大钟。经过几个月没日没夜的劳作，大钟终于铸造成功。大臣请皇上来验收。皇上听了钟声，大为恼怒。要求用黄铜重铸一口万斤的大钟。期限3个月，不能完成就全部砍头。被皇上责骂一通后，工匠们更加胆战心惊。任凭这些技艺娴熟的工匠们如何使力，铸钟炉里的铜水总也不能成型。工匠们都是一筹莫展。带头的工匠回家跟女儿说起这事儿，女儿也陪他一起掉泪。眼看皇上给的期限就到了，工匠们围在化铜炉前，嘴里念叨着这回只好等着皇上砍头了。这时，带头工匠的女儿来到了化铜炉旁，纵身一跃，跳进了炉子里的铜水中……后来，大钟铸成了。带头工匠的手中只留下了女儿跳进炉子时他抓在手中的一只绣花鞋。再后来，钟楼上的大钟每次敲响的时候，人们听那钟一声声发出的都是"鞋！鞋！鞋！"的音。老太太们就会叹气说："铸钟娘娘又要那只绣花鞋啦。"

在钟鼓楼旁边，留有铸钟厂和铸钟娘娘庙遗址。似乎在印证这个传说说的是件真实发生过的事情。

其实很多有地标类的大钟的地方都会有类似的故事。

传说是一个社会群体对某一历史事件或历史人物的公共记忆（万建中《民间文学引论》187页）。人民是江山，江山是人民创造的。北京城的人们用传说这种形式，将自己对城市建设的贡献、将奉献给中轴线的智慧，留在了历史的记忆中，留在了大地的回声里。

我也曾问过知道这个传说的老人们，为什么人们没有把这个传说故事落在钟鼓楼的建筑上，而是放在一个钟上？与那些高大巍峨的建筑比起来，一口悬挂在其间的钟还是有些微小的。老人们告诉我，当年是知道钟鼓楼，但那要走到跟前儿来才能看到这些楼子，可钟声几十里地外就能听见。你说，哪个知道的人多？

二

要说北京中轴线，有两种说法。一是从南往北，从永定门说到钟鼓楼。再就是由北向南，从钟鼓楼说到永定门。不论从哪头开始说，数到中轴线上最具市井气、最有老北京味道的地段，无疑是前门大街这一段。自明、清到民国，直至20世纪80年代改革开放前，这很长一段时间里，前门大街及其周边的大栅栏、鲜鱼口等街巷，都是北京人最时尚的消费场所，也是外地人来北京必到之处。说到这里面的传说故事就更多了。

同样是讲述传统工匠的故事，与钟鼓楼的铸钟娘娘用现身成就大业不同，在前门箭楼的有关传说中，展示的则是工匠的智慧。

传说，明朝最初建正阳门的箭楼时，上面并没有探出飞起的檐子。这天，皇帝前来视察，站在城门前一看，发现正阳门箭楼的楼顶没有像他期望的那样高大壮观，于是，龙颜大怒。限期一个月将正阳门箭楼的楼顶改建得高大气派，否则就要治造城楼官员的罪。造城楼的官员自己不会干活，只好去对干活的工匠们吹胡子瞪眼，让他们想办法。官员对工匠们说："你们要是想不出办法来，在皇上治我的罪之前，我先把你们一个个都杀了。"要在20多天里把已经造好的城门楼子给改造得又高又大，在那个年代可是一件比登天还要难的事。造城门楼子的工匠们凑到一块思来想去，翻过来掉过去地折腾，可还是想不出办法来。一个个地都垂头丧气，说只好等着皇上来治罪的时候，盼皇上开恩了。

正在他们愁得茶饭不思时，一个衣衫褴褛的老人端着个破碗走过来讨饭吃。他一再要求工匠们给他的饭菜里加点盐。正当工匠们感到纳闷时，老人突然消失不见了。有人猛然醒过闷来，说：加"盐"不就是加"檐"吗？那个老头准是提醒咱们该给城门楼子加个檐子，那样城楼子可就显高了。这么一说，大家都明白了。工匠们加班加点，赶在皇上规定的日子到来之前，给正阳门箭楼的顶子添加了一圈飞檐，使得箭楼一下子变得高大起来。到了一个月头上，皇帝来一看，原来不起眼的箭楼现在看起来高大了许多，龙颜大悦，重重地奖赏了造城的官员和工匠们。工匠们满怀感激地寻找那位老人却遍寻不得，这才悟出，那位老人必定是祖师鲁班爷显灵前来点化他们的。

这段传说叫"箭楼加盐"。

前门楼子最早出现是在明朝，明正统元年（1436）开始修建九门城楼，明正统四年（1439）完工。这中间有过几次损毁、几次复建。其中，对前门楼子影响最深的是20世纪初的那一次。因为以前的修复，基本都是照着老年间的样子和规矩来做，只有这一次修的时候，把前门楼子改了样子。而且，这个样子改完之后就保留了下来。这之后的很多年来我们印象中的前门楼子，就是这次修复后的前门楼子的样子。

这次改造是在1915年干的。当时，清政府已亡，社会进入剧烈的变革时代。袁世凯任大总统期间，为了缓解前门地区交通堵塞的状况，国民政府开始了对前门的改造工程。这件事由内务部长兼北京市政督办朱启钤主持。朱启钤采用德国建筑师罗斯凯格尔的设计方案，对正阳门进行了大刀阔斧的改造。

瑞典人奥斯伍尔德·喜仁龙1920年来到北京时，正阳门的改造已经完成。这位美术史学家、哲学博士，通过对北京老城墙的考察，留下了一本对后人来说非常重要的史料书籍《北京的城墙和城门》。在这本书中，他记录下了对当时刚刚被改造后的前门的印象。"瓮城城垣已完全拆毁，原来封闭的空地变成开放场地，雄阔的箭楼孑然屹立在这矩形场地的南端。……新平面规划的宗旨，在于疏通内、外城之间的交通，由于在城墙两旁修建了两条直贯南北的平行道路，并使之从城门两侧新辟的两个通道穿过，无疑使这一目的卓有成效地实现了。为此目的，牺牲了全部瓮城城垣，旧瓮城场地实际上已经不存在。……如果从南面（包括昔日属于瓮城空地的颇大的一片荒凉地段）观望，其景象则更令人扫兴。箭楼的情形也如是，不仅如此，它还用一种与原来风格风马牛不相及的方式重新加以装饰。……在前门整个改造过程中，箭楼的改造确实是最令人痛心的，而且这种改建简直没有什么实际价值和理由。"

在这次改造中，箭楼增设了混凝土仿汉白玉护栏，在其东、西两面增筑了欧式浮雕，在一、二层添建了箭窗的弧形遮檐，抱厦两侧各增加4个箭窗，将原来箭楼的箭窗数从86孔变成了94孔。对于罗斯凯格尔在前门箭楼上做的手脚，后人反对之声不少。

传统的北京也并不拒绝外来的事物，比如同样处在北京中轴线上的北海琼岛顶上的白塔，还有体量比它更粗大的西四白塔寺白塔，就绝非中国传统建筑，那是来自尼泊尔的阿尼哥主持设计建造的。它们早已和谐地融入了北京的城市画卷中，甚至成为城市亮点。还有前门箭楼东边的那座西洋式的火车站，因为在体量和色彩上努力与北京固有的建筑协调，在视觉上绝无"破相"的弊病。1916年正阳门箭楼改建时，当时请的是德国建筑师罗斯凯格尔来主持，他并没有完全依照旧版拷贝，而是变通地加大了体量，增添了之字形阶梯，加了汉白玉护栏，还在楼窗上加了拱弧形罩檐，他还特别在下部侧面墙体上加添了一个巨大的水泥浮雕，那浮雕的样式是从西方文艺复兴建筑的语汇里演化来的，但他弄得与中国古典箭楼的固有风格非常协调，于是不但没有形成破坏，反而使其添彩，我们都知道从上世纪初就有种国产香烟叫"大前门"，那上面的图案从来不变，所画的前门箭楼虽然只是简单的线画，那下面斜壁上的浮雕总是要标识出来，这么多年过去，那浮雕再也不是什么外来的添加物，已经成了老北京的传统性符码了。

不论是原汁原味的保留，还是拆旧建新，都无法缺失的是那些修建前门楼子的工匠们的身影。

明永乐四年（1406）开始建宫殿，修城垣。当时，有23万从事有关建筑行业的工匠从全国各地被征调到北京，从事北京城的营建。这些人用自己的聪明才智，建造起了一个新的北京城。没有这些人的付出，就不会有今天这么雄伟、壮丽的北京城。这些人为建造北京出了力，北京城建成后，很多人也就留在了北京，把这里当了他们自己的家。出了内城，在前门和崇文门之间，1949年以前有很多木厂子和瓦木作。很多工匠都聚集到这里。他们供奉鲁班为瓦木行业祖师爷，于嘉庆十八年（1813）成立了鲁班会，并在东晓市那里修建了鲁班馆。工匠们既在这里祭祀，又办理全市建筑行业事宜。有这些人在，有关前门楼子的传说也就有了孕育、传播和生存的土壤。由鲁班馆的众多工坊合作成立的龙顺成中式家具厂，将京作硬木家具的制法传承下来。2008年，由龙顺成申报的京作硬木家具制作技艺入选了国家级非物质文化遗产代表性项目名录，成为传统技艺的优秀代表，继续讲述着能工巧匠们的传奇故事。

三

2004年起至2005年，历时两年，根据民国时期对永定门的测绘资料，仿照乾隆年间式样的永定门城楼进行了复建。这座中轴线最南端的标志性建筑得以重新面世，与最北端的钟鼓楼遥相呼应。此后，前门大街、燕翅楼等这条最美中轴线上的重要点位上曾受到损毁或历史风貌变异比较严重的部分建筑，逐步得到修复和改造，中轴线的形态进一步完善。

2009年，北京中轴线申遗工作开始推进。2020年8月，北京市推进全国文化中心建设领导小组批准印发《北京中轴线申遗保护三年行动计划（2020年7月—2023年6月）》。《北京中轴线文化遗产保护条例》经北京市人大常委会审议通过，于2022年10月1日起正式施行。随着北京中轴线申遗工作的推进，社会大众对中轴线的关注度日益高涨，参与中轴线保护的热情催生出丰富多彩的文化活动。这些活动集聚了广泛的社会群众，多方面地传播中轴线历史文化，流动的参与者使活动的辐射力突破地域局限，流转的历史融入新的脉动，人们在新时代续写着中轴线上新的传说。

2010年元宵节，修复一新的前门大街上，前门上元灯会重现光彩。

元宵节古时也称为上元节。上元一词出自道教。道教敬奉天官、地官、水官三神，天官是赐福的神，地官是赦罪的神，水官是解厄的神。传说三官的诞辰分别是农历的正月十五日、七月十五日和十月十五日，后来人们将三元作为三个节日，正月十五被称为上元节，七月十五为中元节，十月十五为下元节。

正月十五是新的一年里的第一个月圆之夜。这是个大众狂欢的节日。"满城灯火耀街红，弦管笙歌到处同。真是升平良夜景，万家楼阁月明中。"这首留存于《朝市丛载》中的《上元诗》，形象、

永定门城楼举办中轴线活动　摄影：杨建业

生动地描绘出了旧时北京上元之夜的情景。

明人刘侗、于奕正合撰，崇祯八年（1635）刊行的《帝京景物略》一书中有"灯市"一节，梳理了有关上元灯节的起源与演变。

张灯之始也，汉祀太乙，自昏至明。僧史谓西域腊月晦日，名大神变，烧灯表佛，汉明因之，然腊月也。梁简文有《列灯赋》，陈后主有《山灯》诗，亦复未知岁灯何时，月灯何夕也。张灯之始上元，初唐也，睿宗景云二年正月望日，胡人婆陀请燃千灯，帝御安福门纵观。上元三夜灯之始，盛唐也，玄宗正月十五前后二夜，金吾弛禁，开市燃灯，永为式。上元五夜灯之始，北宋也，乾德五年，太祖诏曰：朝廷无事，年谷屡登，上元可增十七十八两夜。上元六夜灯之始，南宋也，理宗淳祐三年，请预放元宵，自十三日起，巷陌桥道，皆编竹张灯。而上元十夜灯，则始我朝，太祖初建南都，盛为彩楼，招徕天下富商，放灯十日。今北都灯市，起初八，至十三而盛，迄十七乃罢也。

唐诗宋词中出现过大量描述上元节的诗词。宋词中的两首更是传播得十分广泛。

东风夜放花千树，更吹落，星如雨。宝马雕车香满路，凤箫声动，玉壶光转，一夜鱼龙舞。　蛾儿雪柳黄金缕，笑语盈盈暗香去。众里寻他千百度，蓦然回首，那

人却在灯火阑珊处。(辛弃疾《青玉案·元夕》)

去年元夜时，花市灯如昼。月上柳梢头，人约黄昏后。今年元夜时，月与灯依旧。不见去年人，泪湿春衫袖。(欧阳修《生查子·元夕》)

至明代，上元灯节活动达到了鼎盛。

有关神话传说的流传，给上元节的产生又增加了一些神秘色彩。

传说在很久以前，凶禽猛兽很多，四处伤害人和牲畜，人们就组织起来去打它们，有一只神鸟因为迷路而降落人间，却意外地被不知情的猎人给射死了。天帝知道后十分震怒，立即传旨，下令让天兵于正月十五日到人间放火，把人间的人畜财产通通烧死烧光。

前门上元灯会　摄影：杨建业

猜灯谜　摄影：杨建业

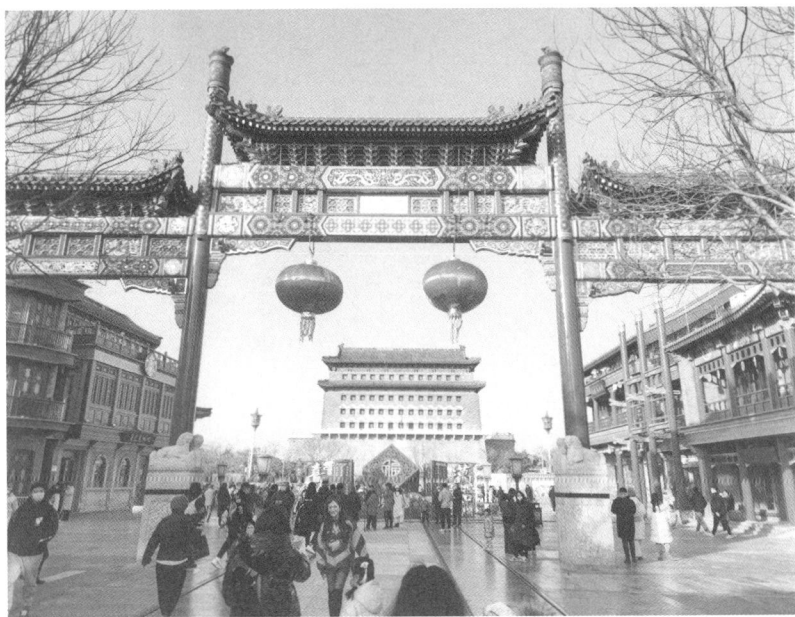

节庆中的前门　摄影：杨建业

天帝的女儿心地善良，不忍心看百姓无辜受难，就冒着生命危险，偷偷驾着祥云来到人间，把这个消息告诉了人们。众人听说了这个消息，有如头上响了一个焦雷，吓得不知如何是好。过了好久，才有个老人家想出个法子，他说："在正月十四、十五、十六日这三天，每户人家都在家里张灯结彩、点响爆竹、燃放烟火。这样一来，天帝就会以为人们都被烧死了。"大家听了都点头称是，便分头准备去了。到了正月十五这天晚上，天帝往下一看，发觉人间一片红光，响声震天，连续三个夜晚都是如此，以为是大火燃烧的火焰，心中大快。人们就这样保住了自己的生命及财产。为了纪念这次成功，从此每到正月十五，家家户户都悬挂灯笼，放烟火来纪念这个日子。

另一个传说是说上元节是汉文帝时为纪念"平吕"而设的。

汉高祖刘邦死后，吕后之子刘盈登基为汉惠帝。惠帝生性懦弱，优柔寡断，大权渐渐落在吕后手中。汉惠帝病死后吕后独揽朝政，把刘氏天下变成了吕氏天下，朝中老臣、刘氏宗室深感愤慨，但都惧怕吕后残暴而敢怒不敢言。吕后病死后，诸吕惶惶不安害怕遭到伤害和排挤。于是，在上将军吕禄家中秘密集合，共谋作乱之事，以便彻底夺取刘氏江山。此事传至刘氏宗室齐王刘襄耳中，刘襄为保刘氏江山，决定起兵讨伐诸吕，随后与开国老臣周勃、陈平取得联系，设计解除了吕禄兵权，"诸吕之乱"终于被彻底平定。平乱之后，众臣拥立刘邦的第二个儿子刘恒登基，称汉文帝。文帝深感太平盛世来之不易，便把平息"诸吕之乱"的正月十五，定为与民同乐日，京城里家家张灯结彩，以示庆祝。从此，正月十五便成了一个普天同庆的民间节日——上元灯节。

发展到明朝，明太祖朱元璋对上元节更是情有独钟，坐上皇位之后，即下令上元节："盛为彩楼，招徕天下富商，放灯十日。"从初八上灯到十七日才罢灯。赐百官上元节放假十天，并且谕令礼部"百官朝参不奏事，有急务具本封进处分，听军民张灯饮酒为乐，五城兵马弛夜禁"。作为开国之君，朱元璋将上元灯节颁布为国家的重大节日，将上元节的灯彩，当作了展现国家承平气象的一个重要庆典活动。在这个节日里，总结过去一年来的富庶丰饶，祈盼未来一年的康泰昌隆。

明成祖朱棣迁都北京后，沿袭了上元节连续张灯十夜的旧习。白天列市，入夜张灯。

成祖实录载："永乐十年元宵节，赐群臣宴，纵观鳌山三日。户部尚书夏原吉侍母来观，上闻之赐钞二百锭。"又载："永乐十二年元宵节夜，上御午门观灯，宴群臣进诗，命翰林第高下，赐钞有差。"可见当时元宵节之热闹诚为天下太平之表现。明人有《西厂观烟火》诗云："晚直郊原月未斜，升平乐事览繁华。九边鹿静平安火，上苑春催顷刻花。跋浪鱼龙烟似海，劈空雷电炮为车。归途尚有余光照，一路林峦映紫霞。"可略见当时上元之情况也。

清代初期，上元节基本沿用了明代的制式。至清乾隆五年（1740），陕西道监察御史仲永檀曾针对每年举办这场奢华的烟火庆典提出诤言，以为："人君一日万机，一有暇逸之心，即启怠荒之渐。"婉劝即位不久的乾隆能酌量裁减上元灯节的"灯火声乐"，以"豫养清明之体"。乾隆特别降旨回应，表示他平时宵旰忧勤，兢兢业业，不敢或忘《尚书》"不役耳目"与《诗经》"好乐无荒"的圣训，何况元宵节乃是"岁时宴赏，庆典自古有之"，并且是"外藩蒙古朝觐有不可缺之典礼"。他只不过是沿袭"旧制"，未尝有所增益。从乾隆的辩解看来，元宵不仅是全民的岁时节令，同时也是国家的重要庆典。具有向中外臣民宣示"太平景象"的象征意义。

在皇家大肆欢度上元的同时，民间的灯节也十分地兴盛。据《燕京岁时记》记载："每至灯节，内廷筵宴，放烟火，市肆张灯，而六街之灯，以东四牌楼及地安门为最盛，工部次之，兵部又次之。"

清康熙后期，因灯市紧邻宫阙，恐烟火于宫殿有碍，上元灯市被迁到了正阳门外，也就是今天的前门大街一带。

《燕京杂记》载："灯市旧集于东、西四牌楼，后始移廊房头条。中元亦有灯，多作莲花形，或折为莲瓣，集成禽鸟状，或采巨蒿，悬香于上燃之，密如繁星，燃如火树，谓之蒿子灯，昔有作蒿灯曲者。里巷小儿百十为群，各持莲花灯而舞，亦颇有致。"

《燕京琐记》载："正月之灯向集于前门之六部，曰六部灯，以工部为最。有冰灯，镂冰为之，飞走百态，穷极工巧。亦扮杂戏，有役闫姓者能演判官，立独杠上为种种姿式，呼之为闫判，殆亦黄胖游春之遗欤。庚子乱后遂废。灯市旧集于东、西四牌楼，后始移廊房头条。"

《康熙顺天府志》也有这样的记载："正月……八日至十七日，商贾于市集，花灯、百货与古今异物，以相贸易，曰'灯市'。旧在东华门外，今散在正阳门外……"

前门地区作为宫廷文化、商业文化与市井文化的融合之地，孕育了独有的灯会文化。每到灯节时，前门大街以及周边的打磨厂、鲜鱼口、廊房胡同、珠宝市等街的花灯点燃，五颜六色，异彩纷呈，整个街区成为花灯的海洋。

《帝京岁时纪胜》"上元"条："十四至十六日，朝服三天，庆贺上元佳节。是以冠盖蹁跹，绣衣络绎。而城市张灯，自十三日至十六日四永夕，金吾不禁。悬灯胜处，则正阳门之东月城下、打磨厂、西河沿、廊房巷、大栅栏为最。至百戏之雅驯者，莫如南十番。其余装演大头和尚，扮稻秧歌，九曲黄花灯，打十不闲，盘杠子，跑竹马，击太平神鼓，车中弦管，木架诙谐，细米结作鳌山，烟炮攒成殿阁，冰水浇灯，簇火烧判者，又不可胜计也。然五夜笙歌，六街轿马，香车锦辔，争看士女游春，玉佩金貂，不禁王孙换酒。和风缓步，明月当头，真可谓帝京景物也。"

老北京从正月十三日为"上灯"，正月十四日为"试灯"，正月十五日为"正灯"，正月十七日为"罢灯"。到时，前门大街上的买卖商户，都要张灯结彩，挂出颜色形式不等的花灯。

前门大街上，以及打磨厂、西河沿、廊房巷、大栅栏、鲜鱼口等街道里的店铺多，而且各个店铺都是财大气粗，为了招揽生意，他们不惜工本，买来各式各样的新式花灯，悬挂在店铺外。他们挂出的花灯，大小、高矮、方圆形式不等，五颜六色，异彩纷呈。整个前门街区成为花灯的海洋。逛花灯的人群源源不断地向这里涌来，大家摩肩接踵，乐此不疲。除挂灯外，各个店铺还要在灯下挂贴灯谜，以供游人们来猜，猜灯谜北京也叫打灯虎。买卖铺户为猜中者准备了鲜果、小吃等奖品。商户也趁机将商品降价促销，老百姓既看了花灯又可以借此机会购买自己需要的生活用品。

上元之夜，无论官宦贵人，还是平民百姓都不约而同地上街观灯，形成万人空巷之势。正如《都门竹枝词》里所说："肘足相挨都不觉，布衣尘污贵人貂。"由于拥挤丢鞋落帽者不计其数。清人劳之辨在《上元杂咏》中说："二八谁家女，贪看落髻钗。"

从这些记载可以看到，上元节的确是一个大众狂欢的节日。

上元节狂欢庆典的关键正是一个"闹"字。灯节夜禁的开放，表面上虽只是准许官民夜间行动的自由，但实际上它所开放的，是一个和日常生活里完全不同的空间和时间。一个允许人"闹"的"不夜城"。喧声驱逐夜凉，灯光掩盖夜色。而"闹"的真谛，并不是意在完全摆脱日常"法度"与"礼典"的种种规范，而是以行动去逗弄或挑衅这些拘束与限制，并且自成一套游戏规则。

《京城灯夕》："万户千门乐太平，一天星斗下蓬瀛。金吾不禁人来往，彻夜观灯直到明。"

上元节上还有一个重要内容，就是让人们展示自己的聪明才智，于是有了猜灯谜等娱乐活动。清人赵骏烈在他的《燕城灯市竹枝词》中写道："灯谜巧幻胜天工，不惜奇珍与酒红。多少才人争夺彩，夸长竞短走胡同。"反映了当时灯市打灯虎的盛况。

《红楼梦》中写元春在上元节省亲之后，派太监从宫里送出谜语来给宝玉等人猜，谜面粘在一个小纱宫灯上。为什么一定要粘在宫灯上，而不装在一个信封里呢？因为猜谜语的游戏，照例是在灯节中看灯时的趣事，所以要粘在灯上。后来，贾母主持灯谜雅会，也特地作了一架"灯屏"。

不只《红楼梦》写到这事，在《二十年目睹之怪现状》也写到这事。写上元之夜在宣武门外胡同中看一些好事之家，在大门口灯笼上贴的灯谜，评论哪一个作得好，哪一个作得不好，书中并记录了不少有趣的巧灯谜。

前门大街修缮一新后举办的首届上元灯会，吸引了众多北京市民和中外游客。前门大街南口东西两侧设由灯笼组成的剪纸造型灯的两只虎，取义"虎跃吉年"，南北呼应，寓意"龙腾虎跃"。大街北侧的两盏巨型"盛世走马灯"，以传统的走马灯为基础，配二十四孝图文装帧，集观赏性和传统美德教育于一身，表现吉祥、如意、圆满、和谐的主题。跨街横挂五颜六色、图案各异的手绘彩灯和从民间征集、评选出的优秀自制彩灯作品，充分体现出了百姓同乐传统节日习俗。

在灯会上，人们可以观看剪纸、捏面人、草编、吹糖人、捏泥人、写龙凤字、蜡画、浇糖画、鬃人、微雕、内壁画、皮影、拉洋片、布艺玩偶、扎风筝、绣屏等民俗表演，挑选自己喜欢的极具传统特色的手工艺品。另外，通过精心组织编排的魔术、杂技、气功、戏曲等文艺演出，使人流连忘返，回味无穷。

新闻媒体报道，据不完全统计，为期三天的前门上元灯会吸引共计约60万各界群众。百姓称赞前门上元灯会彩灯绚丽丰富，传统民间表演精彩，不仅让很多老人找回儿时美好的回忆，更让众多青年感受到中国传统文化带来的浓浓年味。

2008年后，北京的传说、前门的传说、天坛传说和崇文门传说等与北京中轴线有关的民间传说项目，陆续被列入国家级、北京市级和东城区级非物质文化遗产代表性项目名录。2012年，中轴诗会在正阳门箭楼举行。之后，钟鼓楼中秋诗会等传统与时代交融的文化活动陆续出现在中轴线上。2023年，北京市东城区京城非遗人才协会策划、主办的"炫彩前门的传说，展现中轴线魅力"大赛拉开帷幕。比赛用语言、绘画、手作、歌曲、舞蹈、器乐、演艺、书法、微电影和非物质文化遗产项目等多类青少年喜闻乐见的艺术形式，通过比赛在青少年中广泛传播古都文化、京味文化和非物质文化遗产，充分发扬青少年的创造力和艺术表现力，用生动活泼、极具感染力和传播性的表现方式，弘扬优秀传统文化，传播中轴线恒久的魅力。

月影中的鼓楼　摄影：杨建业

时光在流逝一些岁月，时光也会使走过的岁月转化成人们永远也磨不掉的记忆。北京中轴线承载着历史与未来，为世界呈现着中国之美、北京之美、时代之美、生活之美！

（作者为中国作家协会会员、北京市东城作家协会副主席兼秘书长）

春秋律动紫禁城·穿越时光遇见你

上官卫红

红墙、角楼、筒子河，绿柳、春风、书画展，这是我对紫禁城，也就是故宫的恒久印记。

我从小在紫禁城下长大，尤其我学习和工作了一生的学校就在东华门大街——她西邻世界文化遗产故宫，东接繁华的王府井商业街。在这里，深厚的文化底蕴滋养了代代学子。在这里，古代文明与现代发展比肩相融。

每天我进出校门，都会看到如潮的游客，尤其近期，各地游客拥向故宫，一票难约如同京城四十度的温度居高不下。每当我看到南池子、东华门大街上摩肩接踵的行人，看到南河沿似乎永远拥堵的车辆，听着操着南腔北调的游客忽高忽低的方音时，我就无比感叹与骄傲，感叹六百年的故宫魅力依然，骄傲自己与她如此切近。

然而每当夕阳西下，尤其四点半以后，又看到从故宫东华门鱼贯而出的人潮，看到游客退却后安详的故宫，尤其每当我在夜幕中离校，看到喧嚣远去、路面豁然畅通、宁静又干净的东华门大街，并侧身一眼望见路口最西端灯光映射下的东华门，我眼前就恍惚有时空穿越的迷蒙。那一刻，我似乎又顿悟，我爱这里，爱这片土地，爱东城这不大的区域，不仅因为我生于斯、长于斯，学于斯，其实真正令我陶醉与痴迷的，恰是这种以故宫为核心的厚重文化时时所散发出来的独有气息，这种气息凝聚又弥散出的气质，可能是仅几次打卡故宫的人很难感受到的。这种气质其实就是故宫的古往今来、日日夜夜都彰显出的、特有的、令我百看不厌、常"读"常新的"文脉书香"之气，这种馨香沁入人心，常令我心神摇荡与眷恋，更让我不断地穿越时光，与其相遇相知，并为之思考、遐想。

宋代林景熙曾在诗《述怀次柴主簿》中写道："书香剑气俱寥落，虚老乾坤父母身。"书香指书中夹香草发出的香味，其实书香更应是读书的风气，是一个家族乃至一个民族世代读书的习尚。我以为故宫以及她所散发的"香气"就是一枚特有的名片，她从历史长河中走来，在新时代的发展中律动，而今载着民族文化的自信昭示未来。

一、春秋：故宫成长中的遇见

对我而言，故宫见证了我的成长，是一本读不尽的"书"。

我在散文《红墙·原点·我们》记录过自己在人生成长与学习中与故宫的奇缘。

故宫之形是我从幼儿时"进宫"的奇葩经历中感知的。

摄影：上官卫红

从三岁起，我就和父母、哥哥搬到南池子大街上路东一条悠长胡同里。而我初识"故宫"的记忆不仅是高大宏伟的午门，更是母亲给我讲述刚刚三岁的我第一次进"宫"的壮举——几乎全程自己走下来，直到出"宫"实在走不动时，才吭吭哧哧哼唧着让爸妈"抱抱"，而那时也走得很累却尚且年轻的我的爸妈才意识到对我关照的疏忽，于是"不叫苦，真能走"就成了我留给父母"三岁看老"的深刻印象，而故宫也是奠定我人生特质的起点。

然而故宫让我印象最为刻骨的却是自己儿时当"导游"的经历。幼时因为我父母工作太忙，而老家来人却无一例外都要去游故宫，哥哥上学同样没有时间，为此，学龄前的我就成为无偿的小导游。又因为我母亲在劳动人民文化宫工作，我出入其间也极方便。所以我常打着"找妈妈"的旗号，带老家来京的客人，从文化宫东门进，西门出，进午门，游故宫——太和殿、中和殿、保和殿、御花园，便是我自小就极其熟悉的路线和业务。后来母亲曾跟我说，有一次我犯了小脾气，他们的一位长辈买完故宫门票却被我直接带回了家，之后他们问我原因，我回答说"我累了，走不动了，不想去了"。现在想来，那时的故宫于我，应该就是一次次无聊的进出，一次次漫长而又重复的路线，和无尽的远方、无尽的行走生发出的与我幼小的身影极不相称的无力与疲惫吧。后来的岁月中，母亲常笑着回忆这件事，我却想当时不定把我累成什么样，也把他们气成什么样呢。只是那时忙碌的父母有多无奈，而对于那时尚属幼儿的我来说，这种经历又多么神奇。然而，在这些奇遇中，我渐渐懂得了故宫在中国普通游客、平凡百姓心中的地位和价值。人们从四面八方涌来，看天安门，游故宫，这就是所有人来京的首要目的。

在我上小学三四年级时，记得每周二或周六下午，我们过少先队学雷锋日，就会在故宫东华门路口帮警察叔叔擦岗亭；搞体能锻炼活动则跟着体育老师，在小军用挎包里放一二块板砖，然后背上包，老师一声哨响，同学们就飞奔出去，围着故宫外墙，从东华门到西华门，从午门到神武门，绕着筒子河，数着四个漂亮的角楼跑一圈儿，直到跑进北池子小学大门，跟掐表的老师报到，从而完成三公斤四公里的负重行军的锻炼测试；又或者，就是我们几个同学跟着班里转来的一位曹姓的男生明目张胆地冲进东华门——因为这位同学的父亲是故宫员工。那时故宫东华门城墙下长满荒草，包括我在内的一群孩子就在那高大的红墙与灰墙下疯跑瞎玩。不久后，班主任老师就特意将这位曹姓同学调过来当我的同桌，目的是让我帮他提高成绩。于是，我自由进出故宫的待遇又明显优于其他同学，直到小学毕业。

后来升入中学的我又惊异地发现，站在教学楼或实验楼四层的我居然能直接观览故宫红色的楼宇。

再以后，我升入大学，与我博学的同窗大男孩的朋友，也就是我如今的爱人先生，一起相约赏尽故宫的四季——春天看画、夏季观雨、秋天听风、冬季赏雪。而且我们也真的做到用我们一生的浪漫与故宫盟誓相约。

记得1993年春，他拉着我去进宫看"晒画"，一幅幅精美的画卷在我眼前浮现，他一边细览，一边为我讲解。那一刻，我才意识到，故宫不仅有我幼时熟悉至深的三大殿、御花园、钟表馆、珍宝馆，不仅有让儿时的我惊悸不敢靠近的珍妃井，还有数不尽的台阶和条石长砖，更有我成人后才慢慢理解的看不尽、赏不完的画卷文玩。这种浸润内心美好，使得我在2003年1月1日，也就是我初为人母后的第一个元旦，把不足八个月大的儿子暂托母亲照看半日，我就迫不及待地与先生踏雪故宫，虽然那刻，并非故宫的晒画时间，但太和殿下，正午阳光、宫墙白雪、黄铜大缸，一切恰好。仿佛一幅更加大气恢弘的画卷让我心怡。

现在回首，从三岁到今天，我已走过半个世纪，也目睹了故宫的春秋轮转，如今每年成功抢购故宫年票的我，已基本实现了每年十次乐享进"宫"的自由，再加上每年2月份一次对全体师生的免票专场，一年共十一次的入宫专利，令我心神飘飘。

时光匆匆，我在生命的历程中，与故宫相遇的所有记忆遥远又切近，那是我人生成长的必需，也是我至今最为珍视的美好。

二、律动：故宫书香中的遇见

故宫见证了我的成长，我在一次次踏访故宫的过程中，更深闻其"香"，我以为这萦绕巍峨殿宇的馨香才是故宫之"神韵"。

记得2015年，在故宫博物院建院90周年之际，故宫博物院在一整年内举行了一系列大展，其中"石渠宝笈特展"为重量级展览，从9月至11月在故宫展出，分为"典藏篇"和"编纂篇"两个部分，分别在武英殿和延禧宫同时展出。展览首次汇集清顺治、康熙、雍正、乾隆、嘉庆五朝宸翰，包括《游春图》《清明上河图》《伯远帖》等在内的书画藏品283件，大多为历代书画中的经典之作，其中《清明上河图》等是当时近10年来的首次全卷展出。

还记得当时因展览展出的宋元珍品较多，还在10月份更换部分藏品，分两期展出。而作为《石渠宝笈》著录书画的第一次展览，旨在体现《石渠宝笈》编纂及其著录书画的特点，也让观众了解了清宫典藏书画的聚散和特质。

犹记那次展览影响空前，当时游客要想观展，不仅一票难求，排队盛况更令人难以想象。于是媒体报出著名的"故宫跑"，当时故宫博物院单霁翔院长和员工夜晚为游客送开水和泡面，半夜下班的镜头画面纷纷出现在新闻中，为此特展更吸引了无数的游客前来。

那期间，我们全家曾在绍兴游玩时结识的上海交通大学外语系

摄影：上官卫红

退休教授毛荣贵老先生还特意前来，毛教授早年毕业于复旦大学，学识渊博，出口成章，妙笔生花。他来京后先到我的课堂听了一节语文课，然后周边游走后，专门进"宫"观赏《清明上河图》。我在无比羡慕他的同时，也感叹自己在学校教学节奏紧张，可能很难有时间与这次特展结缘。于是，我就在网上查找相关资料聊以慰藉。从而了解到"石渠"一名，典出《汉书》。西汉皇家藏书之处称"石渠阁"，在长安未央宫殿北。乾隆帝以"石渠"为内府书画著录命名，表达了对古代文化传统的景仰和追溯。《石渠宝笈》共著录了历代书画藏品万余件，是书画著录史上的集大成者，为后人全方位多角度研究中国古代艺术史提供了重要参考。

幸运的是，就在我沉浸在与特展无缘的失落中时，东城区组织部的一条通知让我兴奋至无比激动。在10月13日周一的闭馆日，也恰是这个特展第二期开展之时，我作为东城区优秀人才中的一员，有幸参加了观展专场。至今犹记，那天秋高气爽，偌大的故宫，少了潮涌的喧嚣，更多有序的游客，进入武英殿的队伍安静且从容，那天，我难抑心中狂喜，默记着之前所查资料信息，不断地与所见珍品画作勾连。

"石渠宝笈特展——典藏篇"，以《石渠宝笈》著录书画为主轴，注重揭示书画收藏、流传、辨伪的历史。现场展区展出82件（套）书画藏品，大多为历代书画中的经典之作。文物规格之高，一级品之多，在故宫博物院乃至博物馆界都难得一见。其中，东晋顾恺之的《列女图》（宋摹本）和传为隋代展子虔的《游春图》反映了我国最早名家人物画和山水画的风格。东晋王珣《伯远帖》为王氏家族唯一传世真迹。特别是长528厘米的北宋张择端《清明上河图》，这次全卷铺开陈列。

记得我想在《清明上河图》的展柜旁细细端详，想记住画作的街道店铺、商贾行人，但工作人员的"请大家不要停留"提示又让我必须挪步前行。那刻，殿内昏黄的灯光与历史长卷中北宋市井的繁华，以及自觉收起手机的游客，这一切与敛声静赏画作的馨香之气一起扑面而来，令我迷恋。

之后，又有幸参观了在延禧宫的"石渠宝笈特展——编纂篇"，通过之前查资料，我又明晓这部分是以《石渠宝笈》著录的书画来源、编纂人员、编纂体例、贮藏地点及其版本与玺印五个部分逐次解析《石渠宝笈》诸编的内容与特征，展出故宫博物院藏、

《石渠宝笈》诸编著录的典型作品72件（套），其中图书善本12册，《石渠宝笈》所用宝玺15件，直观诠释这一书画著录巨作。这部分展出的晋顾恺之《洛神图卷》，画卷中乾隆及内府大臣的题识再述了《石渠宝笈》这一书画著录巨著的编纂体例与其严谨的考据特点，并生动地勾勒出乾隆的艺术趣味。

一次特别的观展之旅，让我激动万分。因当天是特别接待日，有幸目睹了闭馆日故宫的静谧与恢弘。记得那天在身后空无一人的太和殿广场，我还特意为一位同行的美丽老师拍照留念。而这次吸引全国的《石渠宝笈——故宫博物院九十周年特展》也深深地留在了我的心里。

我从多年前随性自由看展，到近年观看的定期联展特展，反正我是有展必观。如去年秋季的《照见天地心——中国书房的意与象》，还有前不久的《国内史上最大规模犍陀罗艺术展》等，无论是登午门展厅，进东西雁翅楼观展，还是顺着东华门城墙赏看角楼，一切都是那么怡然怡心，恰到好处。

另值得一提的是，今年2023年初春的《中华文脉——文化艺术联展》给我留下的深刻印象，还有展览的主题是"历代进士文化艺术"，其中的"进士"都是历朝历代学霸。他们勤勉苦学、逐级应试，最终登科及第、大展宏图。其中很多人，都成为我们如今耳熟能详的"历史名人"，在各自的领域取得了显著成就。如展品主人范仲淹、朱熹、纪昀、林则徐，还有王守仁、董其昌等。

而令我记忆犹新的还是联展通过"进士之路""博学鸿儒""艺苑群英"三个主题单元，展现历代杰出人物在哲学、经学、史学、文学、艺术等方面取得的非凡成就，以及为中华文明的繁荣发展作出的不朽贡献。其中印象深刻的是"博学鸿儒"中多位"状元之家"。如他们在理学、心学、史学、参与重大文化工程、科学、训诂、教育、鉴藏、家教家风等各方面都作出重大贡献，是有崇高历史地位的进士群体。

而在这些众多的书礼之家中，祖孙父子兄弟叔侄皆翰林的"潘氏"家族尤让我关注。因为巧合的是一直给我看耳病的北医三院潘滔主任，曾向我提及他的祖先就是今天坐落在苏州状元博物馆的故居主人——潘世恩。对历史有些了解的我对此并不陌生，不仅因为苏州是我喜爱和常游之地，并且还知道咸丰初年，虎门销烟的民族英雄林则徐，受人排挤，称病回到了福州，但是此时大清帝国风雨飘摇，正是用人之际，怎能让一位能臣受此委屈？朝廷上，一位老臣站了出来，他以八十岁高龄，向咸丰皇帝保举林则徐，希望朝廷尽快起用。这位老人，就是已为官五十多年，历经乾隆、嘉庆、道光、咸丰四朝，是名副其实的"四朝元老"，政坛享有盛誉，门生遍布天下的——从苏州走出的乾隆年间的头名状元潘世恩。而乾隆至光绪的120年间，潘氏家族先后35人在乡试和会试上金榜题名，进士8人，其中状元1名，探花2名。朝中为官二品以上的有尚书、侍郎3人，巡抚1人，中下级官员则更多。中堂大人李鸿章赞誉这个潘家为"'祖孙、父子、叔侄、兄弟翰林之家'，天下无双"。

一个家族为国家贡献了这么多人才，令人赞叹。而今时光流转、文运不衰，站在雁翅楼展厅，面对潘氏家族及其他众多进士前人留下的信札、字画及各类文物，文化道义、历史文明的气韵汇集又飘散。看到介绍潘世恩在京病逝后，咸丰皇帝谕赐谥号"文恭"，我忽然觉得"文恭"二字也应是后世之人对中华文脉的崇敬吧。

既而，我又被根据相关展品设计的文创吸引，如《墨兰图》系列折扇。"芝兰不以无人而不芳，读书人不为穷困而改节。"恰好我也喜爱兰花。数百年前，进士赵孟坚就是借画兰言志，性情高洁。数百年后，他笔下的兰花清姿被设计在折扇上，日常使用，教人守正洁净，彰显君子不俗气度，令我心动。

想到自己拜读祝勇所著的《故宫六百年》，再览故宫，她从600年前走来，载着历史与风骨，律动书香，中华文脉。

三、血脉故宫时尚中的遇见

新时代的故宫不断焕发新的光彩，也让我在时尚律动中不断与她相遇。

十多年前，初中语文教材中有《故宫博物院》一文，又加上我工作的学校近在咫尺，所以故宫一直是我校初中语文课堂实践活动的必修课。组内才女老师们还特别设计了独具匠心的精美学案。如初二年级设计了《紫禁初探——穿越时光遇见你》的课程。这也是我当时申报并通过的市区两级十三五课题"中学语文自主实践课程的开发与研究"的一部分。这一研究旨在引导学生走出课堂学语文，走进社会看世界，使其进一步深化语文学习。

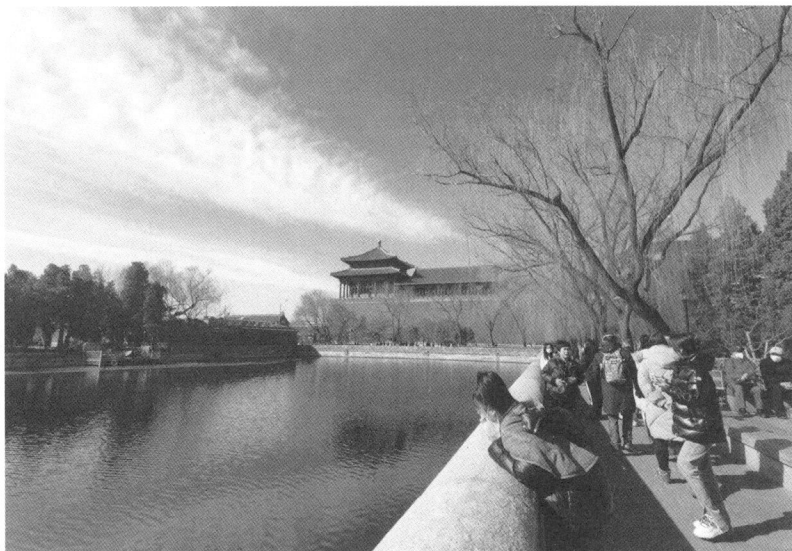

摄影：上官卫红

　　在我们固有的知识中对故宫的介绍是：故宫位于北京市中心，又称"紫禁城"。这里是明清两代的皇宫，曾居住过24位皇帝，现辟为"故宫博物院"。故宫整体建筑金碧辉煌，庄严绚丽，被誉为世界五大宫之一，并被联合国教科文组织列为"世界文化遗产"。

　　然而，如何让刻板的知识立体生动，老师们的设计也是亮点频出。如结合初中学生特点，大家设计了三部分内容。

　　首先指导学生在游学实践前认真阅读《故宫博物院》一文，并完成填涂故宫平面图的任务，之后提出自己对于故宫感兴趣的话题，如"为什么故宫相传有9999间半宫室"等，请学生先去查阅相关资料从而对故宫有一个整体的感知。

　　接着带学生参观午门。午门是紫禁城的正门。午门居中向阳，位当子午，故名午门。午门东西北三面城台相连，环抱一个方形广场。两位老师布置了两个探究问题请学生思考：一、仔细观察，午门有几个门，分别是什么人走的，"推出午门斩首"是真是假？二、在太和门前，有一对故宫内最大的铜狮子，哪只是雄狮？哪只是雌狮？说明理由；乾清门前的狮子也非常有特点，它们的耳朵是耷拉着的，这是为什么？学生在老师的提示下自主寻找问题的答案。

然后参观三大殿。老师结合学生已知的一些历史常识给学生设计了一个个探究任务。例如：太和殿俗称金銮殿，它是用来干什么的？我们经常在影视剧中看到皇上坐在金銮殿中接受百官朝拜和听政，历史的真相是这样吗？皇上是在哪里听政呢？还可以将中国传统书法知识加以渗透和拓展，比如三大殿的匾额属于什么体，几个字怎么读，是什么意思，加以评价和介绍等。这样的问题学生十分感兴趣。再比如殿前的铜炉、仙鹤、铜龟、日晷、檐上的神兽、云龙石雕有什么用途和寓意，藻井是取水用的井吗，等等，让学生不仅只是走马观花，更能使之了解故宫的经典文化，寓教于乐。

最后是第三部分，参观乾清宫和御花园。乾清宫是明清两代皇帝在紫禁城中处理日常政事的地方。明朝的14个皇帝和清朝的顺治、康熙都以乾清宫为寝宫。它是后三宫之首，位于乾清门内。参观中为学生介绍"乾"是"天"的意思，"清"是"透彻"的意思，一是象征透彻的天空，不浑不浊，象征国家安定；二是象征皇帝的所作所为像清澈的天空一样坦荡。这样学生可以观赏"正大光明"牌匾，了解其含义。御花园原为帝王后妃休息、游赏而建，但也有祭祀、颐养、藏书、读书等用途。学生们可以找找象征一年四季的小亭子等。

通过这样的活动，我们的课堂也在努力传播故宫文化。后来，我还与其他年级同学一起从神武门进"宫"，参加了故宫的特别教育实践活动，感知了御花园的地面图案设计之美，历史之美，文化之美。尤其当看到那一枚枚光滑的小石子，我也才意识到原来故宫的石头会"说话"。

再后来，我为给高三学生减压和助力，还专为所带的两个文科班设计了《品读故宫之美》的半日实践活动。结合当时《甄嬛传》的热播，我将其中东六宫的建筑和相关曲子词串联，让学生游有所乐，学有所得。

如今的故宫——这本已传承了六百年的"四溢馨香"大书——紫禁城，正以其最好的状态展示在世人面前。据说故宫的开放面积已至80%。现在每每入"宫"，我除了看展，还都会到故宫文创店逛一圈，特别在年末，故宫日历是必需。而夏日来临，冰窖餐饮、文创冰棍则是标配。到秋冬时节，又时常与同事好友坐在角楼咖啡品一杯热饮，闲聊中看着窗外游客体验撸猫，或挑逗一下暖阳下真正慵懒的宠物猫咪，是如此惬意。

一段时间以来，游故宫超热，特别在初春时分，筒子河旁的嫩芽绿柳、城墙外盛放的广玉兰、各种网红直播、摄影打卡，及至周边各个汉服摄影点的蜂拥火爆，还有周边常年热度不减的婚纱摄影等，虽令人目不暇接，却也使故宫弥散出更多特有的"馨香"，并愈发对故宫以东，如王府井等商业文化产生的直接影响，其实，看看客流便明了。

记得2021年十一假期，我女儿与我先生游览故宫，到家依然兴致勃勃，并特意为我带回故宫六百年盖满绝版印纪念章的《紫禁城》和宋代王希孟《千里江山图》的珍藏版。这也令我欣喜不已。今年年初，博学且超有情致的先生又斥千余元购买了《紫禁盛典四季吉祥故宫600邮票大全邮册套》。所谓"读你千遍也不厌倦"，我想这大概就是一个人对故宫深入灵魂的热爱吧，这种爱不仅彰于形的风采——建筑的高大宏伟，春夏秋冬的四季，角楼或宫内特定时节的灯光秀景，更有一份对故宫挚爱情愫的传承，让紫禁城神韵的历久弥新。

结语

故宫文化是经典文化，经典具有权威性、不朽性、传统性。故宫文化也具有独特性、丰富性、整体性以及象征性的特点。对于任何一个民族、一个国家来说，经典文化永远都是其生命的依托、精神的支撑和创新的源泉，都是其得以存续和赓延的筋络与血脉。

今天，让我们更加珍惜并热爱故宫乃至中华文化，让律动的故宫更加辉煌，让其文化的"香气"更加迷人与自信。

（作者为北京市第二十七中学语文教研组组长，正高级教师，北京市特级教师，北京市东城作家协会会员）

皇史宬里发生的新故事

任淑敏

中轴线申遗是件大事，特别是对于我们这些东城区作协会员来说，更是一件责无旁贷的大事。

幼年时游故宫走进皇史宬，一个"宬"字把我难住了。父亲告诉我，那个字仍然念成，这里曾经是皇家档案馆。这是我的童年记忆了。

作协号召我们为中轴线申遗写征文，我自幼生活在朝阳区六里屯，因为我常去东城区第一图书馆听讲座，因此便加入了东城作家协会。写中轴线究竟写什么呢？我真有点犯了难，那天偶尔翻阅多年前的旧报纸杂志，猛然发现了一本旧杂志，上面刊登了这样一则消息："盲人在皇史宬办书法个人展大获成功。"看完这则报道方知，原来是我的朋友张骥良大哥的事，他怎么想起来在这办展呢？全国重点文物单位也能办展吗？我怀有极大的好奇心，向张骥良大哥提起了此事。张大哥说："是刘京生、周德利、李云龙，三位杰出残疾人书画家，率先在皇史宬办了'三残画展'。这是新中国成立以后，首次三位残疾人书画家的联合办展。当时的社会反响极其强烈，乔石委员长为三位残疾人书画家题了词，王光英副委员长出席了画展开幕式。1997年我们成立了残疾人书画家联谊会，简称书画会，我被选为书画会会长，我是残疾人书画组织中唯一一名盲人会长。我的毛笔习作能不能服众呢？我为了锻炼自己的胆量，决定办个盲人个人书画展。那是2001年的阳春三月，我的首个盲人书画展，在皇史宬开幕了。因为觉得自己的书法习作还不成熟，我没敢通知新闻媒体，倒是因为皇史宬方面认为他们办了第一个盲人书法习作书法展，他们发的消息较多。"

展览中发生了什么有意思的故事吗？我打断了张骥良大哥的讲述，好奇地问他，张骥良大哥告诉我："没想到还真有故事。在办展的第二天，真发生了一件没有想到的新鲜事。一位法国朋友通过翻译找到我，她想买我的那幅八尺习作，我抄录了一幅毛泽东那首著名的词《沁园春·雪》。我当时确实十分惊慌，自己私卖自己的展品合法吗？我告诉那位外宾的翻译，我先向有关部门请示一下，请她和外宾明天再来。那位翻译告诉我，外宾明天就回国了，她让我马上作决定。我给朋友李云龙打了电话，他明确地告诉我，卖自己的作品何错之有？有了朋友李云龙的告知，我心里有了底气，当场就把那幅书法习作卖给了外宾，卖出了一个我连想都不敢想的天文数字一万元。突然之间发了一笔横财，这倒给我出了一个难题，用这笔钱干点什么呢？我一下子拿不定主意了。有人说请大伙撮一顿，这一万元可能还不够呢。可我总觉得这钱花得没有意义。也有人说，给大伙买点教学参考书，再买点美术用品，但这点钱根本不禁花。我总觉得这点钱要花在刀刃上，这时我听到了一些不入耳的议论，既然舍不得花就别花，何必装上一种大公无私的姿态呢？对于这样或那样的议论，我根本没有往心里去。"到年底这笔钱花出去了吗？我好奇地又一次打断张骥良大哥的讲述，张大哥无限感慨："不但花出去了，钱还不够呢，我又搭进去一些。那年的中秋节，有一位会员出谋划策，建议我们书画会应该去慰问一下国旗护卫队的全体官兵们，我觉得这个创意太好了。便和我们的会员一起去'稻香村'买了十盒中秋月饼，又装裱了几十幅送给国旗护卫队的书画作品。中秋节的那天，当我们把中秋月饼和书画作品送到国旗护卫队官兵手中时，他们激动地洒下泪花。随同我们采访的记者们，用镜头记录下这感人的一幕。"

"一进入腊月，河北怀来县主管宣传、文化工作的刘理事长来了电话，她想邀请我们书画会和他们书画会举办一次'迎春书画笔会'。再去次国旗护卫队，我们一共花了五千多元，还剩下四千多元，我和会领导班子共同商量，我们决定用这余下的四千多元，在搞迎春笔会的同时，慰问一下怀来县的贫困残疾人。最最感人的场面，是我们给贫困残疾人送慰问款时，他们一个个泪流满面，接钱的手抖得都特别厉害。有的听说是北京残疾人来送慰问款时，半天都没有反应，因为他们不敢相信这是真的。有的面对送钱的手，一家人不知道应该由谁去接这钱。这特别尴尬的场面，让前去送钱的我们，心里多少有些心痛。"

张骥良大哥的故事讲完了，我又借自己去看书画展的机会，重新游览了皇史宬。它见证了明清两代的风云变幻，这里又见证了许许多多的新人新事。这其中也包括我们残疾人在这里大胆地展示自己的聪明才智，在这里大胆地展示着自己的才华和价值。作为中轴线一个重要的组成部分，它仍然矗立在故宫东侧，它是旧时代的记录者，更是新时代的见证者。它和故宫一样，同样也是一位历史老人。在新时代阳光雨露的照耀下，它会永远年轻下去，因为在它的建筑群里，还会发生许许多多精彩的、感人的、温暖的故事。

（作者为北京市东城作家协会会员）

漫步前门

胡玉枝

前门，是正阳门的俗称，也叫前门楼子，是明清两朝北京内城的正南门，位于天安门广场最南端，是北京城的地标。其实北京人嘴里心里眼里的前门，是前门地区，前门大街大栅栏一带，她是繁华和热闹的代名词，是历史和现实的浓缩，是文化和情怀的沉积。

在这样的繁华中漫步，有一种别样的情愫在心中涌动起伏。随着起伏的情愫，仿若在时空穿梭。而那些漫在身边的景致和人流，又将思绪拉回很久很久的以前。

最早的时候，这一带是生活和商业并存的，是老北京人聚集的地方，汇聚着数不清的百年老字号。好多名流就生活居住在这里，这里有很多会馆名人故居。梅兰芳就出生在铁树斜街（李铁锅斜街）胡同，不远处是京剧大师谭鑫培的居所。

这里也是平民百姓的生活区，主街面背后的一条条胡同，一个个大杂院，居住着几代北京人。那些老字号，是老北京人吃穿用度必须光顾的地方。六必居的酱菜、正明斋的点心、张一元的茶、内联升的鞋、马聚源的帽、瑞蚨祥的布料、亨得利的表、长和厚的针头线脑是最好。现在的北京人很少来这里买东西了，这里是旅游景点，是世界各地游客打卡必到的商业步行街。

进入前门大街，首先映入眼帘的是典雅庄重的大北照相馆，非常气派地立在正阳桥牌楼旁。这里可曾经是北京人念念不忘的地方，这里留着北京人一百多年的记忆。以前谁家要照全家福，照个结婚照、纪念照什么的，都是穿戴整齐地来到这里，留下倩影。那时能到大北照相馆照相，是一件非常荣耀和奢华的事情。大北照相馆，是为中央服务的。九〇年我的结婚照，就是在大北照相馆照的。走到这里，想起当初，心里的涟漪荡漾。

再往前走便是步瀛斋、稻香村、同升和、天福号、一条龙饭店、全聚德、都一处、吴裕泰、庆丰包子铺、广誉远、同仁堂、盛锡福等等百年老字号，每个老字号都有一段非凡的历史和故事，流传至今，并影响着当下的人们。

走到馄饨侯，西侧就是大栅栏步行街。漫步在改造后的前门大栅栏步行街，两侧的建筑物色调、风格实现了统一，清雅的青砖路面，古香古色的店铺，最大限度地还原和展现大栅栏独有的传统商业特色。内联升、瑞蚨祥、步瀛斋……"修旧如旧"的百年老店随处可见，红窗灰瓦、错落有致，体现着传统的中式风格；而新加的建筑则统一改造为朱红窗格牌楼、青砖灰瓦白线墙装点的仿古式建筑，并粉刷装修立面、规范牌匾。

改建后的商业街完全仿建民国初年风格，店铺、牌匾和街道透着浓浓的京味。唯一能让人感觉到旧大栅栏气息的，是那一块块黑底金字的老字号牌匾：瑞蚨祥、马聚源、张一元、内联升、狗不理、同仁堂……感觉还是那般熟悉。

走进瑞蚨祥总店，那气派和底蕴，一下扑面而来。瑞蚨祥是大栅栏地区的标志性建筑之一，是有百年历史的国家级文物保护单位，修整后不仅保留了外部建筑的巴洛克风格，而且恢复了店内旧有的装饰和格局。

正厅前面竖起了反映养蚕、纺丝、染色、织绸等工序的四组铜塑，让顾客了解中国丝绸文化的源远流长。头顶上曾经封闭的二层隔断全部打开，70余平方米、三层楼高的罩棚原貌一览无余。正前方是一百年前清末翰林李林庠题写的"瑞蚨祥"牌匾，对面二层墙壁上瑞蚨祥历史沿革的画片与之遥相呼应；其下正厅前的柱子包着铜皮，上面依稀可以辨认出百年前的青蚨花纹；东西两侧的灰砖墙也被打磨一新，恢复了花开富贵、五福捧寿两幅百年前的青砖浮雕；砖雕前摆着当年招待过"四大名旦"的红木条案、扶手椅。

30根房柱连接着原有的间架结构，其上雕梁画栋，图案都是依据老照片原样设计的。店堂中央恢复了可以自然采光的原汁原味的"天井"，当初顾客们就靠它看清绸布颜色。上二楼的楼梯处，墙面上挂着百年店训的木质对联，中间夹着毛主席的题词，非常醒目。上了二楼，北侧的顶棚同样拆除，大梁正中，百年前修建时挂上的红绸赫然入目。东侧的文化展区挂着一幅两米长的丝绸画，反映南宋时期蚕丝织纱的各个工序，南侧重新设计了四个展柜，分别为瑞蚨祥的历史篇、文化篇、桑丝篇、产品篇。瑞蚨祥的名称由来、与历史名人千丝万缕的联系、制作新中国第一面五星红旗的来龙去脉……尽收眼底。

"这次是瑞蚨祥建店以来规模最大的一次精装修，目的就是真正恢复原汁原味。"瑞蚨祥绸布店有限责任公司董事长薛世翼说，"至诚至上，货真价实，言不二价，童叟无欺。这16个字是我们的百年店训。不论外部如何变化，瑞蚨祥会永远铭记它。"

其实这样的升级改造，不止瑞蚨祥一家，张一元、内联升、同仁堂等诸多老字号，也纷纷实施了自家的内部升级。在保留原有服务的基础上，采用展板、壁画等方式推广自己原汁原味文化内涵。同时，老字号也有新想法，张一元茶庄就把整个二楼腾空做成茶室。泡上一壶好茶，约上三五好友，喝茶、观街看景、侃大山，京味十足。

走过前门大街，走过大栅栏，走出瑞蚨祥，最让我心动的，还是前门的大碗茶。"我爷爷小的时候/常在这里玩耍/高高的前门/仿佛挨着我的家……"悠扬的曲调在心中激荡，大碗茶的水甘润，浸到心底。

于是特意走到位于前门西后河沿街的老舍茶馆，再次体验大碗茶的情思。在老舍茶馆门口的一个蓝边大海碗的雕塑，碗身写着红字"大碗茶"；左侧雷锋雕塑旁边，一个灰砖砌起的长条桌上，放着一个花了瓷的大保温桶，桶上写着"大碗茶老二分"；旁边一个红色的收钱箱，上边写着"大碗茶二分一碗"，下边大字写着"老二分"，还有一个微信收款二维码；在收钱箱旁边，摆着三排蓝边白瓷碗，每个碗里的茶水还冒着热气。一位北京大姐身穿蓝底白碎花工作服，热情麻利地往碗里倒着水。

那个花了瓷的大旧保温桶，那些蓝边白瓷碗，让人觉得很亲切，一下就把你带回了那个年代。尤其是那些蓝边白瓷碗，曾是一般人家吃饭的家什。

老舍茶馆现在已经成为北京的一张名片。但在创建之初，也颇为不易。1979年，改革开放之初，老舍茶馆创始人尹盛喜先生为响应党的号召，带领20多名返城知青自主创业，在前门箭楼旁搭茶棚，卖两分钱一碗的大碗茶，既好喝，又解渴。老舍茶馆就是靠卖这样的两分钱一碗的大碗茶起家的。老舍茶馆现在仍然保留着"老二分"茶摊，卖的还是老北京人最爱喝的香片——茉莉花茶。

老舍茶馆现任董事长尹智君曾表示，这样做一是为了继续便民利民、服务百姓，两分钱就可以喝到一碗香香暖暖的茶水，非常实惠；二是为了给大伙儿留个念想，毕竟大碗茶伴随了几代老北京人的成长，虽然它现在退出历史舞台了，但经历过那个年代的人，再看到它时，会想起许多美好的回忆；还有一个更重要的意义，就是让老舍茶馆的全体员工，牢记老一辈创始人艰苦创业的精神，今天的一切都来之不易，永远不要因为取得一点成绩而骄傲。

"没想到现在还能喝到两分钱一碗的茶，而且还是在北京前门的旅游繁华地。"一名游客忍不住感叹。其实，店内40余年来价格没变过，就是为了不忘当年传承，学习雷锋精神。

"给我来一碗，正好渴了，我得尝一尝。"又一个游客拿出来一个钢镚，放在了收钱的箱子里，端起来，一气喝下去，抹抹嘴说，"哦，太过瘾了，解渴，还有点甜味呢。"

一个女的伸过手，把几个钢镚放进了收钱箱说："我们三个人，需要喝三碗。"

"就好这口儿，还是二分钱一碗，还是那个味道……"也有住在附近的市民，将零钱投入钱箱，在这儿喝了起来。

"在前门这样的地方，游客这么多，我们对这个价格真的是没想到，实在是太便宜了。"从山东来游玩的李先生在喝完茶后感叹。"只有2分钱？喝完还可以续杯，简直不敢置信。"一位年轻女士接过一碗茶水，和身旁的同伴惊讶地讨论起大碗茶的价格。另一位游客直接扫码两块钱，请了旁边所有路过的人一人一碗。"太解渴了！"茶摊边，大人、孩子们捧着茶碗不停称赞，还有不少外国游客边喝茶边举着碗拍照。

"今天来喝的不仅仅是茶水，更是一份记忆。""孩子没见过老二分，我带他尝尝，讲讲我们那个年代二分钱能买到的米面粮油……"现在网络平台上，不少人都讲述了自己与大碗茶之间的故事。

"这已经是今天卖出的第8桶大碗茶了。"工作人员说，老舍茶馆二分钱大碗茶的服务从开业以来一直延续。随着暑期旅游热潮来临，大碗茶在市民游客中间又火了起来，不少人专程来前门就为了喝一口传说中的大碗茶。

"现在老二分大碗茶每天上午10点到下午4点营业，由于天气原因，茶摊挪进屋里来了，周末人多的时候，一天能卖出500多碗。卖老二分大碗茶不考虑成本，只为市民游客提供实惠便民的游览体验，宣传京味茶文化。"工作人员说，"如果没有带零钱，也可以免费喝。"

看着眼前，心底又回荡起悠扬曲调："……高高的前门/几回梦里想着它/岁月风雨/无情任吹打/却见它更显得那英姿挺拔……为什么它醇厚的香味儿/直传到天涯/它直传到天涯。"

漫步在繁华的前门，犹如漫步在岁月的长河里，那些起伏，那些记忆在流淌。

（作者为北京市东城作家协会会员）

在故宫以东看见非遗之美

张佳宁

在我看来，能做出这么多玉雕的作品，最大的体会就是要有一种坚持、较劲和不服输的精神。

——传承人王建

师古而不泥古，在继承文脉基因的基础上进行载体的焕新。

——传承人杨晓雅

新时代使我们非遗传承人成为一个新的阶层，登上了大雅之堂，过上了好日子。

——传承人舍增泰

以前，有人问我，你的家在哪里，我会说，我的家在第一面五星红旗升起的地方。现在，有人问我，你的家在哪里，我会说，我的家在故宫以东。

参天之木，必有其根；怀山之水，必有其源。一个国家和民族的根之所系、脉之所维都离不开其绵延不断的历史和薪火相传的文明。非物质文化遗产是中华民族的根和魂，蕴含着中华民族的宝贵文化传统，铸造了华夏儿女的独特精神家园，既是城市坚固的文化基因，也是城市形象鲜明的文化符号。

故宫以东这41.84平方公里的土地，不仅是时尚的汇集地，文化创意的先锋地，更是具有重要影响力的文化名区，是首都北京文化遗产最为集中的区域。她孕育了225个非物质文化遗产项目，其中，37个项目进入国家级非遗代表性名录，71个项目进入北京市级非遗代表性名录。拥有非遗项目代表性传承人271人，其中国家级27人，北京市级75人。拥有非遗生产性保护示范基地国家级2家，市级5家。

非遗+旅游

从文旅融合的那一刻起，探索非遗+旅游，我们是认真的。

2020年开始，联手丽晶酒店、金茂万丽酒店、王府半岛酒店等17家五星级酒店及品牌餐饮共同推出"故宫以东"联名下午茶。传国宝玺、翠玉白菜、琉璃如意等造型元素都出现在了下午茶餐桌上，现在很多酒店的"故宫以东"下午茶已经升级到了5.0、6.0版本，每一款都在结合王府宅院、非遗、红色文化、古都京味等不同的文化元素进行创新。

风筝的图案栩栩如生"落"在白色巧克力圆牌上，与红心火龙果香草奶油蛋糕打制而成的"吉祥如意"锁相得益彰；一枚中式云扣由白色巧克力特制而成，置于包裹着芒果酱的桃香奶油卷上，仿

扎燕风筝非遗下午茶

若一位身材婀娜的妙龄少女置身于彩蝶纷飞的盎然春意中，身着白色中式云扣的芒果色旗袍，与蛱蝶共舞，一派欣欣向荣、生机勃勃的美好景象映入眼帘……北京丽晶酒店厨师团队优选"蛱蝶寻芳"北京扎燕风筝非遗元素，将其巧妙地嵌入"故宫以东"下午茶5.0版本"故宫以东致敬大师"系列中。

据介绍，风筝在我国有着2000多年历史的文化传承，在无数人的心目中，是镌刻在内心深处天真无邪童年的精神图腾。北京扎燕风筝更是承载着无数老北京人难忘的儿时回忆，百年手工技艺传承，印刻着古老文化的源远流长。做工细腻、用料考究、绘制精美的北京扎燕风筝尤为凸显北京文化特色，诸多耳熟能详的代表作蕴含着深远的美好愿望寄意。

蛱蝶寻芳

　　此次丽晶酒店上新的"故宫以东致敬大师"系列，将一贯传承的"中西合璧"呈现方式的理念与宗旨延续，深耕中式传统甜品技艺，匠心雕琢在每一款经典甜品上——晶莹剔透的"玉白菜"造型以开心果慕斯的形式，将寓意"财源广进"的美好祝福呈现，慕斯中增添的糖渍柠檬丝，使得其口感更为清爽；由黑芝麻蛋糕制成的"威严石狮子"，象征着权力与尊严，寄意吉祥平安，配以自制豌豆黄的底座，味道香甜，幸运豌豆粒隐藏在豌豆黄中，博得口感的同时，更博得了幸运的祝福；红色玉玺造型的甜品则由樱桃布丁与巧克力慕斯搭配在一起，酸与甜完美结合，感受美好寓意的同时将下午茶画面感的精髓极致演绎。

　　东城区的国家级非物质文化遗产北京扎燕风筝技艺传承大师杨

利平，多年来始终致力于传承和推广北京扎燕风筝技艺，虽然平时很忙碌，但参加东城区的"非遗进校园"等非遗推广普及活动却一次也没有落下。每年龙潭庙会，也总能看到他在摊位前耐心地给孩子们讲解扎燕风筝。

此次与北京丽晶酒店联袂，将北京扎燕风筝非遗元素嵌入"故宫以东致敬大师"系列，对杨利平而言也是一次前所未有的全新尝试。"兼顾保护与利用、有效活化非遗，不是简单的陈列、展示，而要找到与现代生活的切合点，焕发其新的活力。"杨利平说。

非遗+文创

非遗的创造性转化和创新性发展，我们保持热爱的脚步一直在路上。

联手完美世界举办"故宫以东有梦有趣有你"校园文创设计大赛，2023年已经是第三届。

2021年，首届大赛围绕天坛公园、景泰蓝、兔儿爷、面人、风筝等非遗主题，共有全国390多所高校的2228名学生踊跃报名，提交1360幅参赛作品，34幅作品获奖，其中，有4组获奖作品已成功孵化为8款文化首饰产品，上线发售。获得金奖的金镶玉兔爷手链被周大生珠宝孵化上市。

2022年的第三届大赛采用多样化命题方式，以东城文化元素，地标建筑、文博剧院等多个场景为核心，首次引入AI人工智

故宫以东完美世界文创大赛二等奖《好春光》

能绘画技术，聚焦传统文化与现代科技的融合，试图用科技和文创化的手段激发和引导学生用更大胆突破的方式，理解和诠释传统文化。最终，大赛的"传统与艺术""商业设计""AI绘画"三个领域共收到来自600余所海内外高校的4125名学生参与报名，收到作品超2700幅，其中266幅优秀学生作品入围，共选出221项大奖。

获奖作品《好春光》，是以时节为串联的一组非遗系列插画，选取春天的元素，早春的梅花、仲春的白玉兰、暮春的芸薹。结合非遗创新的时代背景，选取年轻、快活的视角，表达大浪淘沙后古老的技艺历久弥新，前方生机盎然又一番好春光。春日是活力、是初始、是万物欣然，有人"应怜屐齿印苍苔，小扣柴扉久不开"，也有人游目骋怀"仰观宇宙之大，俯察品类之盛"，希望"遇物尽欣欣，爱春非独我"。

非遗+数字

当元宇宙来袭，会与古老的非遗产生什么样的化学反应？作为催化剂，我们很荣幸。

东城区文旅局与腾讯合作，在京东智臻链数字藏品平台——京东灵稀上共同发行燕京八绝系列主题数字藏品，本次首发的京绣数字藏品原型由北京市剧装厂授权发行，根据东城区国家级非物质文化遗产代表性传承人孙颖大师的作品创作而成，共有两款藏品，分别是清代正一品文官补服和清代正一品武官补服。仙鹤与麒麟，是中国传统的祥瑞神兽，也是中华民族传统美德的象征。在2022文化和自然遗产日来临之际，特别是在一年一度的高考期间发布这组非遗数字藏品，用动画等易于为年轻人接受的方式展现传统优秀文化，承载了我们期望广大考生成长为灵魂高洁、德才兼备的国家栋梁的深情寄语；而仙鹤飞天、麒麟踏云的形象，更是寄托了我们希

1921燕京八绝数字会客厅

望广大考生勇于突破难关，一飞冲天的美好祝愿。

购买燕京八绝系列主题数字藏品的玩家，还可获得由相伯居设计的《故宫以东非遗守护卡》（电子卡）一张，集齐一套可有机会兑换嘉德艺术中心《崇威耀德——故宫博物院藏清代武备展》门票一张，或者故宫角楼咖啡礼品一份。

当前，我国区块链技术标准和规范体系正在逐步完善，数字藏品已经成为激活传统文化、让非遗活起来的重要载体。此次区文旅局联手腾讯、京东推出的燕京八绝数字藏品，借助京东的技术优势和腾讯在文化产业的聚合优势，发挥东城非遗焕新价值转化平台效能，是在国家文化数字化战略引导下的积极探索，一是通过数字科技对非遗的保护和展示，重塑大众认知，有效拉近文化遗产与生活的距离，特别是契合年轻群体的需求，在促进非遗融入当代社会、

会客厅雕漆作品

增强青少年的文化自信和文化认同等方面产生了可持续的价值。

二是通过有趣的产品设计和特色玩法，挖掘非遗的深层次内涵，精准定位热爱文化艺术收藏的消费群体，将其引流到线下场景，促进非遗的文化价值和精神赋能实体经济。

三是通过区块链技术，尝试探索保护非遗大师作品的知识产权，未来实现更好的IP转化并反哺大师，从而使传统文化得到新发展、新传承，在当代绽放迷人光彩。

2022年8月，区文旅局联手王府中环旗下文化创意机构拾玖贰壹、国家级非物质文化遗产:北京玉雕保护单位相伯居，在王府中环19号贝子府举办了"仲夏国风美学非遗工坊"，为暑期亲子家庭和热爱传统文化的受众提供沉浸式感受传统文化的体验平台。其中贝子府的一进院为"1921燕京八绝非遗会客厅"，将景泰蓝、京绣、金漆镶嵌等国家级非物质文化遗产大师作品融入当代生活场景，并通过数字化技术将每件藏品进行3D建模，在线上360度呈现了工艺特点、大师简介等信息。

此次线下展览和体验面对的群体是王府中环会员，定位精准，线上展览以微信公众号为载体，面向所有对传统文化感兴趣的受众。据记载，1904年，贝子溥伦把燕京八绝带到了圣路易斯世博会展现给世人，百年之后，我们在京城重建的19号府邸旧址上通过生活美学展和数字方式重新演绎了燕京八绝，融汇古今，贯穿东西。

此次区文旅局与王府中环和相伯居三方联手，在内容上突出文化内涵和历史渊源，深度挖掘贝子溥伦的历史史实和精神情感，是讲好东城在地文化故事、激发东城文化魅力的积极尝试；在呈现方式上，将燕京八绝作品融入到高端生活场景中，并通过文化数字化的创新表达，触达青年群体，感受现代科技的魅力。在传播手段上，线上线下相结合，互为补充，既覆盖了高端消费人群，也通过数字手段在线上面向大众，让文化传播更高效，实现中华优秀传统文化的创造性转化和创新性发展，满足了人民对传统非遗的认同感、参与感和获得感。

汉祖艺术实验室和北京东城区"兔儿爷"非遗代表性项目吉兔坊推出了全新IP"元卯人"，用跨界融合的新视角来传承、解读、延展北京吉祥物"兔儿爷"，旨在在癸卯兔年春节之际，将一份来自月球的想象送给这座城市，它既是不断传承经典厚重的文化力，也是赶超无畏年轻多元的青年力，更是天马行空无界融合的想象力。永远年轻，永远成长，永远敢想，正如中国城市创新澎湃不息的青年力、创新力、想象力。岁末年初，辞旧迎新，创新的想象就从那一点点"兔"发奇想开始。

在互联网、数字化、元宇宙多元发展的大背景下，坚持中国优秀传统文化应进行"创造性转化、创新性发展"的基本方针，汉祖艺术实验室以守正创新的思路将百年城市非遗符号"兔儿爷"进行IP化，推出多元化城市新国潮IP"元卯人"，以这个城市的物象载体和隐喻符号的形式，建构着对北京城和中国神话的文化想象。汉祖艺术实验室力求用非遗、艺术、潮流、元宇宙等跨界融合的新视角来传承、解读、延展这个北京的吉祥物，并将这一符号融合进新时代的文化特征，吸引Z世代、C世代等更为年轻的受众群体，来探索非遗、文化、艺术、潮流、商业新形态。

元卯人IP将会和故宫以东开启联名计划，未来会从主题策展，内容引领、创新活动、地标场景打造等玩法的组合牌，探索城市内容新玩法。

非遗+游戏

与Z世代同频共振，非遗传承活力永续。

腾讯游戏在2021年发布的手游《延禧攻略之凤凰于飞》中，通过剧情植入、知识科普、技艺互动等方式，将玉雕、京绣等"燕京八绝"技艺融入游戏，通过非遗手工艺和游戏的结合，拉近了年轻人和传统文化的距离，并且通过全新的玩法，使东城区的传统非遗更好地焕发新的生命力。

历史上，燕京八绝代表着最顶尖的"皇家工艺"。作为《延禧攻略》电视剧正版授权的游戏，女主角魏璎珞初入宫时工作的"绣坊"即隶属于"燕京八绝"的前身——宫廷造办处。几位八绝传承人对着精美的文物娓娓道来，为我们讲解它们背后蕴藏的内涵与匠心。未来，游戏中还将设置制作"八绝"互动的玩法，让受众更深入了解和体验非遗的制作工艺，感受传统手工艺的魅力。

与腾讯旗下知名游戏IP《光与夜之恋》跨界联名，推出《东城宴游记》，在游戏中知名人物"齐司礼"的带领下，寻访东城的历史文明和传统非遗，将景泰蓝、玉雕、都一处烧麦、便宜坊烤鸭等国家级非遗融入游戏，触达Z世代人群。

故宫以东，非遗焕新。"故宫以东"是一篇故事，内容无限精彩，今天我所讲的仅是序言而已；"故宫以东"是一幅画卷，徐徐展开的仅仅只是她的芳华一角；"故宫以东"更是一封"请柬"，期待四方友人莅临品鉴。故宫以东的非遗人将坚持守正创新，以时代精神激活东城区悠久传统文化的生命力，持续书写"崇文争先"的精彩华章。

（作者为北京市东城区文化和旅游局非遗科科长）

（图片由项目单位提供）

角楼图书馆——赴一场"最北京"的约会

杨 巍 马 宁

推开仿古城墙上敞开的玻璃门，走进角楼图书馆，特有的木香、书香气息扑面而来。在一楼，沿墙摆放的老物件展览，一下子让人就感受到了老北京胡同里的味道：铃铛、锣、鼓、梆子……从前老北京五行八作的响器；老式熨斗、女红线板、旧式保温器……

老物件展览 摄影：马宁

角楼图书馆全景　摄影：马宁

从前老北京人的日常用品；料器、风筝、鸽哨、泥人、面人、风车……从前老北京的传统手工艺品。每一样物件都有着使用过的痕迹，透过岁月的包浆，昔日生活的身影好像也渐渐显现。

始建于1553年的北京外城东南角楼，见证了百年风云，历经了湮灭重生，历时两年复修，2017年以"最北京"的图书馆为特色，集图书阅览、文化展览、文化交流为一体，对大众免费开放。

走进角楼图书馆，好像是赴一场"最北京"的约会。

最盛大的约会

外城角楼在过去起防御作用，城台上有兵士把守，为抵御外敌入侵，它的城墙为实心的，由夯土夯实。在角楼复建时，外观依照

一层展览区　摄影：马宁

二层阅览室　摄影：马宁

明清时期的样貌建设，城台上可以让人们登城远眺。东城区文化与旅游局在设计时，还特意把城墙内部留有活动空间，分为上下两层，引进了图书馆的全新理念，让传统文化与现代文化相融合，打造一个聚集融合老北京文化特色的图书馆。

这里的藏书包括了北京各行业、各时期方方面面的资料，比如有北京寺庙道观，著名的商业街、老字号，门类众多的宫廷艺术，久负盛名的文化古迹，还有知名作家描写北京的文学作品，更有包括北京不同发展时期和风土民俗的历史资料、照片、画册、地图等等。

当然，角楼图书馆最吸引人气的还是活动啦！"阅读北京""艺术北京""聆听北京""品味北京"四大板块，"非遗52日""老外爱北京""角图有展"等多个品牌，都是叫好又叫座。其中"北京会客厅"是为读者打造的最盛大、最豪华的聚会，真可以说是高朋满座、群贤毕至、少长咸集。

会客厅邀请北京文化名人、作家、历史学者前来做客，为读者朋友们再现北京波澜壮阔的历史画卷，阐释京城文化的独特韵味，成为北京文化爱好者与"大咖"近距离接触，分享知识、交流思想的难得聚会。

2020年，适逢故宫建成600周年，阎崇年先生到角楼会客厅做客，讲解《故宫六百年》。86岁的阎老眉发皆白，但身体健朗，声音洪亮，一上讲台就先给大家鞠了一躬，感谢大家在周六休息时间还来听他的讲座。阎老师进出故宫一千多次，对故宫了如指掌，讲述中数据、人名、地名、年代、档案资料信手拈来、旁征博引、

阎崇年老师讲大故宫　摄影：马宁

滔滔不绝，而且两个小时的讲述完全是站着讲完的，观众都深受感动，几次要求："阎老师坐下来吧！"

读者感受着阎老师的治学严谨：在讲解昌平郑各庄平西王府的考证时，从大陆到台湾，从文献到现场，从汉文到满文，一步一个脚印，无半点猜想、推测等含糊其辞的地方，赢得了现场观众的热烈掌声。

读者为阎老师的学养所折服：见多识广，国内国外，走了许多地方，到国外多所名校访问授课，与名人学者广泛接触切磋，讲课时不断向观众传递各种信息，风趣幽默，引人入胜。大多数时候会场上鸦雀无声，静可寻针，有时又爆发出阵阵掌声和笑声，从几十张愉快满意的笑脸和崇敬的眼光中，便可看出阎老师讲课的魅力。

阎老师还为角图题写了赠言：读书实践，我们同行！并且在事后还专门给工作人员发来短信，写道：今天下午在贵馆，印象既深又好，环境美好，大家热情。谢谢！

明星的到来更是吸引了大批拥趸，图书馆还没开馆，已经有人早早地就在门外排起了队伍，这一天来"北京会客厅"串门的是北京电视台《这里是北京》栏目主持人阿龙，和大家伙儿一起分享他的新书《街角的老北京》。

荧屏上的阿龙总是身着一身中式唐装，手持一把折扇，用地道的京味儿语言解读北京的历史文化、人文风土，历史典故脱口而出，杂闻趣谈信手拈来，透着一股成熟睿智的气质，他也因此被誉为最了解北京的主持人。

作为一名土生土长的北京人，阿龙伴随着这座古都一起成长，他看到处处皆文化的老北京正在渐渐只存在于人们的记忆里，灯火璀璨、人声喧嚣的现代都市逐渐崛起，心中满是怀念与不舍。于是写下此书，将目光投向北京的街头巷尾、古寺园林，并将目之所及且依稀尚存的原汁原味的老北京的风物图景记录下来，以此唤醒人们内心的老北京情怀，也是为大众亲自体验老北京风情指引方向。

在角楼图书馆，阿龙与读者近距离面对面，带大家领略地道的老北京传统吃食，体味属于旧京的文化与遗迹，认识三千年古都最本来的样貌，感受这座城市的独特韵味。"客人们"在阿龙的谈话中，一起穿越时间，唤起心底的回忆，找寻到那份京腔京韵！

像这样受到读者欢迎的讲座还有很多，几年来会客厅共举办了近百场活动，接纳了四面八方的客人近万人，文学家、艺术家、作家、教授、学者、主持人齐聚一堂，如果加上通过网络直播观看的十几万名听众，北京会客厅真的要算角楼图书馆最盛大的约会啦！

最温暖的约会

也许，这座城市的每一个角落，都藏着无数个把北京当作梦想起点的青年的影子。他们终日在工作与生活之间苦心寻找平衡点，白天与整个北京共享繁华，到了晚上，似乎特别需要一隅来分担寂寞。一周工作结束的周五晚上，偌大的城市，疲惫的身心，深秋晚上伴随呼呼的风声，会有那么一刻，不想一个人回到空荡荡的家里，满室漆黑；不想面对家人日日重复而又无法回应的关心，纠结该如何自处。

2017年的10月28日，角楼图书馆正式开馆。开馆后的第二周起就在周五的晚上延长开馆时间到晚上9点，让白天因为繁忙的工作没有时间走入图书馆的青年人，可以利用周末的闲暇有机会进入馆内。

随着北京冬天的到来，这可能是北京入冬以来最冷的一天，昏黄的路灯，凛冽的寒风，零下十一摄氏度的低温，也未能阻挡一拨儿一拨儿年轻脚步的到来。

在护城河畔，角楼城上，有一盏灯一直亮着。角楼图书馆内温暖明亮，隔断外面呼啸的风声，暂时屏蔽掉那些沮丧与不顺心，一群柔软鲜活的朋友和领读人，相约在每个周五的晚上，用爱的语言开启夜读，为城市的青年人点亮一盏阅读之灯。

《非暴力沟通》《爱的五种语言》《男人来自火星，女人来自金星》……这些情感心理类书籍都在"角图夜读"里被讨论过；《诗经》《论语》《庄子》《兰亭集序》……这些经典名篇被一一吟诵过。卡尔维诺在《为什么读经典》中就深刻指出："这种作品有一种特殊效力，就是它本身可能会被忘记，却把种子留在我们身上。"

经典名篇让青年一起共赴一场文字雅集，让人们在这寒冷的夜晚感到丝丝温暖，难怪不少读者会在网上留下很多感动的话语：

"我那天是阴差阳错地走错地方了，意外来到了角楼图书馆，临走看见二维码扫了，关注角楼公众号，然后就开始了奇妙的缘分。我还跟同事说自从搭上角楼图书馆，我的生活变得风生水起……每周都要参加各种讲座，与名人合影。我只能说我实在是很幸运，这一切都缘起于错过，感谢生命中的阴差阳错，角楼图书馆，我在北京的又一个家！我是90后，我为角楼图书馆代言！"

"一切源于偶然，因微信公众号的一则活动预告结缘角图。自此一发而不可收，成了角图的常客，只要时间凑巧，一定会参与这里的活动。从老母亲到孩子，我们一家三代都曾在这个飘着书香、漾着古韵的地方感受到民族文化的浓郁。听过老北京名家述说老城故事、朴实民俗，看过人道主义救援影片的红色精神、血色刚强；欣赏过传统工艺精美展示，体验过非遗传承手工制作。在这里，感受过夏，体会过冬，安排过周末，欢庆过节日，所有的活动丰满特色，任由选择。更因角图，我立下志愿，成为一名家庭阅读引领

角图夜景　摄影：马宁

者。参与至今，过往难忘，唯愿角图日臻完善，承托起更多善良的梦想。"

"在护城河休闲公园散步时，偶遇这家'最北京'的图书馆，从此就是我退休后最惬意的生活所在，尤其是《论语》《道德经》《墨子》等专题讲座，经典影片回顾，老北京的故事……都是我特别感兴趣，特别喜欢的。我多次对朋友们讲：在角图，才能体会到什么是'退休生活充满了阳光！'在有历史的地方给大脑充电，把以往由于工作忙而来不及学习、领会的中国文化，在老师的带领下加深印象，获得新的启发。还要说，这里的工作人员也是对中国文化充满激情的，每次的安排都那么周到，贴心，温暖！让读者一进门就感觉回到家里一般，在这里读书，听课，就如同在自家的书房里！不由自主地暗暗发誓：好好地活到老学到老吧！"

……

有人说，"城市愈大，就愈感到孤独"，而角楼图书馆的存在，就是聚集这个城市的人情温度，驱除那份孤独，在这里好像拥有春日的暖阳，夏日的清风，秋日的晴空，冬日的飘雪，静静地守护着北京城里每一个热爱生活、热爱文化的心灵。

最浪漫的约会

你能想象角图星空电影院和城台音乐会是什么样子吗？一定会满足你对浪漫的想象！

仲夏的夜晚，头顶星星、身披月光，鸟啼蝉鸣中，护城河畔的晚风轻拂面颊，在角图和护城河灯光的映衬下，这座繁华都市的车水马龙尽收眼中。皓月繁星下，情侣、家人相互依偎，看着银幕上变幻的光影，感受着剧中人的悲喜交集，或微笑，或低语，或无言，只享受着这一刻的欢乐与美好，内心深处流淌着对彼此的眷恋。

或是在傍晚，一天的炎热尽退，白天安静的图书馆突然热闹起来了，出来纳凉的人们、闲不住的孩子、约会的情侣熙熙攘攘来到角楼图书馆城台，城台上烛光闪烁，晚风徐徐吹散了暑热，夏日城台音乐会马上就要开始了！北京民谣歌手慢弹低唱，情歌浅唱醉人心，琴声婉转入空去，现场观众们打开手机手电筒，随着节奏轻轻摆动。月亮挂在星空，灯火闪着余波，歌手与观众都投入其中，歌至尽情处，大家纷纷跟着唱了起来，独唱变成了众人合唱。

星空电影院　摄影：马宁

城台音乐会现场　摄影：马宁

最长久的约会

在角楼图书馆的所有约会中哪个时间最长？一定当属与"北京中轴线"的深情相约了！从2020年开始创办，到2023年已经持续举办4年，为中轴线申遗的创新实践树立了新典范，让中轴线讲座更具有完整性和系统性。

北京中轴线，这条7.8公里、世界上现存最长、最完整的轴线，跨越元明清三个朝代，历经多个历史时期的积淀，拥有丰富的历史文化遗存，真是有着讲也讲不完的故事。

角楼图书馆自2020年开始就策划推出"魅力北京大美中轴"系列直播活动，邀请14处遗产点的专家对每个古迹逐一进行讲解，展示北京中轴线的建筑精髓，为广大市民讲授中轴线中蕴含着的中华民族文化底蕴、哲学思想。活动一经推出，场场爆满，网上直播也连破收视纪录，14场直播网络参与人数达到222520人，获得广大市民的一致好评。

2021年与北京市文史馆合作，邀请长期从事北京历史文化研究的参事馆员加入中轴线宣讲团，为北京市民讲解北京中轴线的发展演变过程、文化内涵、历史与现实意义，以及传承保护和申遗的相关工作。

2022年和2023年又结合北京出版社最新出版的一套16本《北京中轴线文化游典》图书，邀请每本书的作者从不同角度来现场为读者们解读中轴线，以营城、建筑、红迹、胡同彰显"古都风韵";以园林、庙宇、碑刻、古狮雕琢"文明印迹";以商街、美食、技艺、戏曲见证"薪火相传";以名人、美文、译笔、传说唤起"文化拾遗"。既有对北京城市整体文化的宏观扫描，又有具体而精微的细节展现；既有活跃在我们生活中的文化延续，也有留存于字里行间的珍贵记忆。

2023年6月，角楼图书馆还特意为孩子们开了专场，邀请了长期从事城市规划和环境问题的专家朱祖希教授为同学们讲讲北京中轴线的故事：中轴线到底是什么？它是怎样产生，又是怎样演进最后形成了这条贯通北京全城的中轴线的？既然它是统领北京老城的脊梁，那么它又将如何保护和管理，如何与北京老城的整体保护相结合？我们又该如何去观赏？……

面对近百名小听众，86岁的朱祖希老人也格外兴奋。讲座一开始，朱老就深情地回忆起他第一次听到有关北京中轴线的事，那是六十八年前在北京大学地学楼101号阶梯教室召开的"迎新会"上：

北京，是我日夜向往的地方，北京大学更是我梦寐以求的学校。我满怀着对未来的憧憬，怀揣着录取通知书、一块家乡的泥土，用一条两头带钩的竹扁担，挑着母亲给我准备的行装——一个铺盖卷儿、一领凉席、一个装着洗漱用品的网兜，拜别了母亲，从浙江省中部的一个小县城，乘坐汽车、火车，经过几天几夜的颠簸，风尘仆仆地来到了北京。

当我在前门火车站，就是今天的中国铁道博物馆下来，并随着人流亦步亦趋地走出车站时，蓦然之间，一座巍峨高大的城门楼出现在了我的面前。这北京的城门楼怎么这么大呀！城门都这么大，

朱祖希老师和孩子们在一起　摄影：马宁

那北京城该有多大呀……

开学的第一天，按照惯例，地质地理系要召开"迎新会"，并由系主任致欢迎词。然后，就开启了开学后的第一课——《北京》。地质地理系主任侯仁之，是当时知名的历史地理学家。他讲的北京城的起源和它的变迁，特别是在讲到北京城的政治主题"普天之下，唯我独尊"和一位县太爷因永乐皇帝召见，诚惶诚恐地行进在北京中轴线上，最终因扛不住巨大的精神压力，而瘫倒在奉天门（现在叫太和门）的故事，让我听得如痴如醉……从此，我一个外省人也对北京文化越来越着迷了！

讲座的最后，朱老殷切地对在场的同学们说："我们的祖先以'天人合一'的理念，怀着对大自然的谦恭情怀，以大手笔规划建设了北京城，我们要像爱惜自己的生命一样爱护我们的城市，保护好我们的北京城！"

北京中轴线，汇集了北京城建筑的精华，见证了这座古都的历史变迁，是我们的先人以他们卓越的智慧和辛勤的劳动，创造了举世公认的奇迹，为后代留下的弥足珍贵的历史文化遗产。中轴线讲座不仅仅是阐述一个遗产的价值，也是在向世界讲述一个中国故事，所以，角楼图书馆"北京中轴线"的约会是永远没有散场的！

最中国的约会

不光能读书，来角楼图书馆还能体验民间习俗，赴一个"最中国"的约会。

春节前图书馆组织民间艺人教读者做风车，学剪纸，制作冰糖葫芦。"原想着每人可以制作一串糖葫芦，就准备了一堆山楂，没想到报名的人太多，山楂到最后根本不够用了，只好给每人发了三颗。"还记得小时候元宵节用纸或纱糊灯笼，在胡同里提着灯笼互相串门的情景吗？小小的花灯留给我们太多的回忆，是团圆欢乐和喜庆的承载物，角楼图书馆教大家做花灯，猜灯谜，品尝汤圆；蹴鞠、牵钩、画蛋、放纸鸢，体验古人如何过清明；宫廷补绣嫦娥、冰皮月饼手作、兔儿爷绘制、《中秋节文化密码》讲座，《大过中秋》展览，《月满京城情系中华》中秋诗会……现在，民俗体验活动预告一发出，经常是十分钟之内名额就被一抢而空。

从直播带您逛庙会的春节到正月十五通关乐的元宵节，从清明到端午，从七夕到重阳，从中秋到国庆，每一个传统节日，角楼图

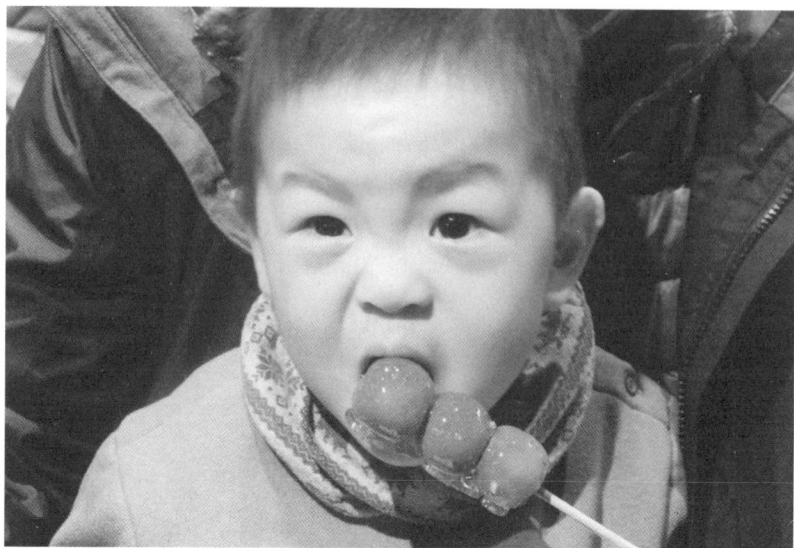

来角图过中国年　摄影：马宁

中秋诗会　摄影：马宁

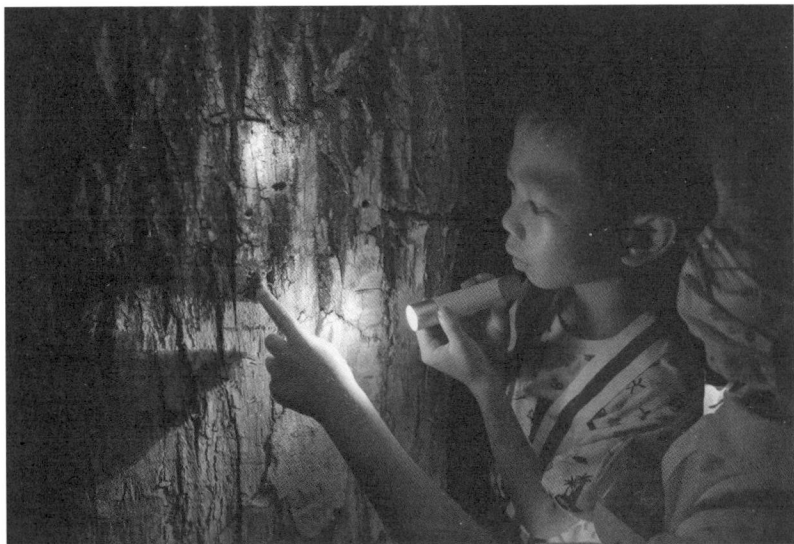

角图奇妙夜　摄影：马宁

书馆都会陪您度过。来角图过中国节，感受着节日的文化，感受着节日的温馨，感受着节日的美好。中国传统节日像流水，从不停息地流着，从远古流到现在，又将从现在流向未来。

最神秘的约会

盛夏的荷花开得正热烈，缸中的鱼儿闲来总探头，枝头的蝈蝈吃饱就开唱，角图的夜晚等着大家来感受最神秘的约会。

乘着微凉清风，头戴探照灯，走进盛夏的湖边公园，角图夜探小队马上要进行神秘探险啦！北京仲夏夜公园里小动物们丰富到超乎你的想象，经过老师们"培训"过的队员们发现了许多白天见不到的昆虫和小动物。水边飞舞着的蓝色豆娘，出来散步觅食的刺

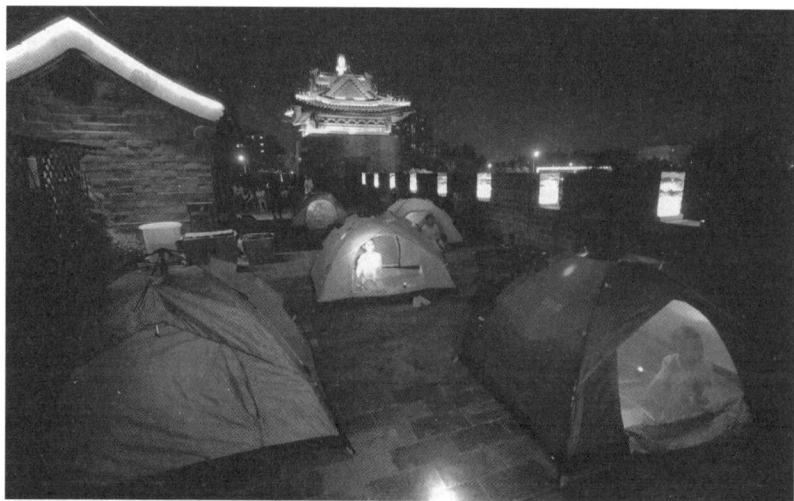
露宿城台　摄影：马宁

猬，在树干上不仅看到了声大如牛的花狭口蛙，还有姿势帅气的斑腿泛树蛙。蝉和螽斯的鸣声大家听出区别了吗？突然老师在一片草地边蹲下，孩子们也跟着蹲下，发现了什么让老师这么兴奋呢？

神秘的夜探之路充满着惊喜，满载而归的孩子们，带着自己的宝贝再次回到城台露营，在满天繁星下，听着虫鸣扎营入睡。第二天，在清脆的鸟叫声中伴着第一束阳光醒来。

最欢乐的约会

什么是快乐星球？有孩子的地方就是快乐星球！而角楼图书馆承包了孩子们所有的快乐。

角楼图书馆专门为孩子们打造"童书阅读季"品牌项目，举办"识历史、绘北京"儿童系列活动，其中的"童书市集"的预告一

童书市集　摄影：马宁

发布，半个小时之内80个名额就被抢报一空，在后台读者留言的一再要求下，角楼图书馆又追加了10个名额，并邀请没有报上名的读者也可以来现场参与换书。

活动当天，有的读者早早地就来到现场，好占据"有利"地形，开始布置摆放。很快，90组被邀请的读者家庭，带着各自闲置的童书绘本和小玩具在角楼图书馆内的院子里开始摆摊了，孩子们开始练着做一个小小摊主，以书换书，以物换物，与小伙伴们交换童书，交流阅读喜好和乐趣。

在市集现场，孩子们把自己喜欢的童书摆到野餐垫上，童书"各就各位"，翘首以盼它们即将到来的新主人。活动现场热闹非凡，更是吸引了许多原本路过的家长和孩子来逛市集。小朋友们穿梭于各个书摊之间，仔细挑选着感兴趣的书籍，相互推荐交换着喜欢的书籍，换到喜欢的书，小朋友们迫不及待地就看了起来，家长们也一起坐在野餐垫上给小朋友们讲起书上有趣的故事。

活动现场交换的童书种类丰富多样，孩子们换书的热情也格外高涨。"我还从没发现，我的孩子这么能说话，这么会推销！""换书活动太好啦！""今天活动特别棒，希望下次还有机会参加！"读者在微信群中纷纷留言点赞。

欢快的身影、开心的笑容、得到盲盒的惊喜，是你看到最多的镜头，孩子们的笑声仿佛拥有着无穷的魔力，让路边经过的人们都会情不自禁地微笑起来，抬头望着高大的城台，今天的天儿真好啊！

2020年三个多月的"首届北京网红打卡地评选活动"，据统计投票活动参与数近742万人次，从网络征集海选到网络投票，经过激烈竞争，最终评出了100个北京网红打卡地推荐名单。角楼图书馆成功荣获2020年首届北京网红打卡地推荐，成为展现首都的城市新面貌、古都新风尚、时尚新地标的标志。

从开始活动海选到投票评选阶段，角楼图书馆受到忠实粉丝们的厚爱与支持，各个读者群的角图粉儿们每天相互提醒打卡投票，以及呼朋唤友地宣传与推荐，这中间是读者朋友们对于角楼图书馆的认可，是对这处书香之所的情感共鸣，更是读者给予角楼图书馆的最大褒奖！

角楼图书馆带着这份荣誉与陪伴一路前行，新友相识，老友重逢，邂逅每个平凡却又闪闪发光的灵魂，在开馆的六年中更是被数不清的读者和老师感动。

葛昌军大爷年过七旬，用镜头记录着角图的成长，活动现场经常能看到老人家忙碌的身影。为了把大家最美的状态拍下来，他总

在这座城市，总有一处温暖的书香之所等你邂逅。

与你相约角楼图书馆　摄影：马宁

是提前到现场试镜、找角度。天气好的时候，一大早就出了家门，在护城河边一待就是俩小时，为的就是拍下角图最美的风景。

张晓洁老师是一位朗诵爱好者，用声音传播着文化与大爱。她像一位天使，每天将"角图早读"的内容录制成音频在网络平台上广为传播，声音甜润，且充满活力，为很多人创造了又一个了解角图的窗口。可能有些人不理解她为什么这样做，她说，"就是发自内心地想宣传角图"。

剪纸传承人高阳老师，春节前接到工作人员的邀约，虽然已回到张家口老家，却还是二话不说赶回北京，给大家讲剪纸，读者们认真的态度，让他也看到了将这项传统技艺传承下去的希望。回忆第一次来角图讲课的情形，他这样说："斗方之间，一种由环境和人互化的文化磁场让我讲课的时候思如泉涌，一种久违的感动让我渴望把自己所知所学的剪纸技艺和知识都传授出去。"

"银龄书院"创办人薛晓萍老师，十几年来坚持到养老院做义工，用阅读陪伴老人。为了给大家呈现最好的活动效果，每次活动前，薛老师都要与工作人员反复沟通创意策划。"作为土生土长的北京人，一踏进角图的大门，就喜欢上了这里，为了让更多人爱上阅读，我要做的还有很多很多"。

角楼图书馆，与你约会的每一天，惊艳、未知、期待，惊艳于忽逢京味书馆的喜悦，对各种内容的好奇与未知，期待着来日的再次踏足。

与你约会的每一月，熟悉、感知、欣喜，对角图的整体脉络逐渐熟悉，在阅读与活动中感知生活，人与人之间的相遇与重逢带来欣喜。

与你约会的每一季，更替、参与、收获，是季节的更替也是工作与生活模式的更替转换，从初来时的旁观者到后来的参与者，保持本真自然收获盛果。

与你约会的每一年，找回、根植、爱上，把那遗失的归属感重新找回，将书香的氛围根植于生活，悄然无声地爱上这一年的光景。

与角楼图书馆约会，让你爱上阅读，爱上生活，爱上老北京的静逸时光……

（作者杨巍为角楼图书馆图书馆员；马宁为北京市东城作家协会会员）

会馆有戏

毕博闻　　张　勇

　　在北京前门三里河畔，古朴静谧的青云胡同中，有一处有着四百余年历史的颜料会馆，成为近两年来人们的打卡地。是日，一部沉浸式北京曲剧《茶馆》正在会馆戏楼上演，就像之前演出的经典越剧《红楼梦》一样，场内座无虚席。

　　联谊互助是会馆主要功能之一，而戏曲、演剧则是"聚乡情，联乡谊，寄乡思"的重要媒介，会馆自创设之初就与戏曲、演剧结下了不解之缘。始建于明代永乐年间的中国第一家会馆——芜湖会馆，距今已有六百余年的历史，会馆有戏在京城也唱响了十个甲子。

前门地区　会馆集聚

　　会馆是同乡或同业人士在异地组建的民间社会组织，明永乐年间在北京初见雏形，发展于嘉靖万历朝，清代康乾至咸同年间达到顶峰，分布遍及全国，清末始趋衰落。

　　北京是会馆的发源地，是会馆建立最早、数量最多的城市。历史上前门地区是会馆分布最为密集的区域之一，据《前门志稿会馆卷》记载有资料可考的多达129处,目前有遗存37处。

会馆集聚于此的原因有三。

其一,从明成祖朱棣迁都北京后,科举制度逐步完善,科考有序进行直至清末,各地来京参加会试、殿试的举子及随行人员众多,困扰他们的食宿问题促成了同乡试馆的兴建,前门地区的长巷和草厂街区为当时主要的居住区,环境优美,为举子提供了安静的读书环境。另外因前门一带距明清两朝科考的场地贡院较近,交通便捷,这一区域成为建造会馆的黄金地点。

其二,明清两代从元代的朝后市改为朝前市,城市商业格局发生了变化,前门地区成为京城最繁华的商业区,在此能占有一席之地是在京商人们共同的期望。加之崇文门是老北京总税关,各地商贾进京贸易、经商均按律纳税,在这一带兴建商业会馆也是为了方便商家在此候货完税。

其三,清代初年,朝廷颁布了满汉分居令,满人居内城,汉人居外城,同时明令禁止在内城兴建会馆,此令一出内城所有会馆均迁至外城。若建新馆则必须选择外城,故大量会馆在外城兴建,形成了特有的会馆群落建筑,这也是今天大部分会馆遗存都集中在东、西两城南部的重要历史原因。

相生相随 彼此成就

会馆"以敦亲睦之谊,以叙桑梓之乐,虽异地宛如同乡"为建馆初衷,以"敦厚仁恕、保全信义"为核心价值观念,是同乡与同业人士合力之下修建而成的，是分布在异地的一个个故乡与家园，家乡的信仰、方言、戏曲、饮食、习俗随之入驻会馆。明清时期，会馆成为戏曲演出的一个重要场所，考其原因，既与会馆自身"官助民办"民间社会组织的特点有关，也与两者之间相生相随，彼此成就的关系有着密切联系。

就戏曲、演剧对会馆而言。会馆怎样表达乡情吸引同乡向其靠拢，并且在不断靠拢中得以维系和强大？戏曲、演剧无疑是最佳的选择。

中国疆域广袤，因地理和社会环境的互相作用形成了独特的方音土语，也造就了中国地方戏的多样性。人们的生活方式在漫长的历史发展过程中伴随人口迁移、资源流动较易发生变化，但方音土语很难完全改变，语言是辨别一个人家乡归属最有力的证明，也最能体现地域差别。

戏曲所使用的正是方音土语，无论是从声腔、语言还是从演出内容上都有鲜明的地域文化特征，能够引起客居他乡游子的共鸣，从而使家乡会众获得自豪感和认同感，是会馆用来"聚乡情，联乡谊，寄乡思"的最好媒介。当人们意识到这种作用时，就会更加重视会馆戏曲、演剧，特别是演家乡戏。也正因此，戏曲、演剧成为会馆内定期举办联谊、祭神、团拜等活动的重要组成部分，以此来凝聚"桑梓之情"，增强会馆内成员的向心力，发挥平衡内部利益、协调外部关系的重要作用。

就会馆对戏曲、演剧而言。戏曲、演剧怎样才能传承与更新，达到有效的传播？会馆无疑是最佳的平台。

一方面，明清时期分布广泛、数量繁多的会馆是家乡戏向外传播的重要载体。以山西戏曲的传播为例，晋商会馆的兴建和山西戏曲的对外传播紧密关联。晋商又称"天下第一商帮"，足迹遍布全国，有资料可考，山西在全国兴建了约400处会馆，仅在北京就有70处，其中有21处为商业会馆。在所到之处修建会馆戏楼，重金邀请家乡的戏班来演出，或携戏班随商队远行，促进了山西戏曲的传播与发展，也就是人们常说的"商路即戏路"。

另一方面，会馆又是家乡声腔与其他声腔融合发展的舞台，从而孕育产生了新的声腔和剧种，京剧的诞生和发展就与会馆有着密切的联系。清乾隆五十五年（1790年）秋天，为庆祝乾隆皇帝八旬寿诞，京师大办庆典。安徽"三庆班"从安庆进京参加祝寿演出。庆典结束后，三庆班没有返回安庆，而是驻留京城献艺，暂居在前门外梨园会馆。之后，又有诸多徽班进京，也在前门一带演出。其中以三庆、四喜、和春、春台四家名声最盛，故有"四大徽班进京"之说。他们与来自湖北的汉调艺人合作，同时融合了昆曲、秦腔的部分剧目、曲调和表演方法，吸收了一些地方民间曲调，经过六十余年的不断交流、融合，最终形成京剧。京剧是北京戏曲文化重要组成部分，也是北京古都文化乃至中华文化的重要标志。由此而言，会馆对中国戏曲的发展起到独特而重要的作用，产生了深远的影响。

再续前缘　会馆有戏

北京会馆应运而生，因时而衰。晚清以来，随着社会历史发展整体变化，会馆逐渐衰落。战乱频仍、科举废除、政府南迁是会馆衰败的三个具体原因。此后,不少会馆沦落成为大杂院,原有功能丧失。新中国成立后,绝大多数会馆被政府收回。

上世纪90年代起,北京零星对部分会馆加以修缮利用,如湖广会馆、正乙祠、阳平会馆、临汾会馆等。直至2021年下半年,北京市推进全国文化中心建设领导小组研究制定《关于推动文艺院团演出进会馆旧址的工作方案》,着眼加强全国文化中心建设,聚焦打造会馆演艺新空间,"会馆有戏"系列活动在东西两城8个会馆陆续登场,让"会馆有戏"走过六百年历程后再续前缘,在新时代重焕光彩。

2021年10月8日,随着响亮的击鼓声,"会馆有戏"之"遇见颜料"在东城区颜料会馆正式拉开帷幕。始建于明代中叶的颜料会馆,穿越历史尘埃,再次回归人们视线。

位于青云胡同22号的颜料会馆,又名平遥会馆、集瀛会馆、颜料行会馆,后直呼颜料会馆。是山西平遥颜料、桐油行在京商人集资建立的商业会馆,是京城创立最早的商业行业会馆之一。

东城区政府于2009年开始对该会馆进行腾退修缮,为最大限度恢复颜料会馆戏楼传统风貌,拆除私搭乱建,保存历史信息。运营方北京天街集团确立了"会馆有戏"文化惠民新品牌的示范基地,会馆遗产活化利用的精品项目,践行"文化+"的网红打卡地三个运营定位。

颜料会馆成为首批"演艺新空间"授牌中的一员,至今已连续不间断举办昆曲、评剧、河北梆子、曲剧、曲艺、杂技、相声、舞台剧在内的循环场演出,是"会馆有戏"落地场馆中演出场次最多,内容最为丰富的会馆。除颜料会馆以外,"会馆有戏"还陆续在东城区临

临汾会馆　摄影：毕博闻

韶州会馆　摄影：毕博闻

颜料会馆　摄影：毕博闻

梅兰芳旧居　摄影：毕博闻

汾会馆、台湾会馆、汀州会馆北馆以不同形式开展一系列的落地演出，有效丰富和延伸了"大戏看北京，好戏在东城"的品牌形象。

东城区对前门地区会馆建设进行了整体规划设计，与相关省市签订了合作意向书，旨在将恢复修缮后的临汾会馆、芜湖会馆、韶州会馆、黄冈会馆、麻城会馆、石埭会馆、汀州会馆、平镇会馆串珠成链基础上，与历史原建地政府共同打造文化体验群落，不断丰富会馆文化的时代化表达和艺术化呈现，共同构建集萃中华文化的"百花园"，彰显文化自强的"文博园"。

而今，在前门地区体验京城会馆文化展示，寻求文化印记、历史印记、人文印记、地域印记的同时，更可以漫步在水穿街巷、芦苇繁茂、锦鲤游弋的三里河畔，走过梨园大师梅兰芳、程砚秋、郝寿臣位于北芦草园、青云胡同的旧居，在附近四合院里品咖啡醇浓、香茗氤氲，尝新派京菜，步进颜料会馆，坐在四出头官帽椅上，欣赏一场自己喜爱的戏曲、戏剧、曲艺精彩演出。

未来，东城区将依托前门地区丰富的会馆资源，打造"老会馆·新场景"，将原生、优秀的会馆文化有机地融入现代生活，植入到会馆遗存建筑中，不断拓展会馆文化业态，打造"会馆有味"餐饮空间、"会馆有文"阅读空间、"会馆有学"文化空间，让会馆不但有戏，会馆空间利用更"有戏"，探索出一条可持续的"以用促保"之路。

（作者毕博闻为北京市东城作家协会会员；张勇为北京会馆文化陈列馆馆长）

创新异彩纷呈

——走进北京稻香村零号店

姬　华

2021年8月，北京稻香村创新的"零号店"闪亮进入市场，并以"新型""特色"一跃跻身"网红打卡地"，迅速成为顾客打卡目标的坚定存在。此种"沉浸式"的打卡，不仅掂量在舌尖上的美味中，也凸显了人们对老字号的怀念与热爱，更是对创新号特色的追逐与欣赏。

这个挂起"零号店"招牌的东四北大街152号，是享有百年老字号的北京稻香村南味食品店第一营业部复业的原址。那些吃着稻香村糕点长大的老顾客，一定记得1984年1月，那个给人带来惊喜的冬日，久违的糕点香气让百姓们即刻排起了长队。尤其是消失多年的"眉宫饼"的再度回归，让人们扬起笑脸，争相抢购。如今，在这个复业原址上重张新型门店，不仅具有特殊的时代意义，同时也成为人们最为期待的新老字号的火花碰撞。

2021年11月，零号店冬季饮品上新，推出具有京味特色的大虾酥椰奶芋泥茶

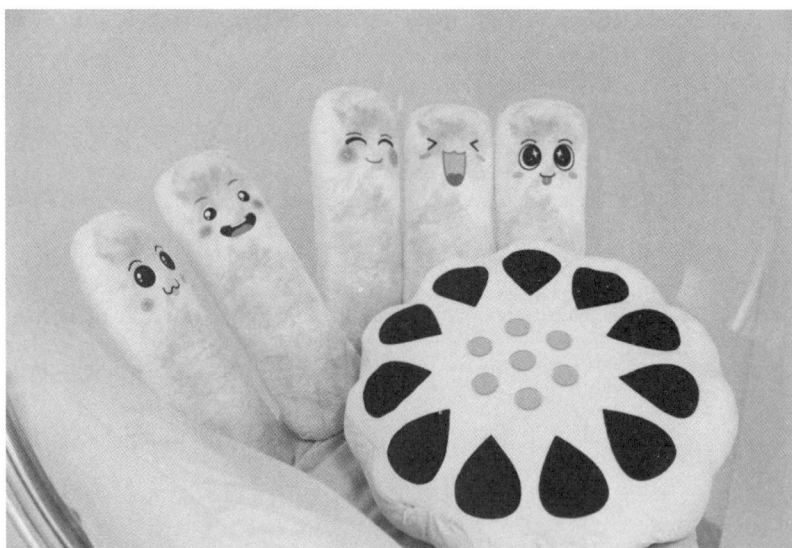

2021年11月，零号店推出首批文创商品，包括枣花酥抱枕和五款不同表情的牛舌抱枕

一、初心灵动，裹挟着舌尖上的花样翻新

零号店开辟了一个新的呈现方式。因为店址位于故宫以东，因此将描绘清代宫廷建筑及文化的传统国画元素加入空间设计中，营造空间的文化氛围。同时，设计中加入了与传统糕点紧密相关的元素，比如与制作糕点的传统模具相呼应的祥云图案：高升、如意、祝愿等。还将"走锤"这样的重要工具形状变成顶灯、隔断。

在创意十足的操作间，在琳琅满目的柜台中，可看到多种深具创意的糕点——绿豆馅的"文房四宝"糕点，颇有点儿边品尝糕点边书写心情的意思；显示国潮京韵的京剧脸谱，以卡通形象跃然于糕点之上，萌趣横生；纹路清晰的"文玩核桃"、乖巧可爱的"柿柿如意"，留有念想的零号店"东四北大街152号"胡同门牌……京味儿浓浓，新意满满。

店的最里边有一个专门打包的近两米的长方桌，顾客手捧点心盒在这里排队打包。礼盒的封面是别出心裁的老报纸风格设计，扎紧盒子用的是传统纸绳。

店门的一侧设立的茶水吧是典型的创新产品，细看去，有牛舌鲜乳茶、枣泥鲜乳茶、玫瑰鲜乳茶、五仁鲜乳茶，这种传统糕点的味道与现代时尚的奶茶的融合恰到好处，引得不少人争相购买，并赞誉为新奇美味。

"多果肉酸梅汤""多肉草莓""多肉芒果"都尽显了北京稻香村的风范——选料精、用料狠。

零号店开业后，不断上新，一袭枣花酥抱枕在网上引起了很高的呼声，不少人专程来购买，一时间，那圆滚滚、软乎乎的十分惹人喜爱的枣花酥抱枕成为东四北大街上一道亮丽的风景。

进而，明星产品牛舌饼也化身为5款可爱的小抱枕，它们以各自不同的表情对你萌萌哒地笑着，让你无法拒绝地揽入怀中。

充满诚意的"爆浆牛舌饼"，新鲜出炉，热气腾腾，咸香并具；"秘制叉烧酥"用自家门店的叉烧肉制作成，有望成为熟食和糕点内部跨界的新星。

萌态可掬的5只小神兽，身中藏着茉莉花茶馅、蜂蜜柚子馅等5种口味，让这个系列产品颜值与美味并存。

稻香村的名品——大虾酥糖，经与椰奶、燕麦、芋泥的神奇碰撞，成为店中一款京味特色茶饮。

2022年4月，成立半年的零号店，再次让老字号破圈，他们再创惊喜，制作出了枣花项链、枣花耳饰、枣花戒指，精致、灵动、新颖。又制作出各式糕点样式的冰箱贴，惟妙惟肖，让人爱不释手。

京韵京味十足的糕点层出不穷：有着白玉石色彩的狮子门墩，夺人眼球。透过"白玉石"可见沙糯芋泥紫馅，让人垂涎而又不忍。令人产生同感的，是巧克力榛仁馅、栩栩如生的龙头门环。

地道的京味二八酱冰淇淋，也因拥趸无数而走红，每到周末都可售出五六百杯。不含酒精的"黄油啤酒"、清爽蓝色的"海洋芝心"幸运地成为初夏的第一杯清凉。

此时，为了照顾路远和无暇顾及的顾客，店里开通了网上购买渠道，推出了以"枣花妹妹"命名的企业微信号，听着亲民而暖心。同时还在"饿了么"平台上线新品。

在2022年8月份，零号店的周年店庆，再次带来了惊喜。

中西结合的限定款蛋糕。枣花酥再次吸睛：结合西式慕斯制作工艺，通过西式的表达，味道更加醇美。同时推出的芒果口味、巧克力口味的两款小枣花蛋糕杯，引得人们排队抢购。

在文创商品柜台，多组冰箱贴盲盒引人注目，建店以来的创新糕点造型几乎都在盲盒队伍中，让人眼前一亮的是新增的隐藏款：地标性建筑、京燕风筝、传统糕点等。

临近中秋，还推出了糕点的冰箱贴盲盒，有趣的是盒面上写着谐音方言"今儿个真糕兴"。

此外，顾客还可参与活动，提供图片印制在专属的月饼上面，感受不一样的传统节日的文化氛围。

店庆多姿多彩，产品花样翻新，零号店正大踏步走在引领中式烘焙行业的新潮流中。

由于零号店一再爆棚，在近两年内拉满了关注度，被称为东四北大街上的"排队王"。毫不夸张地说，队伍经常排到街口拐弯的地铁站。尤其是春节前，人们不顾冬寒的侵袭，早上四五点钟就开始排队，可能他们心仪的糕点已成为他们心中的小火炉，让他们执着地温暖前行。

零号店的项目经理曹思源告诉我，其实这种长队不完全在节假日，平时也常见，并且是全天候、全时段的。他们常常是一到晚上就派一个店员站到队尾拦截排队者，否则晚上8点就无法下班了。

小曹介绍说，日客流量在七八百人，周六、周日、节日可达上千人。

何时再开一家店？成为店家和顾客们共同关心的大事。

不负众望，今年的春节已携着美好的请束奔赴在路上。打铁趁热，3月24日，以二十四节气为主题的新零号店在人们的期盼中开业了！

新店位于朝外市场大街，门牌上赫然写着"零号店　廿四节气馆"。

我是在走访东四北大街零号店之后的几天，再度不顾北京的持续高温，抱着十二分的好奇心，走进了这家新店。又是一番别致的景象映入眼帘。

门店的装饰，聚集在节气的主题上。星空屋顶上，通过星星的分布状态，让城市人也可以感受到四季的变化。在木质的复古窗框空中，以动画形式演绎着当下季节中的若干节气。我看到的当然是应季的夏景，小鸟、青蛙和金黄的稻穗。

店中有一座白色的小桥，立在红墙下，格外美妙吸睛，诱惑着我立即上前扶栏拍照，并猜想，这一定是众多打卡人的"卡中卡"。

新店增加了炸制糕点，最火的当属传统的一品火烧，现炸现卖，枣泥的浓香，外皮的酥脆，让美味直接飙升。造型美丽的玉兰酥、荷花酥，随着煎炸的声响一一绽放，令人一饱眼福和口福。

新店上新的"果园萌动"，外形逼真、果味对应，比如山竹形的糕点，掰开看，竟然是一瓣一瓣的果肉形状，真的还原了水果的形态。

"品味宫廷"系列糕点，有着众人叫好的高颜值和趣味性——

2023年3月，零号店（廿四节气馆）开业，店外排起长队

2023年3月，零号店上新了"品味宫廷"和"水果联萌"等多款新品

北京胡同系列糕点中的胡同门牌　通过糖粉撒出零号店门牌号码

"胭脂盒""点心殿""玉玺糕""令牌酥""锦绣画卷"等，让许多人纷纷拿出手机，拍照分享。

"蒜肠串串"，理所当然的京味儿特色；酒酿桂花琪琳挞，十分惊艳地呈现了糕点挞皮与酒酿桂花的传统味道的结合。

在这个新店中，还真的体会到了节气的创意、节气的表达和节气特有的味道。

在东四北的零号店，我品尝过几味创新后糕点，又在廿四节气馆品尝了与传统糕点味道相同的牛舌鲜乳茶、玫瑰鲜乳茶，一时感慨，想起了几句相关的话："吃食是一种幸福，品味是一种情趣"；"食性为天，静静地咀嚼，轻轻地回味"；"食物，跟爱一样温柔"；"唯美食与爱不可辜负"！

在这样时时触发着新颖，时时涌动着活力的店里，我的感官受

零号店项目经理曹思源
摄影：潘憬

到了滋润，思维得到了启迪，感觉经历了一次愉快的智慧之旅，领略了一种创新的力量。

零号店这支年轻的队伍，始终以创新的形式活跃在市场上，用初心的灵动，裹挟着舌尖上的花样翻新。让我们走近他们，听听他们的创新故事吧。

二、零线起跑，她在创新中遇到了更好的自己

"凡是辛苦，都是礼物。"九〇后女项目经理如是说。这句充满哲理的话让我读懂了零号店的所有故事。

年轻的女经理叫曹思源，白白净净，干练稳重，让我怎么也无法相信这是个挺能折腾，也敢折腾，并能折腾出"彩儿"的人。

刚拿到筹备新店的项目时，小曹有过瞬间的蒙圈：原本零号店是因为安置在一号店原有的地址而得名的，没想到还真的是一切都要从零开始！

然而，退缩不是小曹的风格，迅速地转换思维和理念以接受新生事物，才是她的思维习惯。"零"，正是初心萌动的最好时刻，站在零起跑线上，才会没有压力地起步、追逐、冲刺。她心里清楚，对于这个项目，从东城区到公司，没有给她任何诸如营业额方面的压力，给她的都是鼓励和支持。于是她以一如既往的自信、积极的态度投入到零号店的策划筹备中，她要从零开始，并且让"零"这个生命的符号带上传承、创新和延续的色彩！

在讲述零号店如何迅速蹿红"网红打卡地"之前，小曹先描述了6年前她入职北京稻香村的两个动力点：那是去食品厂参观学习，那里干了二三十年甚至一直到退休的老师傅很多，与身边店三四年一换人的现象形成了鲜明的对比。那些老师傅是把工作当成了事业，不遗余力，兢兢业业，让她深受鼓舞。再就是，在挑料车间受到了震动，每一流程都非常严格，小到一粒芝麻、一朵小桂花，都是手工挑拣的，不允许一丝的不合格。她当时就感觉到这是一家讲诚信、有责任感、扎扎实实做事的企业。因而也坚定了她入职稻香村的决心和信心。

小曹主要策划新产品，她是一个可以坐下来几小时不动地看书，可以一整天对着电脑构图，也可以风风火火地奔走于大小胡同寻找所需元素，不知疲倦地在车间中流连忘返的人。她说，人不该给自己设限，要永远跳出舒适圈儿。我不贪图享受，还是个不安于现状，挺能折腾，也敢折腾的人。

就像我前边说的，她的折腾不断出彩儿！

比如那个显出"东四北大街152"的门牌形蛋糕。小曹一直想对零号店有重大意义的地理位置通过一个载体给予表达。她想到了胡同的元素，就在网上看有关胡同的文和图。当看到一个红底白字门牌，眼前一亮，就定了下来。在制作中也试了不少方法，开始定制了巧克力，做出后又感觉缺少点灵气。后来技术研究部的师傅建议给放在蛋糕上的镂空模具撒上糖粉，一下就形成了"东四北大街152"的门牌。

再如那个人见人爱的狮子门墩。当时设计师们都很忙，小曹原本就会一些设计软件，就找了一些学习课程，很快就把多年不用的设计软件的操作重拾起来。在操作之前，她把簋街上的所有狮子门墩几乎都看遍了，同事拍的照片也分享给了她。经过几番设计，几易其稿，那个丑萌讨喜的小狮子门墩就诞生了。

小曹说，在创意产品推动过程中，最大的难点是，没有经验可循，完全凭着一股冲劲儿。一个想法出来了，排除万难也要实现，京味奶茶就是一个最典型的例子。

京味奶茶是小曹主要策划的，这在老字号店是从未有过的先例。当时就想做与糕点结合的奶茶，但市场上没有类似的商家，没有可借鉴的商品。小曹说，当时在讨论的时候有三种考虑：一是把门店划分一块区域提供给商家，但又觉得没有我们自己的特色；二是与其他品牌合作，但又一直找不到合适的品牌；三是我们自己做。

最终的决定是自主研发。当时零号店选了几个糕点口味，有时候把师傅请进门，为他们答疑解惑；有时候走出去，上门去请教师傅一些实际操作的问题。小曹也着了魔似的，白天在外边研发机构测试，晚上回到家中还时常自己测试。

当口味非常接近所选糕点口味时，他们进行了首次出产品测试，找了一家饮品企业做指导，他们出原料。当时是在一间会议室临时搭建的测试点。没想到，产品出来后味道很有特色，与蛋糕味道融合的京味奶茶，成功了！

但故事还没完，在做内部品鉴时，牛舌鲜乳茶有一半人喜欢，一半人不喜欢。怎么办？小曹想，这也许能成为奶茶界的豆汁儿，既有京味特色，又有话题度。于是决定，推向市场，让顾客品鉴一下吧。

又一次没想到，开业时，稻香村一直以来的明星产品牛舌饼味儿的牛舌鲜乳茶成了顾客最喜欢的一款，点单率非常高。

我是吃稻香村糕点长大的，尤其喜欢牛舌饼，在零号店的廿四节气馆特意购买品尝了一杯牛舌鲜乳茶，咸香浓郁可口。我在大家赞誉之后又加了一条："不必顾虑增肥。"

小曹告诉我，其他款奶茶口碑也很好，因为他们用的是好茶纯奶，没有任何添加剂。经常在放学的时间，家长带着孩子来店里喝奶茶，有些家长说，有些店里的奶茶不敢随便给小孩子喝，但对这个老牌号的用料放心。

提起顾客，小曹说，其实，顾客对老字号的信任，对新产品的喜爱，也常常成为激发我们不断创新的推动力。接着，她讲了几个让人忍俊不禁的小故事。

在他们打开思路，转念文创产品时，尝试着做了几个枣花蛋糕型的抱枕，摆在门店大厅中，反响即刻出现了，人人都伸手去摸抱枕，流露着喜爱的眼神，突然有一个顾客拿起抱枕走向柜台，举着手机就要刷单，当得知只是摆设并不出售，非常失望地走了。但大家仍不甘心，一再追问。店里立刻决定生产、出售，一下引来很多远远近近的顾客前来购买。顾客接受新事物的热情促使店里很快又上新了不同微笑表情的五款牛舌饼形小抱枕。

小曹说，顾客对我们糕点的喜欢，还有着让人想不到的方式，比如有一个顾客问糕点的保质期，是因为她买糕点不是为了吃，而是当成家里的小摆设。还有一个顾客，在廿四节气馆排在长长的队伍中，告诉人们，她要多买一些新的造型蛋糕，为了快递给一个非常喜欢稻香村零号店新产品的朋友，而这个朋友就是因为经常在零号店排队才结识的。……顾客的这些小小的互动，对我们而言就是大大的鼓励！

零号店开业后，年轻顾客的占比达到了90%，为了配合新型店年轻客群居多的特点，店里始终坚持开辟新的业态，在短时间内，推出了系列创意新颖的产品——抱枕、盲盒、冰箱贴，糕点造型的项链、耳饰等。这些新文创、新产品迅速火出了行业圈儿，使零号店的热度持续升温，经常登上大众点评的北京热搜。进而成功上榜北京市文化和旅游局推选的"2021北京网红打卡地"。

对此，小曹坦言："爆红后确实很有成就感，但顾客最多的时候，也是我最忐忑不安的时候。疫情下店外排队聚集、原料短缺……每天都有新的问题需要处理，那段时间真的很累，但也成长很多，因为每一个想法都不再是空想，每一个创新的点都开始落地成为了现实。所以，凡是辛苦，都是礼物。"

最后这句话，一直敲击在我心上，那风风火火的三餐四季，那困惑时期的艰苦付出，就这样用一个幽默的比喻，温婉带过。

2022年，公司评选第一届优秀员工，3000多人中选10人，曹思源理所当然榜上有名。颁奖大会上，评委给她写了长长的热烈的颁奖辞，并赋予她一个闪亮的标签："爱学习、能创新"。

三、所有的相遇和回眸，都成了岁月里的歌

今年端午节期间，我收到了小曹发来的几张照片，图注是，"端午节人多，天热，我们给排队的顾客免费发放冰镇柠檬水解暑"。还有几张是店里店外都排着队的节日景象。看着这爱心爆棚的场面，看着不停忙碌的店员们，我将敬佩的目光转向了这支朝气蓬勃的年轻队伍。

提起这支两个店的店员加一起平均年龄在30岁以下的年轻队伍，小曹感慨万端，她先给我讲了一个关于年轻的故事。

两年前，店里来了一个19岁，名叫刘会蕊的小姑娘，有着很强的学习能力，一到店就跟着学茶饮制作。当时刚开业，顾客们对新创产品牛舌鲜乳茶非常感兴趣，购买的人很多，员工们忙着一杯接一杯地制作，小刘一直坚守在岗位，到吃饭时累得拿筷子的手一直在发抖，无法顺利吃饭。但她看着长长的购买队伍，立刻草草吃

完饭，又投入到繁忙劳累的制作中。如今，小刘姑娘已经21岁了，都成为店里能带新人学习的"老员工"了。

我也心生感慨：生命就是这样一路奔波、一路艰辛、一路成长。所以我很认同小曹之后说的话："我常到店里看看，尤其是在拍摄时、忙节时、上新时。每一次都有不同的感受，有时还会有一种莫名的感动。因为看到员工们在新的环境、新的压力下，依然努力、积极地做好本职工作，他们的眼里有光，这种辐射出的既有公司原有的'老三点'精神，又有现今面向新的年轻客群时增添的精气神儿。"

特意请教了一下，稻香村公司给员工定的"老三点"精神是："早点来、晚点走、多干点"。而今公司又提出了"新三点"，即："多学点、提高点、创新点"。这真是感悟和情感的奏鸣，都是实打实、接地气的工作准则。

稻香村零号店是集民俗、美食、文化、城市记忆于一体的新型特色店，融入了很多创新的尝试。让我们走近零号店的员工们，听听他们的讲述、经历和感受，从而更多更全面地了解这个店的魅力所在。

刘顺，是零号店创建时的店长，他带领店员们以只争朝夕的精神拼搏着，以致那火爆的程度都令他"措手不及"。他兴奋地说："我和大家一起在短短的几个月中就实现了个人的成长。"创新，让他"原来感觉抽象的企业文化越来越具体了，比如，坚韧的水文化、无私的互助精神、积极的创新举措"。他列举了许多新创产品后，着重提到了他们新增的购买渠道——企业微信。顾客可以在线上通过微信聊天选择产品；营业员则以拍图片从微信发出的方式介绍产品，之后按顾客的选择打包寄出。这样，不论同城的还是异地的顾客，都能及时买到北京稻香村独具特色的糕点。

"产品创新、渠道创新、经营创新"，"新"是刘顺店长在零号店中最深刻的体会。他庆幸自己能在这样一个总是在创新尝试中的店里工作。今年，零号店二十四节气馆开张，他又被调去荣任店长。在零号店轰轰烈烈的创新中，他是一个令人信服的好带头人。在2022年公司第一届优秀员工选举中光荣上榜，确为实至名归。

张英是糕点组的销售人员。起初她是一个不善言谈，默默地低头干活的人。但没多久，这个人称"小透明"的员工就变得活泼、开朗，积极主动而熟练地给顾客介绍产品，常用自己的热情打动顾客，无形中提高了购买率。对此变化，她说，首先，是进了一家门，就是一家人的朴素观点感染了她，她在每个部门都能感到大家的真诚和热心。其次，是公司提供的各种培训，不仅在店中学习，还有出外勤的机会，特别是能和资历深的员工搭档，提高特别快。她又说，是这些磨砺，让她这个"小透明"变了，她已经把这份工作当成一份责任了。她的迅速转变，大家都看在眼里，在每月的评选中，她的得票都比较多，这让她更加自信了，并认真学习技能和更多的商品知识，对顾客的提问，反应很快，解答准确，深受好评。

张英还总结了一条极其可贵的经验，那就是，对产品持有绝对的自信。熟悉每一项制作工艺，熟悉每一块蛋糕，每一个粽子，每一个礼盒，每一款茶饮，通过准确生动的介绍，提高顾客对老字号的信任，对创新产品的关注和购买的自觉自愿。张英敬岗爱岗，给大家做出了榜样。

在零号店，大家常说"有困难找周大姐"，大有"有困难找警察"的异曲同工。

周大姐叫周海玲，在北京稻香村工作了十多年，是这个团队里在传统门店待得最久的员工。她带来了老店中许多优良的工作作风，也见证了零号店日新月异的创新，她发自肺腑地说"零号店刷新了我的认知"。

店中90%是全新员工，是需要老员工传帮带的。周海玲深知自己肩上的责任和义务。她在日常，做好门店员工、顾客的健康监测，维护大堂秩序，及时认真地解决突发问题。员工们有不明白的问题总是立刻找她询问，让她解答或解决，她总是非常耐心、不厌其烦地回答和解决。所以"有困难找周大姐"就成了约定俗成。周大姐一直以身作则地工作着。每有新品上市，她都主动介绍产品，有时人流很大，她就一边疏导一边介绍产品，增加顾客的选择款类，分散购买，减少蜂拥而上和不必要的等待。她的积极热情的工作态度，也带动了营销人员，大家都学着她的样子，主动向顾客介绍产品和礼盒，大大提高了购买欲望。

王俊芳是零号店的后厨人员，刚入职时她感到自己不懂不会的东西太多了，就立下目标，要尽快熟悉所有工作，要做灵活多变的多面手。她从码盘学起，很快掌握了制作、烤制等工作。在后厨不忙时，主动去茶饮区帮忙，虚心学习茶饮做法，还学会了电子秤的使用。由于她的聪明好学，在企业微信销售开通时，领导委以重任，她成了企业微信号"枣花妹妹"的客服人员。她喜欢新事物，善于接受新知识，在性情上乐于与人沟通，做线上服务员，真是人尽其才。她兴奋地说："实践和时间检验了我的学习成果，也得到了更多同事的认可。现在不论在后厨，还是在前厅，我干起来都游刃有余，都能胜任。""我知道每期上新，都需要我们及时学习，及时更新知识储备。这样，我们就能不断地学习，不断地进步和提高。"

像小王这样热爱学习、善于学习的员工，正是企业需要的人才。

零号店的核算员郑郎平写过一篇《探寻零号店里的年味》的文章，热情洋溢，文采飞扬。他描述了虎年春节，大批"稻粉"在零号店门前排队抢购的场景，烘托了零号店浓浓的年味和为京城添彩的氛围。文章中介绍，顾客们最为钟情的"年货"是店里为新年特意推出的两个系列：吉祥萌兽系列——虎虎、祥龙、福鹿、锦鲤、熊猫等蛋糕；象棋系列——车、马、将、帅、炮，都是香香的棋形糕饼。不少人专程赶来购买，元旦起就陆续达到了销售高峰。春节期间，人们不顾寒冷地天天排着大长队，一排就是几小时。店里为了减少顾客的辛苦，特将糕点按系列制成礼盒，线上、线下共同销售，并且为购满360元的顾客打包邮寄。这些举措让顾客们一致欢呼叫好。郑郎平也动情地写道："顾客家不论远近，北京稻香村都能携一缕稻香为他们带来节日里的吉庆祝福！"

小郑的文章中，提到了老店自制的过年糖——人人皆知的大虾酥。而今将这款糖和椰奶、芋泥、燕麦巧妙融合后成为"大虾酥鲜奶芋泥茶"，名字好听，年味十足。另一款以冰糖葫芦命名的茶

零号店（廿四节气馆）糕点师傅正在透明操作间里制作"玉玺糕"

零号店里店员正在向顾客展示枣花酥造型的饰品

饮，是沙冰和山楂融合后配上丝滑Q弹的芝士波波球，喝起来冰爽酸甜，幸福感爆棚。

从小郑的文章中，我们更多地了解了零号店一路走来的不易，也读懂了他们的传承与创新给老百姓带来的美好。

文章的结尾亲切可读："如今，零号店从一个网红店，真正成为顾客生活中的一部分，不管是平常的日子，还是热闹的年节，零号店都迎来送往着喜爱我们的顾客。"

为小郑的"年味探寻"点赞！

员工们的自述，让我动容：他们真的走过了，带着许多的认真，许多的真诚，许多的努力，许多积极向上的力量。

有典型性又有代表性的员工自述，反映了零号店整体的精神面貌，那就是：学习、进取、提升。

提到学习，项目负责人曹思源在一篇文章中说，在稻香村董事长兼总经理毕国才"守正创新""持续学习"的倡导下，营销工作一直是一手抓创新，一手抓学习。她说："加强学习，也要多样学习。走出去，向市场、向同行、向对手去学习。有目标地学习，有转化地学习，学习回来后进行总结和分享，让向外的学习不断转化为向内生长的能力。"

在此文最后，有一段精彩向上的总结："坚持守正，创新才有方向和归依；不断创新，守正才有活力和基础。在毕总的指导下，公司的良好氛围中，我们的营销工作也要在'新'字上突破，在'学'字上求实效。"

其实，小曹就是在学习上最好的带头人。她讲究学习的实效，而她自己也是边干边学、边学边干的。为了设计新产品，她重拾过去的电脑知识，又找新的课程给自己充电；为门店促销广播的录制，她去学配音，还考下了普通话一级乙等证书；为了广告策划宣传，她不惜和未满周岁的小宝宝"抢时间"，复习功课，考研。当她熟练地操作电脑，设计出一个个产品造型时，当她用纯正的普通话主持公司活动时，当她拿到了中国传媒大学广告专业硕士研究生的学位证书时，她只是嫣然一笑："我就觉得干什么都应该有点专业精神。"

边工作边学习，边做家务边学习，小曹度过了无数个身心疲惫的日子，但她说："感觉很充实，没有浪费每一天。"

零号店爆红后，曾经有北京电视台、《中国青年报》、《北京青年报》、《现代广告》杂志、企业内部栏目先后采访过曹思源，当我问到她时，她却说了这样一番话："《人民日报》上有一句话'追光的人，终会光芒万丈。'我始终坚信，彼方尚有荣光在，也希望自己可以成为那个追光的人。"

说到零号店时，她又说到了"光"，她说："在大家的努力下，我们的每一个想法都不再是空想。柜台里精致的产品，店内特别的陈设，店外熙攘的客流，都是梦里的光在一点点照进现实。"

她的思绪让我想起了王阳明的话："要做内心有光的人。"我总觉得，心里的光，应该就是一种智慧的修炼，是一种本真的保持。心里有光的人，一边温暖自己，一边照亮别人。

走进稻香村零号店，走进了一支蓬勃向上的年轻队伍，他们在生命年轮中最美的青春时节，不断学习，不断进取，不断创新。他们向前走的每一步，都是在超越自我中跃跃欲试，他们虔诚地守候着前辈的风雨兼程，又执着地注视着充满愿景的当下。他们所热爱的，并奋力为之付出的事业，在他们的人生节点上又添了一个辉煌的记忆，他们所有的相遇和回眸，都成了岁月中最美的歌！

（作者为北京市东城作家协会会员）

（图片由项目单位提供）

走过时间博物馆

祁　建

　　暮鼓与晨钟，我们静静地听着那古老的声音，有的人过完一生也没有留下多少记忆，而有的人把过去的每一分每一秒沉淀了下来，变成一笔可观的财富。

　　有空的时候我爱带着我的女儿妞妞，穿梭在北京大大小小的博物馆，望着她那灿烂欣然的笑容，我仿佛看到一个小女孩儿慢慢成长的一幕幕背影。

　　走到北京鼓楼的时候，在不经意间被时间击中，顿感自身的渺小，全都归于平静。往日的钟鼓声提醒着我们时间的流逝，真是"万籁此俱寂，但余钟磬音"。其实我们都是"时间的孩子"，载一路过往晴雨，从少年到暮年讲一段旧时光。

　　妞妞对"古董"一词有了兴趣。经常会在各个博物馆里问我，这个有多少年历史了？那个是哪个朝代的？这个建筑经历过哪些事件？

　　我虽然被妞妞问住，但我还是觉得博物馆文化的厚重。

时间博物馆大门的匾额　摄影：祁建

时间博物馆一角，与鼓楼相望　摄影：祁建

今年盛夏一起去北京时间博物馆探寻时间的奥秘，前几年我们曾经一起去过陕西蒲城县国家授时中心老短波台旧址的时间博物馆，也去过上海嘉定区安亭镇上海大来时间博物馆……

北京时间博物馆伫立在鼓楼下，位于鼓楼东大街及地安门外大街交会处的东南角。钟鼓楼作为北京故宫轴线北端的重要建筑，见证了历史的兴衰，往事变迁皆在眼前。

一块墨色牌匾悬于门上，我们推开那似乎历久弥新的大门，打开了尘封的时间机器。

博物馆内水榭楼亭浩然大气又雅致清新，有藏满珍宝艺术品的神秘后院建筑，也有面向公众的艺术展厅，"逝者如斯夫，不舍昼夜"，沧海桑田，晨钟暮鼓，让你能将一时一辰握在手里盘点。看光影会合，风月相宜，感白驹过隙，一瞬百年……

一进时间博物馆大门，妞妞天真地问："这里为什么叫时间博物馆呢？"

接待我们的导游张小姐给我和妞妞介绍了缘由："在中国传统文化中，时间是美的象征。时间博物馆坐落在钟鼓楼的旁边，在古代钟楼和鼓楼是一座城市最重要的建筑之一，北京的钟鼓楼是建立在皇城中轴线的最北端，是当时城市中的报时工具，俗话说的是晨钟暮鼓。"

妞妞因为带了暑假作业的绘画本，准备画一画这个鼓楼边上的博物馆。导游张小姐先介绍了一下全馆的平面图："时间博物馆是一个宋明代风格的三进四合院，藏品以不同主题分类陈列在四合院的每个房间之中。馆内收藏并展出的藏品大部分为明清宫廷御制器物，很多是康乾盛世时期的宫廷器物。"

我说："这儿可以画的素材，真是很多。"妞妞拿出画板，一会儿画画这里，一会儿画画那里。

我们走走停停，发现时间博物馆将园林景致取了一部分来，微缩后，搬进了馆内。中国古典园林是于方寸之内再造乾坤，是天人合一的灵巧境界。

我们来到吉光辰宇厅。导游张小姐介绍："这个厅分为三部分，以实景陈设作为藏品展陈的方式，让观者近距离观看展品细节，体味其内在之美；中厅布置为会客室样式，以金丝楠木家具为主，主要为我们的藏家及重要客人休息及会谈使用；西厅为鉴赏室，以紫檀、红木家具装饰，东厅布置为书房样式，主要陈设明清老的黄花梨家具及文房四宝等书房用具。"

不远处有一座清咸丰时1855年法国铜鎏金天使双面座钟，它的造型为典型的法国巴洛克式宫廷钟表式样，工艺极为精湛，其机型曾在法国1855年的巴黎世界博览会上引起轰动，并获得银质奖章。

导游张小姐说："历经百年时光，依然精准无误，发条上满一次可转时8天，每半点铃音敲击一次。"

她介绍：1850年前后为了冲破广州贸易制度的限制、开通贸易渠道，法国商人及传教士特别进献这座钟表给咸丰帝。并把嘉庆帝（咸丰帝的爷爷）的御题诗句"当今御咏：昼夜循环转，随时运不停。静观分刻数，岂敢自安宁"呈现在表盘之上。但可惜的是最终皇帝并没有同意他们的建议。

妞妞也有些惊讶，稚气地说："要是咸丰当时感悟到这首诗，会不会改写了历史啊？"

我们转身来到了清乾隆铜镀金珐琅转鸭荷花缸钟前，据说乾隆皇帝对西洋钟非常喜爱，而且更看重它的审美功能，他命广东官员利用通商的机会从海外搜罗最精巧、最新式西洋钟，并在宫中命人研制，使中国钟表的收藏和制作达到了高潮。

导游张小姐给我们讲：此钟为清乾隆时期清宫造办处工匠用自造的掐丝珐琅缸和法国的奏乐机械系统装配而成。掐丝珐琅缸腹中部排列有佛教八宝——轮、螺、伞、盖、花、罐、鱼、长。缸面布置荷塘景观，以玻璃镜示宁静水面，中心有鸳鸯围成圈，其中三朵荷花可开合。在钟盘的左右有上弦孔，左边的负责走时系统，右边的控制奏乐和活动装置。开动后，在乐曲的伴奏下，鸳鸯转动，中间荷花的花瓣张开，露出花心中一半蹲的总角童子，两臂张开，双手随乐曲上下拍掌……

走在北京时间博物馆里，赏心乐事，在这喧闹的城市里。青砖黛瓦，故景如旧，草木有情还似无情，其实解烦忧。

妞妞快步到了西厅，看到墙上悬挂的这幅字"斗南介景"。我想到我知道的一段典故，说："这是体现了皇帝对于老臣英廉一生政绩的肯定与嘉勉，并祝其拥有最大的吉祥和福气。据说这幅字是乾隆帝于乾隆四十一年（1776年）十一月为即将退休的朝中大臣英廉所写。"

导游张小姐说："斗南介景"语出《晋书·天文志上》和《诗·小雅·楚茨》。《晋书·天文志上》有："相一星在北斗南。"

旧时以斗南称宰相的职位。《诗·小雅·楚茨》则有"以妥以侑，以介景福"之句。

我在墙角发现了一对清光绪御制松石绿地粉彩大雅斋仙芝寿桃大缸，喊我的女儿过来一起看看。

导游张小姐说："这一对缸色彩艳丽，品相完好，艺术及观赏价值极高，很是难得。缸身布有桃树、水仙、灵芝、红果等花果，具有恭贺长寿、祥瑞的寓意，为珍罕之佳例。"

我也给闺女介绍："大雅斋为懿贵妃（即慈禧太后）在圆明园天地一家春的画室名，而带'大雅斋'款的瓷器是为了同治十三年重修'天地一家春'时配置陈设而烧造的，后因圆明园修复工程停止而留存宫中使用，是专门为慈禧太后烧制的陈设器和供膳器。"

妞妞说："我要画仙芝寿桃大缸，太漂亮了。"

在时间展厅，是法兰西艺术院院士们的集体作品展，一次看6位法国国宝级当代艺术大师的40余件艺术品，许多作品即便在法国本土都难得一见，展厅虽不大，但作品的丰富和多元却看得极过瘾。在法语中，法兰西院士被誉为"不朽的人"，是法国艺术界与学术界的至高象征，只有在艺术学术上有着极高造诣的大师才能获此地位。达利也是法兰西院士，华人里则有吴冠中、贝聿铭等被评为法兰西院士。油画、水墨、雕塑、版画等40多件艺术品，艺术感很强，干净不花哨，无论灯光还是动线都最大限度地聚焦在艺术品本身上，令人能静心专注在观展氛围中，有着股冷静理智的法式优雅……

我们在水之畔的竹林水池中留了影，水面嶙石点缀，屋影幢幢，从门窗中透出的可是百年前的烛影摇红？院里延伸出一个廊厅，将室内功能延伸至室外，与园景融为一体，形成了一个亦是过渡亦是衔接的室外客厅，稍一侧身便是面向钟鼓楼，这里是给你做"珠帘烛焰动，绣柱水光浮"梦的地方。

来到精益堂，这里展出了30余件清代官窑及德化窑瓷器。只见墙上悬挂的这幅泼墨写意山水画《云山依水》是由张大千先生所作。导游张小姐介绍："张大千先生在74岁高龄、眼疾初愈的时候，在日本定制的无接缝绢上创作了这幅画，同藏于台北故宫博物院的《庐山图》与《溪桥晚色》材质一致，实属难得。张大千先生为二十世纪中国画坛最具盛誉及传奇色彩的国画大师，被西方称为'东方之笔'，绘画、书法、篆刻、诗词无所不通。早年研习古人书画、山水画，后旅居海外，画风工写结合，重彩、水墨融为一体，特别是泼墨与泼彩，开创了新的风格。"

大家都知道西方画坛巨匠帕布洛·毕加索是一个脾气古怪轻易不会理会他人的人，连法国总统和内阁部长也不一定能随时约见。可是他却非常推崇张大千，专门邀请张大千到他家做客并请教中国山水画的技巧及画法，并赠送画作给张大千，留下一段佳话……

我们来到池边的廊子里，休憩，品茗，感受"澄川翠干，光影会合于轩户之间，尤与风月为相宜"的风景。廊里的我们，是在画中，还是在梦中？

妞妞静下心画夕阳下的鼓楼，晚霞与天连接，染红了鼓楼和天边。

妞妞入神地看着鼓楼却没有落笔，也许是寻找灵感，也许是酝酿情感……这时一对看完展览的老年夫妇也走到这里，他们鼓足勇气上前，拜托我们为他们夫妇画一幅画，我有点迟疑怕妞妞完成不了，妞妞爽快地答应了。

看着女儿的画笔飞快地动起来，看到素描渐渐有了轮廓，老年夫妇的眼泪也落下来了，画中是他们年轻时的模样，没有深邃皱纹，没有两鬓斑白，没有岁月留下的痕迹，难道妞妞能看到遥远的时间过去？

老年夫妇看到夕阳下给他们画的素描，他们也孩子一般地笑了。

老妈妈说："他记忆力减退了，忘记了许多人和事，他的童年在鼓楼这边度过，但愿他能想起一些过往。他能想起多少，不由我做主……他去过的地方，我们有过憧憬的地方，我们要走一遍。"

大叔也学着我们望向鼓楼，孩子一般地说"真美，真美……"，让我们笑中带着眼泪。

白驹过隙，走过鼓楼，走过时间博物馆……

夕阳无限好，好的不是晨钟暮鼓的壮丽景色，而是我们经历了旭日东升的憧憬，烈日灼灼的挣扎之后，对人生的感悟。

一切过去了的，都会成为美好的回忆。

（作者为中国作家协会会员、北京市东城作家协会会员）

庭院深深寻书香

李俊玲

　　一本书，一杯咖啡，很有艺术范儿的一个下午，这是在"码字人"书店享受到的。

　　这一体验得感谢东城区图书馆组织的"故宫以东·书香之旅——读者选书活动"。想参加这个活动非常简单，只要关注东城区图书馆微信公众号里的"活动预告"报名就可以参加了，特别说明一下这是免费的。我这次报名参加的是"书香之旅"活动2023年的第10站——码字人书店（和平里店）。按照导航找到了码字人书店所在的小区——远东仪表厂的旧有厂区。随着老厂区的再创新，这里引进了与生活、文化相关的企业，码字人书店便是其中之一。不过，第一次找书店的位置还是让我周折了一番，但俗话说得好，"酒香不怕巷子深"，同理，书香也来自庭院深深处。

　　若要进入码字人书店得绕到楼后，从这里进门给人的感觉是个下沉式的屋子，面积不算大，有个小二层，房屋结构是工厂常用的钢筋水泥架构，沿钢制楼梯上到二层，钢筋水泥架构更加明显，有一种重回工厂的意境。这里的布置很有文艺味道，在空余的墙面上挂着几幅摄影作品，倚墙是一圈书架，中间是阅览桌，有的读者在这里看书，也有的在笔记本电脑上操作着什么，很静，让我这个参观的人不由得放轻了脚步。

给我印象深刻的是那蓝蓝的墙面与黄色的木制书架，或者是蓝色的大书架与乳白色的墙面形成了高对比度，我好奇地问这个书店的创始人李苏晓，她用委婉的声音给我解释说："因为我们书店的LOGO是马赛克组成的月夜，马赛克代表着一个一个的方块字，也象征着码字人，而且创作的灵感大多都在晚上，好像在一轮皎洁的月光下文思泉涌，依据这一创意我们将书店房间里的颜色设计成了蓝与黄相结合的主色调。"非常有诗意的想法。可我思忖一下，仍愿意按照我自己的想法来描述这颜色的搭配，我觉得这蓝色的墙面犹如浩瀚的大海，而黄色的书架是航行在海面上的一艘小船，上面载着的书籍便是无尽的知识，而读者则是跟随着装满书籍的小船徜徉在知识的海洋中，汲取着使自己成长的养分，也不知道我这样的解释是否能得到共识。

在听了书店创始人李苏晓对自己创办和经营书店的经历的介绍后，我对码字人特色书店有了一些粗浅的了解。

码字人是对作家的雅称，码字人书店的创始人也是个码字人，想当初她聚了一些爱好创作的"码字人"办起了码字人沙龙，有着共同爱好的人聚在一起谈谈写作，激发出创作灵感，是一件很开心的事情。正是恋着这份开心，创始人将"码字人"用作了书店的名字。既然是书店，便要做出个书店的样子。众所周知的原因，现在很多人喜欢网购图书，也包括我，需要什么书在网上一下单，没两天书就到手了，而去书店买找起来真是麻烦，所以线下书店如何经营成了所有喜欢与图书为伍的人必须思考的问题，创建一个特色书店的意愿也就应运而生。创始人李苏晓有着编剧和码字的从业经历，也就自然地在熟悉的领域里闯荡，于是有了码字人书店以诗歌和戏剧图书为主的经营特色。

当码字人书店发展到第三个门店时，一场疫情震荡了整个世界，第三个门店也不得不撤店。按照一般人对撤店的态度其中总有些消极的成分，而码字人书店在撤店的过程中却找到了快乐，因为撤店时他们将店中图书打折出售，这反而引来了更多喜欢图书的读者，他们抱着买到的一摞摞图书，像如获至宝一样开心地走出书店，有些小情侣也为图书而来，两个人将书放在胸前举着，有点儿像举着结婚证，开心而去，所有这些场景都留在了书店的镜头里。之后书店的工作人员看着这些照片，感到自己做的事情不是在卖打折书，而是在与读者共享快乐。从读者们的购书热情中，他们也看到了线下实体书店对读者并非没有吸引力，而在于经营者用什么样的经营理念和方法将读者吸引进书店。所以创始人李苏晓说："看到读者的这种热情，我们在考虑是否将打折进行到底。"这样想的也就这样实践了，在书店的门上"六折书店"几个大字很是吸人眼球。

书店的门口可谓热闹非凡，墙上贴满了各种图书海报，用各种封面设计让过路的人对这个不大的门脸产生兴趣，激发出想进店一观的跃跃欲试。再加上复古的木制指示牌上"诗的温床""影的书墙"很文艺的语句，更吸引了爱好文艺、爱好诗歌的人走入书店。

书店内景和外景　摄影：李俊玲

新书分享活动　摄影：李俊玲

同样复古的木制广告牌上用简洁的言语介绍着书店服务：

码字人书店

电影·戏剧·诗歌

和平里·王府井·大望路

三家店

添加客服微信

全年上百场精彩活动

会员免费借阅·优惠购书

等你解锁

从广告牌上不难了解到码字人书店的日常活动，据书店创始人介绍，他们这里卖得最好的书是诗集和剧本，尤其是那些封面装帧有特色的图书更能吸引读者。当时王府井店没撤店的时候，有的人在逛街时无意间就走进了书店，无意中就会发现一本装帧不错的、与北京相关的图书，就买下来，当作到此一游的礼物带回家去。书店创始人特别提到了《北京和灰尘》的销售，这是一本青年诗人江汀的十四行诗集，有些读者在随便翻看一本诗集时，对某段语句有了感触，也会买上一本，而且诱发了他们对读书的兴致。这也许就是实体书店存在的意义。因为有了书店，读者才有可能不自觉地走进来，然后自觉地买上一本心仪的图书。在数字化的今天，能够有那么多人能够静下心来读书是社会之幸。

在书店的书架上，我发现了几张小便签，上面是被推介的书中很诗意、很文艺的话语，比如杨牧《时光命题》诗集的推介是这样写的："老去的日子里我还为你宁馨弹琴，送你航向拜占庭，在将尽未尽的地方中断，静，这里是一切的峰顶。"用钢笔写出的小字秀丽，与书店的艺术特色相得益彰。现在书店有了自己的公众号，在这里集结了很多粉丝，在这里获取最新的图书推介，活动预告，活动场景回顾等丰富的内容，信息量很大。

艺术特色书店不只局限于销售电影、戏剧、诗歌类为主的图书，还在于书店经常性地开展音乐、话剧、诗歌诵读等特色活动。在书店不大的空间里，他们特别开辟出一个小舞台，上面摆放着一架钢琴，看得出这里是小型演出的场所。这些演出活动大多在晚上，参加活动的有书店的读者，他们从公众号里获得活动通告，选择自己喜欢的来参加。书店创始人本身就是个编剧，所以与院校或剧团常有合作，当这些人有新作时会来书店这个小舞台演出，近距离地与观众接触，获取观众对剧目的起初感受，如此书店的小舞台也是有大用场的。

此番"书香之旅"活动在书店创始人的介绍和参加活动者就自己关心的问题提问和创始人的解答中接近了尾声。这次让我对"故宫以东·书香之旅——读者选书活动"以及码字人特色书店有了一些粗浅的了解。活动是由东城区图书馆组织的，对于图书馆而言，这是一种通过引导读者直接到书店选书，有针对性地采购图书的一种方式。书店里装备有图书馆管理系统，从读者选书、书目录入到办理借阅，一站式完成。了解图书馆、了解图书、了解书店、获取知识是这一活动带给参与者的最大收获，同时，活动也在读者、图书馆和书店之间架起了一座桥梁。

　　我干了半辈子图书馆，面对着一排排摆在书架上的图书有着特殊的亲切感，一次"书香之旅"活动重新焕发起对图书馆、对图书的情感，是铭记一生的。

　　　　　　　　　　　　　　　　（作者为北京市东城作家协会理事）

承戏剧艺术精髓　创城市文化品牌

——东城"戏剧之城"建设向未来

杨　虹

2007年东城区开展了纪念话剧百年的系列活动，并首次在人民大会堂成功举办了国家级话剧发展论坛，"戏剧东城"崭露头角。2019年建国70周年东城区联合北京电视台拍摄了戏剧发展成果专题片，"大戏东望"深入人心。2022年，"戏剧之城"建设发展促进体系解读会成功举办，"戏剧之城"走向未来。

从"戏剧东城"到"大戏东望"再到"戏剧之城"，十余年来，戏剧已经成为东城区推进全国文化中心建设的重要内容。东城区平均每年各类演出5000余场，观众200万人次，演出票房3亿元左右，其中戏剧演出场次占北京市的四分之一左右，占全国戏剧类演出市场近一成份额。东城区已经成为全国戏剧产业链条最完整、戏剧生态最好的区域之一，也是全国最有影响力的戏剧中心之一。原北京市委书记蔡奇同志批示：东城戏剧抓得不错，而且是原创作、小剧场、社会化、重扶持、有特色，已经形成戏剧生态链，这条"崇文"路子要坚持走下去。

东城的戏剧建设发展概括为五个关键词，即五个"度"。

第一个关键词是"厚度"。历史深厚、资源雄厚、人才丰厚，这些构成了东城戏剧发展的基础。

历史深厚：东城的戏剧文化源远流长，这里自古以来就是文艺名家云集之地，吉祥戏院、广和戏楼在清朝就是戏剧演出的繁盛之地。新中国第一座以表演话剧为主的剧场——首都剧场，新中国儿童剧的领头羊——中国儿童艺术剧院，改革开放后第一条剧场院线——保利剧院院线，都在东城产生，可以说，新中国几乎所有经典戏剧剧目都曾在东城上演，东城区也是见证新中国文艺事业蓬勃发展的前沿地。

资源雄厚：这里既有北京国际戏剧中心、保利剧院、长安大戏院、北京喜剧院等中外知名的大剧场，还有蜂巢剧场、国话智慧先锋、大华城市艺术表演中心、天乐园等特色鲜明的小剧场，40家剧场犹如繁星闪耀，为东城戏剧工作发展提供硬实力支撑。

人才丰厚：这里既有中央戏剧学院、北京人民艺术剧院、中央歌剧院等最具权威性和影响力的戏剧院校、国有院团，也有央华时代、九维文化、七幕人生等极具知名度和活跃度的民营院团。79家表演团体和293家演出经纪机构恰如音符跃动，为东城戏剧工作发展带来软实力保障。

中央歌剧院，是隶属于文化和旅游部的国家级歌剧院团，始建于1952年，聚集着众多优秀的歌剧表演艺术家，是中国以及亚太地区最具有规模优势与实力的歌剧院团。

中央歌剧院新建剧场于2022年7月6日正式启用，位于北京市东城区东中街115号，南侧紧邻文化和旅游部办公大楼，西侧面向东二环。剧场建筑最大高度47米，地下4层，地上8层，建筑面积共计40902平方米，观众厅由一层池座与四层楼座组成，共计1201座。中央歌剧院新建剧场是中国中元作为设计总承包方，为中央歌剧院量身定制的专业剧场，是国内首个歌剧驻场剧院，也是国内目前最高等级的歌剧演出场所，是以孙宗列先生为主持建筑师，继梅兰芳大剧院之后在北京又一殿堂级力作，旨在打造一座中国歌剧界最高水准的表演殿堂。

北京国际戏剧中心。2021年9月2日下午，北京国际戏剧中心启用仪式在北京人艺正式举行，新剧场开始投入运营。当晚，由冯远征担纲导演的新排《日出》在北京国际戏剧中心内曹禺剧场上演。《日出》之后还将连续推出新排曹禺经典作品《雷雨》《原野》，向北京人艺老院长曹禺先生致敬。新建成的北京国际戏剧中心，建筑风格简约现代，与其西侧古朴厚重的首都剧场相互呼应，为王府井地区又增添一处重要文化地标。北京国际戏剧中心总建筑面积约2.3万平方米，内设两座专业话剧剧场，分别为1个700座的中剧场和1个200余座的小剧场。中剧场命名为"曹禺剧场"，借此向北京人艺首任院长、剧作家曹禺先生致敬，同时也代表人艺代代相传、薪火不熄的艺术精神。位于三层的小剧场则沿用曾位于首都剧场南侧的"人艺小剧场"这一名称，意在延续人艺舞台创作者与观众之间的舞台记忆。

北京国际戏剧中心投入使用后，与北京人艺现有的首都剧场、

大戏东望·2021全国话剧展演季高峰对话会场　摄影：杨虹

角楼图书馆戏剧体验课　摄影：杨虹

人艺实验剧场、菊隐剧场共同构成错落有致的专业剧场群，为人艺未来的创作和演出提供了更丰富的可能。首都剧场将进一步强化经典剧场定位，继续为观众奉献经典剧目和保留剧目，曹禺剧场则着重戏剧探索和创新实践，以及国内外高水平戏剧作品的交流展演。实验剧场和人艺小剧场将保持小剧场高地定位，发挥创作引领作用。菊隐剧场则致力于打造戏剧普及的公益平台。五个剧场大小错落、各具特色，北京人艺将以新剧场落成为契机，充分利用舞台优势，打造更多精品力作，推动国际国内戏剧艺术交流，创造更多元、更丰富、更高端的演出格局，不负观众对北京人艺"戏剧艺术殿堂"的期待。

大华城市表演艺术中心，位于东单北大街82号，前身曾是我市最早的四家三星级影院之一大华电影院，自2008年起停业，由著名舞美设计师、导演易立明亲自担任改造设计师，对建筑内部进行了功能性的全方位改造。2022年6月投入使用，改造后的艺术中心内共有六个表演空间，一个是在原来电影院主厅基础上改造的歌剧厅，有着镜框式舞台、可升降乐池、上下两层530个座位的观众席，戏剧场T台形式的舞台三面都有观众席，可容纳290余人，环形剧场舞台有点像古罗马剧场，有197个座位，还有音乐厅、露天演出的天空剧场和实验剧场三个更加灵活开放的表演空间。

艺术中心还采用了高科技控制的智能化新风空调系统，既人性化，又节能、环保。每个表演空间都带有化妆间、排练厅和卫生间，无论从观众角度还是从演职员角度，都非常方便，还为艺术家们准备了会客室和特殊通道，充分体现出了对艺术家的尊重。艺术中心正对着协和医院，附近还有同仁医院、北京医院等多家著名医疗机构，为了突出环境特色，同时也希冀在剧场里跟观众一起共同探讨人类生命的价值取向，大华城市表演艺术中心特意策划了"医学胜利三部曲"——《科诺克医生》《弗兰肯斯坦》和《我是哪一个》。这三部医学题材话剧，折射出对当今医学、科技、经济、艺术等不同领域的思考。

第二个关键词是"高度"，东城戏剧工作打造了一系列品质高、平台高、效能高的重点活动。

"全国话剧展演季"，以戏剧行业为主导，集合国家级院团带来全国最优秀的话剧作品，以全方位的文化展示、高水准的剧目、高质量的活动打造了中国戏剧行业最顶端的戏剧活动。已举办5届，124部优秀剧目在首都剧场、保利剧院、中国国家话剧院累计演出230余场，惠及观众20万人次。《千字碑》《大国工匠》《红马甲》《上甘岭》《黎明1949》5部开幕大戏深受各界好评。

南锣鼓巷戏剧展演季，以亲民为主线，凸显戏剧与城市空间的高度融合，突出全民性、沉浸式、烟火气。从南锣鼓巷到青年湖公园到角楼图书馆到2022年推出的东城·戏剧大道，将城市空间作为天然舞台，进行了一次次突破性尝试，打造一场场戏剧与城市和合共融的艺术盛宴。已举办12届，演出1200余场，观众28万人次。

中国儿童戏剧节，作为首个"国字头"的儿童戏剧节，已成为国内外儿童戏剧的节日盛会。经文化部批准，2011年中国儿童艺术剧院联合东城区委区政府创办了国内首创、国际知名的儿童戏剧节，凸显了北京作为文化中心和国际交往中心的功能定位，提升了东城区作为全国戏剧中心的影响力，中国儿童戏剧节作为戏剧东城品牌活动之一，一直秉承"高品质、低票价、公益性"的原则，迄今已成功举办十一届，共有30多个国家250家院团参与，惠及观众148万人次。

北京国际青年戏剧节，是中国青年戏剧的代名词，是青年戏剧向世界舞台传递中国文化的重要桥梁，创始于2008年，以培养青年戏剧创作人才、推出优秀青年戏剧作品、为青年戏剧人才搭建展示平台为宗旨。已成功举办15届，共推出400余部来自世界各地和中国青年戏剧艺术家创作的戏剧作品，国内首演剧目超过150部作品，有近2000名青年戏剧工作者加入到戏剧节的创作及制作工作，近5万名观众参加了由北京青年戏剧节组织的各项公益戏剧教育活动，惠及观众45万人次。

第三个关键词是"广度"，东城用戏剧拓广与国内外文化城市的交流联动。

2017年东城区以新时代话剧人的使命担当为主题，搭建话剧界全国性交流平台，并与全国110家国有院团代表共同发布"戏剧东城宣言"。

2019年东城区首次举办国际戏剧学术交流活动，邀请了爱丁堡国际艺术节组委会专家和中国戏剧领军人物共聚一堂，探讨戏剧艺术与城市融合发展的先进经验。

2021年以"畅想新时代，戏剧正青春"为主题，汇聚田沁鑫、王晓鹰、王斑、王可然等数十位国内戏剧行业领军人物和互联网行业代表，以及中央广播电视总台、微博戏剧、腾讯视频等互联网行业代表。对话围绕"源——中国戏剧讲好中国故事""兴——双循环背景下的戏剧发展""融——戏剧行业的媒体融合""赋——戏剧创作与城市链接"四大论题，探讨戏剧行业发展与创新，探索戏剧创作与传播、戏剧发展与城市更新的关系，带来一场兼具理论高度和话题广度的戏剧思想盛宴，成为戏剧行业跨圈之间的联动示范。

2022年以"新时代、新空间、新创作"为主题回溯中国小剧场戏剧40年的发展变化，以"城市之韵，城市之美"为主题，邀请了冯俐、李宝群、易立明等9位剧作家、导演、演员、青年创作者和非职业戏剧作者代表，讲述与小剧场戏剧的情感联结，研讨戏剧与城市融合发展路径。

第四个关键词是"深度"，东城深挖戏剧创作，致力打造东城元素、京味艺术、国际品质的精品力作。

东城区推出了《十年》《威廉与我》《速记员》《钟鼓楼》等61部市场票房和社会反响俱佳的优质剧目。2022东城5部原创剧目《鼓楼一拐弯》《小院故事》《酷虫学校2》《头等大事》《不翼而飞》完成首演，演出17场。其中《十年》荣获第二届华语戏剧盛典最佳年度小剧场剧目。《威廉与我》堪称近年来小剧场的佳作，获得北京市文化艺术基金支持。音乐剧《速记员》作为青春红色题材，全国巡演，获得国家艺术基金支持。

2022年11月18日东城与九维文化联合出品的精品力作《钟鼓楼》在北京保利剧院上演，该剧根据当代作家刘心武老师获茅盾文学奖的长篇小说改编，再现了中轴线上宽厚温情的人文精神魅力，首场上演之后，深受社会各界好评。2023年4月16—18日该剧在国家大剧院进行了二轮巡演，4场演出平均销售率高达92.1%，现场不仅掌声雷动，更充满了感动与惊喜，饱受观众赞誉。国家大剧院演出结束后，该剧将会开启天津、南京、南通、武清等城市的全国巡演。

第五个关键词是"温度"，东城戏剧离不开观众，东城戏剧也因爱戏的观众而温暖。

东城区让在东城和来东城的观众有更多的机会"看戏剧、学戏剧、创戏剧、演戏剧"。"戏剧体验"感受表演的快乐和艺术的韵味，已连续举办6年，受益者近4万人次；"戏剧开讲"，普及戏剧知识，讲述戏剧的台前幕后，受益者4.6万人次；"戏剧一帮一"组织专业院团与机关单位、学校、街道社区结成"帮学对子"，122部短剧、1200余名业余演员登上成果展演的舞台。这个活动吸引了一大批青年戏剧人参与创排，现在比较火的《一年一度喜剧大赛》的舞台指导松天硕、王翔宇，都参加过戏剧一帮一的指导。这个活动也培养了一大批戏剧发烧友和素人演员。其中不乏真挚感人的特殊人群、天真童趣的小朋友们、军民情深的兵妈妈、热热闹闹的街坊们、亲民执法的基层法官等等，他们真诚的表演汇聚成舞台的光，更加精彩感人。

2022年东城戏剧进行了深入探索和创新实践，正式出台了《东城区进一步推进"戏剧之城"建设发展实施意见》并配套了《东城文化艺术基金管理办法》。《实施意见》通过布局创作、演出、交流、展示、消费的五大文化平台，大力夯实组织、人才、空间、市场的四大发展基础，落实智库建设、资金投入、评估监测三大保障措施，形成"5+4+3"促进体系，全面推进戏剧之城建设工作。东城文化艺术基金从艺术创作生产、文化交流传播、艺术人才培养三大方向进行扶持，撬动更多的社会资金参与戏剧之城建设。

2023年，东城区率先在北京市授牌首批演艺新空间，北京新隆福文化有限公司作为演艺新空间代表宣读了共同宣言，大麦新空间当然有戏沉浸式剧场、颜料会馆、77剧场、南阳共享际等5家单位作为东城区首批演艺新空间获得授牌。演艺新空间不同于传统意义上的标准化剧场，在空间上的突破，有利于盘活商业楼宇、老旧厂房、传统老建筑等多种空间资源，让艺术成为空间活化的重要抓手，对接多元高品质演艺资源，建设东城特色文化商业新地标。演艺新空间的观众不只是单纯的观看者，也是演出的参与者，增加了互动体验感，与旅游、展览、科技、商业等领域相结合，成为消费升级与科技融合带动城市更新的潜在动能，是东城推动国际消费中心城市示范区建设走深走实的重要举措。演艺新空间作为试点工作，在运营管理工作的机制和政策上需要有所突破，东城作为牵头单位先行示范，在全市率先出台标准，也是东城演艺工作的重大创新。

东城戏剧发展的脚步一直在路上，更多的戏剧精彩也将不断在东城发生……

（作者为北京市东城作家协会会员）

家门口的"文艺范儿"

——东城区公共文化服务"10分钟生活圈"札记

徐宁宁

引言：党的二十大报告提出："实施国家文化数字化战略，健全现代公共文化服务体系，创新实施文化惠民工程。"

《人民日报》也在时评中指出：随着数字技术的发展，公共文化服务群众的"最后一公里"被逐渐打通，所谓的公共文化服务10分钟生活圈，就是要满足人们在家门口阅读、看剧、看展、参加文艺活动等需求。当前，城市公共文化服务"缺不缺、够不够"问题总体上得到解决，公共文化空间的提档升级、服务的创新才是实现高质量服务和发展的着力点。

在北京市东城区，就有这么一群提档升级、服务创新、"内容高级"的公共文化空间，它们以小而美的形式让居民们走出家门10分钟左右，就能享受到品质最高、内容最丰富、定位最精准的文化艺术服务，可谓老少咸宜。

不少居民说："家门口的这些活动场所，让我文艺范儿十足！"

南池子美术馆：有大国气质的社区美术馆

第一次走进位于东华门街道的南池子美术馆，笔者就被它稀有的京式园林之美、多元的展览文化惊艳了！这几乎是我所见过的，最能展现民间审美、体现街区文化气质的社区型美术馆了。

外观上，它颇富皇家园林的富丽堂皇：殿内梁柱高大，亭台楼阁色彩明艳，四合院的建筑格局对称工整、中轴线划分南北，可谓端丽气派。而院内围拢一周的景色小品又暗蕴苏式园林的清丽：曲径通幽、活水清流，简直是移步易景、步步生辉！

南池子美术馆是由千年古建修葺而成的，因而还保留着纯木制建筑结构，五麻一灰的柱梁和纵横的斗拱。升级改造后，它又增添了些现代美术馆的气质：现代化的可移动展墙、360度无死角的视频红外监控、新锐的展览布局，都让它兼具"古韵""国际范儿"和"新潮范儿"。

南池子美术馆的展览以"传统文化的当代性"为主旨，正统又包容性强。古代、近现代、当代，国际、国内的文化理念，新锐与传统艺术内容融会贯通。

比如2023年夏季开展的《有故事的房间》展，就是古老敦煌壁画（传统）、现代动画设计（当代）的水乳交融。

画家用了传统的壁画纸材和技法，去除了浓墨重彩，只保留了壁画最原始的功能——故事性（壁画是"最早的人类记事和传承部落文化"工具）。这种"化繁为简"的策展方式，让观者更聚焦于"故事性"本身，同时又采取了"时间穿越"的形式，即用"动画短片"的形式来"播出"这些古老的梦境、神话传说、日常生活和八卦新闻……

这个画展既让古与今、时与空、画家与观众实现交流，也在提醒观者"回归"，而这种"回归"本身，就是一种"当代性"。与南池子美术馆的理念一脉相承。

除了营造"时间穿越"的场景，南池子也擅长策划"全球空间穿越"的画展。

比如2023年初春举办的《唯物思维：首届国际当代材料艺术双年展》。竟然一共有五大洲20多个国家的66件作品参展！这些来自20多个国家和地区的材料（有金属、有纤维、有土木塑料和玻璃、植物、立体空间装置）在南池子美术馆的"京式皇家园林空间"里展出，产生了难以言喻的化学效应和视觉震撼。

一位社区居民（也是南池子的"粉丝"）这样表达自己的观后感："看完这个展览才知道，中国传统文化从来不是封闭的。因为竟然每个国际艺术家的作品都能在传统文化的场域里找到相似点和落脚点，这更证明了中国传统文化的包容性！也证明了全世界的文明和文化都是相通的！"

南池子美术馆的文化前瞻性、启发性、包容性，也像京式建筑一样，大气、豁达，具有"大国气质"。

首先，它打破了传统美术馆的物理空间，为社区营造了"无墙美术馆"的艺术氛围。其次，它独特的策划思维，实实在在地起到了发挥优质文化资源的作用，形成美术馆和社区、街区甚至城市之间一种双向联动机制。最后，它可以以美术馆为平台，可以引入外部的流量和资源，促进艺术和社区之间的融合与共生，让更多年轻人爱上美术馆、为"传统文化"的魅力着迷，为"传统文化"的传承与进化致力！

南池子美术馆馆长雅行、艺术总监文渊，二人都是兼具国际化创新意识和传统文化传承精神的艺术家，他们不断认真地感知着受众需求，并与时俱进地调整形式，力求呈现出更多的、让普通观众理解的艺术展览形式。

结束采访时，雅行说：时代正从物质时代向精神时代觉醒，南池子有使命感。

南池子一直在"进化"，是和我们互动的艺术家和观众在帮助我们"进化"。

当下，东华门社区的居民只要走出家门口就能领略世界顶尖的当代艺术展。无论是创新服务意识，还是新型文化业态，南池子美术馆都堪称真正意义上的"小而美"公共文化空间。他们坚定地用艺术给行业和时代赋能，他们是真正的"弄潮儿"。

27院儿：老中青本地创生文化"派对场"

去27院儿访谈那天看到的景象，让笔者感到，我这个中青年的角色，仿佛和社区老人们调了个个儿——内务部街27号的胡同小院厢房里，若干名60岁到80岁的老年人，正在话剧艺术家的指导下，紧锣密鼓地排练剧目，而我和小院的猫儿一样，闲得发慌又不敢打扰，只好坐在院里的大树下等候。

百无聊赖中，我去看27院儿墙上的往期活动海报。

第一个吸引我目光的是，27院儿于2022年举办的《当我像你一样》系列活动，这是动员让青年人和老年人"跨年龄社交"的活动。

不理解？有代沟？无共同语言？这些几乎被大多数集体意识认同的代际沟通障碍，都被这次活动策划打破了。

项目公开进行社会招募，找到若干老年人和若干年轻人进行"配对"——他们以在27院儿约会的形式进行破冰交流，并通过一系列有趣的互动，放下"代际沟通障碍"成见。

在此活动中，报名"约会"的青年人和老年人都十分踊跃，社交效果斐然。比如做时尚买手助理的阿猪和社区老人余宝龙，他们的共同兴趣是"做衣服"，聊开了相隔数代的时尚消费，竟然都各自找到了启发和灵感。还有一对儿一见而成"忘年交"：30岁的毛毛喜欢被叫"毛毛姐"，60多岁的瑞莉阿姨喜欢人叫她"小冯"，两个在一起"约会"，倒是"毛毛姐"照顾"小冯"多一些。

《当我像你一样》的1.0版本是"老与青"的约会，2.0版本则是把"约会"主导权交给老一辈，让他们带领年轻一代真正走进今天老年人的精神世界，增加老年人群体话语权，激发青年对老龄社会议题的思考。

到了4.0版本，活动主题再次升级，变成老青共同关注时代热点话题"空气污染""宠物救助""女性议题"等等。比如,"动物咖啡馆为什么火?当下群众的情感诉求是什么?""作为用一生陪伴人类的宠物,它需要临终关怀吗?"不同的话题,老年和青年各有不同的视角。

活动中,27院儿还请公益基金支持,写了一个叫《大橘为重》的剧本游戏,让老年人和青年人以最时尚的方式,去体验话题,进行延伸思考。

不仅是老年人,如不是27院儿的主题策划,怕是年轻人也很难享受到这么新颖的文化社交"派对"。

27院儿总策划、北京市朝阳门社会文化生活馆负责人牛瑞雪告诉笔者:她是从2006年赴法留学归来后,立志扎根东城区从事公共文化事业的。现在她正在忙新的公共文化空间——可能有书。27院儿是她2016年开始正式运营的,创立7年来,27院儿一共尝试了400多个文创项目,开展各种文化活动4000余场,服务人群超过14万人次。

有的社区打造城市书房、文化驿站,有的社区开展艺术展览、文化沙龙,以营造小而美的公共阅读和艺术空间。而27院儿独辟蹊径,致力于将最优质的文化资源和最本地化的本土故事相结合去创意活动,简称"本地创生文化"。也就是说,在27院儿辐射范围内的居民,无论是老人还是青年,享受的都是最为前沿和时尚的文化创意,而非传统的广场舞、棋牌室模式。而且不管是话剧团、沙龙派对、展览、市集还是音乐舞蹈,居民不只是参与者、受让者,还是共同创建者。

27院儿运营的成功，不只在于文化创意的新颖，它的核心价值还在于增进了社区老中青的情感交流，变参与者为"共同创建者"，建立了居民对新型社区空间美学的感知认同。参与活动的居民，在这里打碎了刻板的"老年社区活动室"印象，破冰了老年人和青年人各自有"社交圈"的代沟坚冰，两代人或三代人，在27院儿这样一个空间中，能自由抒发自己的内在情感，实现邻里关系的升华，形成了一种高度和谐的情感认可效应。

现在，越来越多热爱"社区文艺派对"的人们被27院儿吸引而来，本地人、外地人，本国人、外国人，青年人、老年人还有小朋友，也开始有越来越多的艺术家把目光聚集到"社区"这个昔日的"不毛之地"。因为27院儿让他们发现，社区里也可以玩艺术，而且是特别"接地气"的艺术。

南阳共享际：都市年轻人最后一公里"心灵栖息地"

一个胡同深处的陈旧老房子，曾经是中国对外演出公司用于审核演出的"旧工厂"，被话剧导演孟京辉1994年最后一次使用过的戏剧舞台，闲置25年后，竟然被打造成了一个京城最活跃的"共享剧场""戏剧孵化工坊"和"商业网红打卡地"！这是对东四北大街公共文化空间南阳共享际的"不完全释义"。

对于住在东四附近的居民来说，步行10分钟，就可以看到来自世界各地、五湖四海的、最新锐出厂牌演出音乐剧、舞蹈剧、木偶剧、先锋肢体剧、话剧和惊讶喜剧。

不用吃惊，东四社区居民就是如此这般"坐拥"一个豪华戏剧生态圈。

不仅是丰富的精神生活给养，这里几乎是年轻人的"最理想社区秘密花园"：建筑面积3400平方米的"网红文化社区"一共四层：一层坐落着铁手咖啡全国旗舰店，空间以欧洲著名画作为空间设计灵感，艺术感十足；二层的布衣古书局则是国内不多的几家展售古本书的书店，在淘书的同时还可以顺便撸一撸店主的四只打工喵；位于露台的Joy Land Coffee&Music Bar则是北京第一家以黑胶唱片为主题的爵士酒吧，店内拥有数千张黑胶唱片和完美的播放设备，一段小型LIVE演出结束后，可以喝一杯，感受下胡同周末的晚风。

社区三层是独具特色的联合办公空间，一应俱全的办公设施，创业或者SOHO的年轻人几乎可以拎包入驻。

当然如果你舍不得离开这样一个被艺术氛围萦绕的快乐家园，这里的四层还提供了"戏剧主题公寓"，你完全可以小住一段时间，让自己的灵感和天赋肆意滋长，第二天早上醒来，从城市里麻木低气压的上班族，变成一名喜剧演员。

如果说南池子美术馆是社区文艺爱好者的天堂、27院儿是消融老中青代沟坚冰的"派对场"，那么南阳共享际无疑是热爱文艺与戏剧的年轻人的"灵感工坊"。"心若没有栖息的地方，到哪里都是在流浪。"这里，更致力于打造都市年轻人的"心灵栖息地"。

有人把在城市里奋斗的年轻人称为"蚁族"，这是一群庞大而需要精神文化滋养的群体，他们曾不甘于平庸、义无反顾地远离家乡，放弃安逸，选择追求梦想。然而，梦想很丰满，现实很骨感。

来到大城市后，拥堵的交通、繁忙的工作节奏、昂贵的房价、社区邻里之间的距离感，往往让他们的心灵找不到归属，早早地丧失了活力和动力，梦想也往往在心灵干涸后夭折。

所以，公共文化服务要打通最后一公里，深入都市年轻人的居住地。而且，用美育涵养美丽和谐的心灵，也绝非"均等化"的公共文化服务形式可以解决的，而必须要定位足够准确、特色足够鲜明，才能针对不同的群体，切实地契入他们的文化属性和精神需求。

南阳共享际就是这样的都市年轻人最后一公里"心灵栖息地"。它一方面提供以音乐、舞蹈、戏剧为主题的表演艺术盛会，激发城市年轻人的艺术灵感和参与文化艺术生活的活力。一方面打造戏剧孵化产业链，给相关年轻创业者提供机会，为小微团队提供一整条戏剧产业链生产服务流程。更重要的，它创造了一个让年轻人愿意融入、感觉到新颖并有归宿感的文化社群。

年轻人在看完南阳共享际的舞蹈剧后说："所有意想不到的现实元素在剧场被巧妙地融合在一起，在剧场……我感受到了一种久违的、肆意增长的自由。"

"我参加过一次南阳共享际的开口麦，那是我人生第一次站上了舞台，虽然只有那么几分钟，但再走到舞台下，我仍然感觉自己充满了文艺范儿，整个人从黑白变成了彩色。"

是啊，只要有这样的"别样的艺术空间"可以帮助年轻人回血回蓝，即使在高压和竞争的大城市，大家也可以找到岁月静好的感觉，找到自己的"圈子"，过上多姿多彩的美好生活。

在东城区，这样新鲜有趣的公共文化空间还有很多。博物馆类：比如迷宫一般的"东四胡同博物馆"、浓缩了老北京历史文化和胡同生活的史家胡同博物馆、600年历史的院子——"北京文博交流馆"；明式书房格局的"时间博物馆"、老舍夫妇亲自栽种柿子树的"老舍纪念馆"、小而美的公办博物馆"中国华侨历史博物馆"等。活动空间、剧场类：美后肆时景山市民文化活动中心、天坛南门剧场东苑戏楼等。阅读空间类则更多：文沁阁书店、中国书店灯市口店、角楼图书馆更读空间、缘庆书苑、东总布胡同图书馆。

这些公共文化空间几乎都"生长"在东城区社区居民的10分钟生活圈内，并深深扎根每一个群体的生活场景中。

结合着东城区丰富的历史文化遗产，这些公共文化空间在守住老城底色，为居民们提供"花样翻新"的、高品质文化生活体验的同时，也一步一个脚印地提升着东城文化产业的软实力，复兴着东城区的"新文脉"，甚至可以说，他们正在创造一个与时俱进的新东城！

(作者为北京市东城作家协会理事)

一座新剧场的诞生：以戏剧家之名

史 宁

久已记不起曹禺的《雷雨》和王府井北大街上的首都剧场哪一个先走进我的记忆，它们无疑都参与构筑了我个人的现代戏剧启蒙。我说不清自己有多么热爱戏剧艺术，但总还是喜欢看戏，包括小时候看黑白电视里的京剧，虽听不懂舞台上人们咿咿呀呀的唱词，好在锣鼓点热闹铿锵很是有趣。后来第一次路过王府井北大街上首都剧场的时候大概是中学时代，同行的同学说那里是演戏的地方，他之前进去看过一次，不由得令人心生羡妒。什么时候我也能走进这个剧场看一次戏呢？

知道曹禺和他的《雷雨》大约也是同一时期，似乎先是在语文课上听到老师的介绍，后来自己找来一本《雷雨》的剧本开始阅读。读《雷雨》剧本是一个很奇妙的过程，它是那种典型的一旦拿起来读就放不下的故事，剧本文学的魅力在于很容易使读者在阅读中不由自主地随人物台词而跟读起来，舞台上的故事在我的口中依次开演。差不多花了两天时间终将这四幕悲剧读完了，不由得佩服剧作家的天才之笔。全剧只有八个人物，两个家庭，仅仅用了一昼

171

夜就把过往30多年的恩怨情仇集中，使之得以聚焦、再现，进而总的爆发。如此精妙的三一律结构只能用神来之笔形容。后来，在高中语文课本上又一次邂逅了曹禺和他的《雷雨》。为了更好地理解课本所选剧作的思想内涵，老师组织部分同学排演了这部经典话剧，准备参加学校的戏剧节。出于对戏剧与曹禺作品的喜爱，我报了名，而且担纲出演戏份颇重的周萍一角。可惜最终因为某些原因学校取消了戏剧展演，不过通过这次前期排练，我对《雷雨》的悲剧性和剧中人物的宿命感大大加深了认识。所以我意识到，好的戏剧作品，只读剧本是远远不够的，必须将它搬上舞台进行表演，让故事从平面走向立体，从白纸黑字转为声音画面，从伏案阅读变为坐在台下观赏。我想，很多人的戏剧表演启蒙大概都是学生时代通过《雷雨》完成的，曹禺的这部代表作滋养了无数青少年最初的戏剧舞台实践。

曹禺本人也是因热爱戏剧和舞台表演而走上戏剧家道路的。少年时代他即跟随母亲观看了京剧、昆曲和河北梆子等许多地方戏曲，还有当时刚开始流行的文明戏。1922年曹禺进入南开中学，旋即参加了学校的南开新剧团，先后演出过《玩偶之家》《国家公敌》等世界一流戏剧作品，这使他逐渐懂得了舞台。即便是成为戏剧家之后，曹禺仍然会偶尔粉墨登台，表演自己话剧作品里的主要人物。再加上长期研读西欧古典戏剧与现代剧作，包括希腊悲剧家、莎士比亚、易卜生、奥尼尔、契诃夫和霍普特曼等人的戏剧，使曹禺了解到戏剧艺术诸多的表现方法，最终成为中国文坛上的一代戏剧大师。是的，正是因为曹禺的一系列创作，使得西方话剧艺术在中国的土地上得以站稳脚跟，成为中国现代文学的有机组成部分。尽管在曹禺之前已有丁西林、田汉等人写作现代话剧，但曹禺及其创作才第一次真正使话剧这门艺术走向成熟。可以说，曹禺是中国话剧的一面旗帜，他是最懂舞台的一位戏剧家。

人们习惯上会将一些重要的戏剧演出场所用卓越的戏剧家来命名，比如湖北咸宁的余洪元大剧院和北京的梅兰芳大剧院。作为中国戏剧的杰出代表，以曹禺为名的剧院早已有之。一个是位于湖北潜江的曹禺大剧院，另一个是天津河北区民主道上的曹禺剧院。湖北潜江恰好是曹禺的祖籍所在地，天津则是曹禺的出生地。可以说，两地与曹禺本人均有着千丝万缕的关联。而曹禺后半生的居住地北京此前并没有这样一座以他个人的名字命名的剧院，但曹禺后期的戏剧活动主要是通过北京人民艺术剧院这座一流的戏剧演出场所来呈现的。北京人艺的名头尽管不见曹禺二字，但曹禺与北京人艺的关系却密不可分。这是一座曹禺用半生心血浇灌的艺术园地。

在很长一段时间里，北京人民艺术剧院所在的首都剧场是北京市为数不多的一流戏剧表演舞台，一代代的北京观众在这个剧场里观摩欣赏了数不清的大小演出，见证了无数的舞台奇迹，他们亲切地称之为"人艺"。"人艺"的戏仿佛天然地具有某种品质的保障。北京人艺的演出早已成了北京市民群众文化生活不可或缺的组成部分。现代话剧起源于古代欧洲，当下在许多发达国家，进剧场欣赏戏剧演出，仍然被视为是一件十分庄重和高雅的事情。世界诸多著名的大城市都有自己代表性的大剧院，这是公认的现代大都市的重要标志之一。戏剧演出往往是一个国家和地区、一个城市文化品位的象征。无疑地，北京人艺所在的首都剧场正是象征北京文化艺术的一座标志性建筑。北京人艺的历史最初分为新老两代：老人艺是1950年1月1日成立的集歌剧、话剧、舞蹈、管弦乐队于一身的综合文艺团体，前身是华北人民文艺工作团，由李伯钊担任院长。新人艺成立于1952年6月12日，由北京人艺话剧队和中央戏剧学院话剧团两套人马构成，专门表演话剧，院长由曹禺担任。老人艺时期院部和剧场是分离的，前者位于史家胡同56号（今20号），后者时常借用东华门大街的真光电影院，也就是后来的中国儿童艺术剧院。经多方努力，北京人艺的专用演出场所首都剧场于1953年4月开工营建，由著名建筑师林乐义主持设计。剧场建筑面积1.5万平方米，占地面积近5000平方米，内部观众席分上下两层，现设有927个座席，集演出、排练和剧院办公于一体。是全国规模最大、设备最好的话剧演出剧场之一。因建筑上独特的艺术性，该工程在20世纪50年代获中国建筑学会优秀建筑创作奖。由此，这座经典的建筑就同北京的戏剧舞台与曹禺本人形成了紧密相连的缘分。

北京人艺在建院之初曾有一个著名的"四巨头42小时谈话"，即院长曹禺、副院长欧阳山尊、总导演焦菊隐和党委书记赵起扬四位人艺领导在1952年夏天进行了持续一周的热烈讨论，中心议题是如何办好北京人艺。经过讨论四人一致认为，苏联莫斯科艺术剧院是一个有理想、有追求、艺术上有严格要求的剧院，是一个艺术水平很高并且形成了自己艺术风格和演剧体系的艺术剧院，北京人艺也要向这样的目标努力。1898年丹钦科与斯坦尼斯拉夫斯基共同创建了莫斯科艺术剧院，几十年中与契诃夫、高尔基、托尔斯泰等文坛巨匠在舞台上多次合作，俄国新剧场由此改变了世界戏剧格局的历程。由此可见，一个剧院的成功和与一批杰出的剧作家保持长期、固定、亲密的合作是分不开的。建院之初，北京人艺就受到了郭沫若、老舍、曹禺为代表的文学家、剧作家的作品孕育滋养，北京人艺也因排演郭沫若、老舍、曹禺三位大师的剧作而闻名，在10年间确立了现实主义的、具有独特韵味的演剧风格。这也是北京人艺在成立之初被称为郭老曹剧院的主要原因。

如果说郭沫若在北京人艺上演的《虎符》《蔡文姬》《武则天》等历史剧使他成为北京人艺话剧民族化探索的助力者，老舍以其《龙须沟》《茶馆》成为北京人艺现实主义演剧风格的奠基人，那么曹禺因院长和编剧二者兼而有之的特殊身份，使得北京人艺的舞台深深打上了曹禺烙印。自从1952年6月12日北京人艺宣告成立，曹禺时年42岁，一直任职到他辞世，达44年之久。尽管他的社会兼职很多，但他最钟爱的、最看重的仍是"北京人艺院长"这个职务。他的作品和人品像两块基石，奠定了人艺的基础。建院之后，因为有近水楼台之势，北京人艺除了演出《雷雨》《日出》《北京人》《家》等曹禺的旧作之外，曹禺还在各种杂事纷扰中，费尽心力为剧院新创作了《明朗的天》《胆剑篇》《王昭君》三个戏。北京人艺所取得的每一点成就、每一点进步，都与曹禺的辛勤浇灌分不开。他对北京人艺的贡献大体可归结为四点：一是对北京人艺的整体规划与设计；二是在剧院凝聚力上的付出与贡献；三是剧目建设功勋卓著；四是对艺术探索鼎力支持；最后是对演员艺德和才识的培养。曹禺是如此热爱北京人艺，他曾写道："戏演完了，人散了，我甚至爱那空空的舞台……"这些带有典型曹禺戏剧特征的故事模式均体现出曹禺对戏剧剧场性的矢志追求。

时节如流，岁月不居。2021年9月，位于首都剧场东侧的北京国际戏剧中心正式落成并对外运营。这是北京人艺助力建设首都戏剧之城的重要体现。新的北京国际戏剧中心总建筑面积2.3万平方米，内设两个话剧剧场，分别是700座的中剧场和200余座的小剧场。为了向北京人艺的首任院长和杰出剧作家曹禺致敬，中剧场正式命名"曹禺剧场"。北京终于也有了一座用曹禺之名命名的剧场，似乎是冥冥之中的定数，不早不晚正逢其时。尽管已经在首都剧场看过许多次戏，我还是选择抽出一个专门时间前往首都剧场欣赏一番新落成的北京国际戏剧中心和曹禺剧场。

一进首都剧场的大门，就望见老剧场身后一座米白色的高大建筑，风格简约而现代，与其西侧古朴厚重的首都剧场形成巨大反差又彼此呼应。走进大厅，曹禺剧场位于一层，首先看到的是一尊曹禺先生的半身雕像。这是由中国美术馆馆长、著名雕塑家吴为山先生精心制作的。曹禺先生微微含笑，迎接着每一位戏剧爱好者走进剧场。在他身后，是号称亚洲最大的玻璃幕墙，长60米，高12米，由3万多块玻璃砖砌成L形光影幕墙，犹如天宇之上的点点繁星，蔚为大观！步入剧场，浓郁的戏剧氛围扑面而来，舞台采用经典"品"字形，总面积达1071平方米，可同时容纳四个不同场景，实现高效装台和快速布景迁换。观众席四周墙面极富创意地以灰砖与木条交错安置设计，似乎有意突出老北京胡同的空间元素，彰显人艺的"京味"特征。整个剧场最令人称道的应该是观众席座位的梯度。与首都剧场的舞台和观众席基本平齐不同，曹禺剧场的观众席整体上要高于演出舞台，加之观众席横向两端略带弧度的排列，使观剧效果有点类似古罗马圆形剧场，观众看戏略微形成了一种居高临下的感觉，而演员表演时则要仰视观众。于观众而言，这种俯视的感觉似乎能更好地顾及舞台整体调度；于演员而言，在表演时要自发地做出调整，拥抱观众和剧场，张开双臂与台下观众自觉地融为一体。

曹禺剧场投入运营后，和新落成的人艺小剧场一道，同北京人艺原有的首都剧场、人艺实验剧场、菊隐剧场共同构成错落有致的专业话剧演出剧场"雁阵"，为人艺未来的创作和演出提供了更丰富的可能。剧场多了，相应的演出活动必定要随之匹配，北京人艺五大剧场的不同演出既繁荣了京城的戏剧演出市场，又引领了京城百姓的一种生活方式。"大戏东望"——到东城看戏，随着曹禺剧场和北京国际戏剧中心的落成运营逐渐成为新兴的时尚理念。当我走出剧院，再一次看到曹禺先生雕像的时候，仿佛霍然了然于他脸上洋溢的笑容。

（作者为北京市东城作家协会会员）

雪莲亮点文创园

何羿翯

夏天是颜色也热烈的凌霄花的季节。傍晚时分漫步在子午花园，看开得正盛的凌霄花，再凭栏远眺。向东可以望到中国尊傲然屹立在CBD，目之所及还有高高低低的楼群。向西看，刚好可以观夕阳西下，静静地等待一天结束，迎接夜晚的到来。这里是雪莲亮点文创园的顶层花园，它位于东城区的东四南大街。在寸土寸金的北京城市中心区，能有这么一处视野开阔的观景平台，是幸福的甚至是奢侈的。

"我经常说一句话，没有花园不行，房子哪怕拆一半儿，也得修个花园出来。"雪莲亮点文创园的创始人丁平自信、自豪地说道。能带来收益的房子都不要，却要花园，这话有点霸气，甚至和一些建筑者的想法格格不入。丁平在东城区创业已经十多年，她的公司一直聚焦城市更新工作。他们想用所学专长让城市变得不但更美，还更适合人工作和生活。要说文创园就是办公场所为主，为什么不能缺少花园呢？丁平做的文创园都叫城市中心花园，也叫人文美创空间。他们认为花园是最符合人们工作和生活的状态，花园可以成为陪伴生命工作、学习、生活的一个部分。这是摩天大楼不能给予的景观，也正是城市中心建筑肌理的特色之一。

雪莲亮点文创园不仅有花园还有茶室，在办公楼一层的大堂随处可见雕塑及其他艺术品。进门最显眼的一个作品是由很多亮晶晶的透明小方块和许多色彩艳丽的彩色材质组合而成。不少人第一次来都被这些堆叠随意又错落有致的色彩块吸引，原来这是用亚克力和塑料等合成材料制作的。作者模糊了物质本来的边界和属性，体现了对日趋性能化的人与社会的思考。在这样有创意的环境办公，工作起来也更容易激发创新思想。文创园现在已经有十几家文化企业入驻，一层还汇集了酒吧、咖啡馆、餐饮等底商。夜幕降临，华灯初上，人们没有了白天匆匆的脚步，而是闲散地与三五好友漫步街旁，或是临窗而坐，续一杯咖啡，倒一杯酒，抑或与朋友们聚餐畅聊，还有的年轻人在酒吧门前跳起了街舞。总之，人们尽自己的力量要把夜的寂寞与安静完全驱赶掉。人们白天在文创园安静地办公，晚上这里好像换了一副面孔：更年轻、更时尚。这些新的姿态增加了文创园的活力与人气。

如果说办公+底商是不少文创园区的经营模式，雪莲亮点文创园多花园的设计的确是个亮点。这里还有你想不到的，它有一个剧场，叫偶得剧场。顾名思义，这个剧场是偶然得来的。在改造原有建筑时，这里有一个22米高的空间，是两个楼之间的一个剪刀楼梯，改造过程中把建筑拆掉了，楼梯则保留下来，就做成了剧场。有爱好诗歌的朋友，喜欢来这里朗诵诗歌，还有在这上班的年轻人，午休的时候来这里放空大脑、放松休息。雪莲亮点文创园其实面积不大，建筑面积约8500平方米。当我第一次来这里时，看到一眼望到头的几间沿街底商，还有点小失望。等观察了它白天与夜晚的不同，我感受到了文创园的特色与活力，这里绝不仅仅是麻雀虽小五脏俱全，我们不能只从外表读懂它，要走进它的内里，才能了解它的内涵，进而慢慢理解它的精神世界。

丁平介绍雪莲亮点文创园设计和建造的初衷是：人跟建筑是互为转换、互为滋养的过程。人的情感是丰富的、多元化的，那么，建筑也应该是丰富的、多元化的，这才符合城市的人文精神特质，所以亮点文创园倡导花园人文理念。在这里随处可以看见装置艺术、插花、灯光等设计元素，希望这一切能唤醒人类的智慧和美好。丁平的这些设计理念一是源于她的专业，她在英国留学时学习照明设计。照明设计师可以把一个建筑打造得美轮美奂，给建筑带来更美好的体验。二是因为在英国的留学见闻，让丁平对城市的更新改造有了更多、更深的体会。她在爱丁堡工作，这个城市是经过"二战"后老建筑还保留比较完整的一个城市。爱丁堡1329年建市，从1437年到1707年一直是苏格兰的首都，历史文化也非常悠久。漫步爱丁堡，丁平发现这里一部分老街道很窄，显然是不能适应更不能承载现在的汽车文明。城市管理者并没有想办法拓宽这些街道，而是原样保留。学习照明设计出身的丁平对灯光、照明也很留意和敏感。她发现在现代科技发达的今日，爱丁堡很多街道的灯光依然很昏暗，可也没有人把这些灯换成既节能又亮的现代灯。在爱丁堡，随处可以看见古老的房子，等推开小小的门走进，让人很诧异：里面非常现代。是现代的酒吧，里面的装饰、色彩也符合现在年轻人的需求。这种强烈的对比给丁平很大启发：城市是有生命力的，因为城市里面承载着一个个鲜活的生命。同时，城市更要服务生活在其中的人们，满足人们的情感需求、文化需求和社交需求。如何让城市中过去的建筑，更好地发挥功能价值，服务于现在生活、工作在其中的人们是一个重要的课题，这也是城市更新发展的主要议题。因为工作丁平来到北京，她一下子被北京城的文化底蕴深深吸引。当她走在胡同里的时候，就感受到那些树、瓦、石头好像都在述说这个城市的历史故事。在走访北京的老城区的过程中，爱丁堡见闻记忆的种子萌发了，当丁平看见北京老城区的房子时，脑海里就出现了它改造完成的样貌。丁平投身北京的城市更新，这一干已经有13年了。

随着北京城市更新的推进，有越来越多的设计团队、改造团队参与到老城改造的项目中，丁平认为雪莲亮点文创园要定位于硬核内容+文化内涵。首先是基础设施要够硬核。比如停车场、燃气电力水平、空调暖气设施等。这就像是城市里的下水道工程，都说这是良心工程，因为下水道大多在暗处，参观者看不到，只有使用者才能体会到质量和使用时的舒适程度。为此，雪莲亮点打造自己的团队，从水电、供暖制冷、消防到后期物业管理、招商运营，全部一揽子承包下来，成为具备全产业链的企业。然而，物质设施只是基础，人们在文创园工作的便利性和舒适程度以及文创园独特的精神内涵才是更具品牌识别性的内核。

文创园的首要功能是人们的办公场所，大家需要一个安静的工作环境，来思考和处理问题。同时，办公又需要与人交流沟通，也就是需要动静结合的。基于此，雪莲亮点文创园定位为闹市区里安静的办公区域。同时考虑到在文创园工作的大多是80后90后甚至00后的年轻人，他们是随着国家改革开放成长起来的一代人。这些年轻人对生命的品质、生活的要求都是比较高的。文创园只有做好一个个细节，才能让人真实感受到在这里工作的愉悦与舒心。这也是雪莲亮点文创园的初衷，他们希望通过设计、服务体现出对人发自内心的尊重与关心。

雪莲亮点文创园还有一大亮点，就是在一层底商的最南，有一间艺术中心。地上一层是文创产品的展示与销售。艺术中心还巧妙地利用地下空间开办美术展。这里主要展出实验艺术和抽象艺术等当代艺术门类作品，每次展览的展期大约三个月。大家可能相对了解国画、油画、版画、雕塑等艺术形式，这些都是从技艺的技术角度来划分的。实验艺术打破了传统技术层面的评价标准，强调"思想"，更关注作者给大众传达什么样的内涵。抽象艺术并不追求作品外形的"像"，而是抛弃表象，寻找本质和内在的规律。简单说，我们平时看画展，会分析作者画的内容和现实的物象是否"像"，而这并不是当代艺术考量作品的标准。当代艺术主要是表达作者的思想，同时作品的新表达是否能带给人思考与启迪才是最重要的。雪莲亮点艺术中心负责人杨春老师认为：当代艺术的主要功能是引领人类不断地发展，开拓人的思维疆域。

为了让大家更好地理解当代艺术作品，杨春在现在展出的50多幅作品中，精心挑选出三幅有代表性的作品，来帮大家理解当代艺术作品。第一幅作品是王笑今的《欧几里得》系列。作品回复到最原始的状态，靠一支铅笔和一张纸完成。作者统计每幅画用笔都在20万笔左右，是一笔一笔慢慢画出来的。这幅作品创作于新冠疫情期间，作品通过光影想表达人们需要希望，疫情结束人们就回到了原有的秩序里。第二幅作品是严超的《一杯江山》。作者走访了很多名山大川，就把传统的山水跟写意的山水结合。作品的灵感来自于一杯酒，冰块儿在酒水里慢慢地融化掉，由此作者领会到几千万年甚至上亿年的沧海桑田的变化，认为它们本质上是契合的。第三幅张震宇的作品似乎更另类，超乎大家的惯常想象。作品名称叫《灰尘》，艺术形式是布面灰尘。这是把油画框放到户外接灰，最终作品不是艺术家画出来的，而是大自然赐予的。大部分参观者在看到作品介绍后，认为这是一部反映环保题材的作品。而作者的解释是：每个人在世界面前如同一粒灰尘。我把这些灰尘集中起来，就形成了我理解的世界。作品把局部打磨平整，形成镜像，观众参观时的影子就映到作品里，就好像你也在我的世界里。这些充满天马行空想象的作品，开阔眼界、拓展思维的展览，就在雪莲亮点文创园的艺术中心。艺术中心还不定期举办文化沙龙和艺术讲座。有作者对作品解读，还有与中国传统文化促进会举办的传统文化系列讲座等活动。

雪莲亮点文创园办公环境优美又透着浓郁的人文气息和对人的尊重与关怀，还有展览当代艺术的文化中心。这些特质，使招商环节对入驻企业的选择也有更多的综合考虑。首先在区领导可持续发展理念的指导下，商户聚焦年轻人喜闻乐见的商业，并注重环保。另外来到这里的企业，要符合文创园整体的文化氛围。张先生是立

雪莲亮点文创园外景　摄影：何羿嚣

雪莲亮点文创园外景　摄影：何羿嚣

偶得剧场一景　摄影：何羿翯

正酒吧的主理人，他在东四这一带生活了40多年，又做酒吧生意多年。2022年底，他入驻雪莲亮点文创园。张先生从小在这片儿长大，对这一带很了解。通过几十年的观察，他发现这些年更换了一些商铺，变换了一些形态，这些变化是自然淘汰、自然选择的过程。雪莲亮点文创园位于原来的三友商场，后来商场客户群越来越少，改成现在的新业态，符合时代发展变化的要求。从文创园改造之初，张先生就开始密切关注，后来他发现文创园整体的风格氛围很适合他，周围的邻居底商有面包店、咖啡馆、餐厅，还有艺术中心等。这里整体的价值和业态形式很适合他的酒吧生意，于是他当即就联系文创园办理了入驻手续。未来张先生希望能和文创园之间有更多的互动，一起搞一些活动，让更多的人觉得这里有意思、吸引人，让大家更爱来交流、互动，以酒会友。2023年端午节，酒吧推出了一些优惠活动，聚拢了不少人气，还在晚间邀请年轻人一起跳街舞，以舞会友让这里成为文创园晚间的最亮点。

夜经济让文创园从白天到夜晚都充满活力，延长了文创园的活跃周期。以夜兴业、以业活夜，我国南宋时期的《梦粱录》记载，临安城夜市已是一派熙熙攘攘。在国外，伦敦、巴黎、纽约等城市的夜经济也有代表性。文创园的经营发展模式符合2022年底中央经济工作会议的精神和2023年初北京市两会发布政府工作报告的要求：要提振市场信心，恢复和扩大消费。北京市作为国际消费中心城市，更要有消费新范式的引领，同时北京作为全国文化中心，文化消费的内容和规模都将再提升。今年4月份，东城区出台《全方位优化营商环境 打造文化创新融合改革示范区的工作方案》，将营商环境改革创新向纵深推进。东城区作为首都功能核心区，是全国政治中心、文化中心、国际交往中心的核心承载区，也是历史文化名城保护的重点地区，城市更新工作始终不断推进。其中，史家胡同四合院改造项目获得了住建部颁发的中国人居环境范例奖。东城区还利用老城中心疏解腾退的老旧厂房，引入附加值高、成长性好的文创企业，培育出近50处高品质文创产业园区。"崇文争先"的理念在文创园得到很好的体现，也让老城焕发出新的活力。对于丁平和团队来说，把每一个城市更新项目做好，就是对这个城市力所能及的贡献。就像现在大家看到的雪莲亮点文创园，通过硬件设施和软件服务，希望尽力把美好的工作环境和生活方式呈现给大家。丁平觉得自己是幸运的，赶上了高质量发展的新时代。这就给他们这些拥有专业技术的人才提供了非常广阔的舞台。他们能利用专业知识让建筑焕发新的生命，也给自己和其他人创造了更多的价值。

（作者为北京市东城作家协会理事）

寻访京城皇家粮仓

孙永红

搬家到四环外，很少有机会转胡同了。没想到和朋友相约看戏，再次走进了位于东四十条的南新仓。这座有600多年历史，与故宫同龄，伴随着京杭大运河南粮北运而兴建的仓储廒库，自2014年第38届世界遗产大会宣布，中国大运河项目成功入选世界文化遗产名录，成为我国第46个世界遗产项目开始，更加引人关注。因为这座被称为世界上建造时间最早、使用最久、空间跨度最大的人工运河的起点和终点的仓储廒库，与大运河的发展和传承息息相关。

南新仓始建于1409年，今天被人们称作"皇家粮仓"。虽然它早已改变用途，成为京城百姓休闲娱乐的好去处。可它的过往却为人们茶余饭后所津津乐道。猎奇心使然，我不仅查阅许多资料，还找到了四份地图：元代大都图、明万历年东城图、清乾隆东城图、1950年北京街道详图。忍不住探求的欲望我按图索骥，开始寻访京城皇家粮仓旧址。

疏浚水道抵京城，南粮北调建仓廒

　　1293年京杭大运河贯通，成为中国封建政权赖以生存、南粮北运的大动脉。而京城若干处古仓廒，作为元、明、清三代的皇家粮仓而闻名于世。元建大都后，为解决都城粮食供应，朝廷疏浚水道，实行"南粮北调"，设京畿都漕运使司，并陆续在城内建起各种仓廪50余座，存粮百万石。当时的齐化门（今朝阳门）和崇仁门（今东直门）之间属于穆清坊的辖区，沿城墙除了一座太庙外都是仓房。南面的是北太仓、北面的是崇仁库。据考证，当时大都城内居民的粮食供应也是凭证按人口供应的，如果属实，那应该是我国最早的城市居民粮食供应措施了。

　　到了明代，北太仓扩建成了旧太仓，包括百万仓和南新仓两仓；崇仁库扩建成海运仓，也包括两仓，叫赛百万和北新仓。

　　而到了清代，因当时的运输条件，漕船不再上溯什刹海，而转向东城。于是，仓储廒库又发生了一些变化，在齐化门附近，沿城新建或改扩建七座粮仓。即朝阳门的禄米仓、东四的南新仓、旧太仓、兴平仓、富新仓和北新桥的北新仓、海运仓。据说，这七座仓可储粮518万石，除供应百官禄米外，有时也用于平抑市场粮价和赈济灾民。

　　除扩建的七座外，又建了六座新仓。其中四座在今朝阳门外护城河岸边和通惠河北岸，由北向南有万安仓（后分为万安东仓和万安西仓）、太平仓、裕丰仓、储济仓，另两座为建在西城的德胜门外的丰裕仓和丰益仓，总称"京城十三仓"。

三大一小禄米仓，斑驳原装气势强

初春的上午，我最先找寻的是位于建国门地区的禄米仓。史料记载：建自明嘉靖四十年（1562年）的禄米仓，鼎盛时期曾有57座仓廒，现存两座。在建国门街道宣传部冉涛部长指点下，我骑车找到位于禄米仓胡同的社区居委会贾书记，干练而和善的贾书记告诉我，她就居住在这片胡同，而老仓廒只是在71和73号院才有。于是，服务站的一位副站长带我走进了这两个院。在73号院最深处，我见到了两座大廒和一座小廒。

我感到奇怪，不是仅存两座吗？这里大小是三座呀。细看两座大廒并列坐北朝南，仓廒东面的外墙上镶嵌着北京市文物局制作的文物保护单位石匾。西边那座有气楼，东边那座没有气楼。所谓气楼，就是在廒房顶上开的天窗。天窗高出屋顶，钉有闸板。当时为了通风，以透泻仓米中汗蒸郁热之气，每座仓廒除有气楼外，还效仿江南大户藏米之法，用竹气通（即中间打通的大毛竹）插在米堆中央，并高出米顶之上。同时用竹篾编成细罩钉在气楼窗棂之上，以防飞鸟进入啄食，就像现如今人们用的纱窗一样。标准的粮仓顶上都有气楼。

走进西边有气楼的那座仓廒大门，却见高高的仓房被隔成上下两层，下层是一个个单间。顺着楼梯走上去，二楼的易拉宝和墙壁上满是一幅幅照片，仓中央是各种摄影灯和布景。哦，原来是影楼。当工作人员得知我们想看看老仓时，爽快的姑娘连声应答：看吧，看吧，没关系。随即领我们观看整个摄影间。

据记载：清代京通仓廒的建筑已十分讲究，其技术较之元、明有较大改进。廒架结构基本采用独棵圆木的中国传统木架结构，七梁八柱。原来每三间为一廒，后来基本上都改为五间一廒。

在这里我们看到的就是五间的廒房，那粗壮的仓柱和凿实的仓梁，依稀可见斧、锯工艺留下的痕迹。抚摸着仓柱我心情很复杂，就这样的圆木怎么可能历经五六百年而不腐不朽不破损呢？史料记载，每廒面阔约23.8米，进深为17.6米，高约7.5米，前后出檐。而市文物局制作的石匾上记录的这两座仓廒面阔约23米，进深17米左右，高约7米。和史料记载的也如出一辙。

东边那座没有气楼的仓廒大门紧锁，据说也是一家公司在使用。有意思的是在它们面前的那座小廒，不仅个头小，仓间小，没有气窗，甚至整个仓房连个窗户都没有，现在是存放服装的仓库。我想这小廒可能原本就不为存粮所用，而是为护仓人准备的。所以它也没有文保标志。

骑车向东进71号院，在院东北角楼群中赫然敞亮亮地露出一排老仓。这老仓是坐东朝西的，和73号院的仓廒很像，很长，有三扇门，七扇窗，但却没有一座气楼，也没见有文物保护单位的牌子。铁门都上着锁，窗户遮得也很严。陪同来的小伙子说，每次来看都这样锁着，可能是仓库。

这两个院的老仓都显得很斑驳，很沧桑，却又都很有气势，沉默中透着厚重与威严。禄米仓我见到了三座大仓和一座小仓。

海运仓小区内漕运码头雕塑　摄影：孙永红

北新仓现存老仓廒　摄影：孙永红

旧太老仓很无奈，冷风枯藤道凄凉

顺着朝内南小街、北小街一直向北，走进路东的北京军区总医院（现在称中国人民解放军总医院第七医学中心）。根据史料记载，这里原本是旧太仓旧址，鼎盛时期有仓廒83座。在医院东南角密密的建筑中，我终于找到了许多年前曾看到过的一座老仓。史料说仓房墙壁有护墙板，前有罩门。这座坐南朝北的老仓，就有罩门，很像是四合院的垂花门，只是要小好几号，不过现在被各种杂物堆满了。它也显得更老、更矮了。十多年前我来看时，这里是医院的洗衣房，西边、北边的空场上还晾晒着许多白衣、白单。而现在周围都有了变化，到处都是拥挤的，西边空场正在施工，高高的建筑离老仓仅仅是一个脚手架的距离。施工工人告诉我，这里正在建的是垃圾楼。这座老仓南面原本可以看到老仓墙的，史料说仓院墙砖要比建仓廒的砖小一些，每块长约41.5厘米，宽约20.5厘米，高约8厘米，重约12公斤。如果你感兴趣可以从墙外看看，那墙很厚实。现在这里多了一溜儿小房，透过窗户看，里边的摆设与灯光显然是有住户。可任我怎么敲门、询问，都不见应答。西边仓墙上开出的一扇门也上着锁，施工的人们不可能知道里边是什么。无奈中，我只好继续寻找。

在医院门诊楼东边，我看见了记忆中的另一座老仓，却让我很吃惊：并列的两座老仓西边的被拆掉了。当然，我不知是什么原因，只见在两座老仓墙中间是一片空空的空场，零散地停放着几辆轿车。东座老仓裸露的山墙和仓顶显得很扎眼。史料记载，为了防止水淹，每座仓廒所选地址都比较高，四周筑有高大围墙，地下修有排水管道。为了防潮，每座仓廒的地基都是三合土夯筑的。然后均匀铺撒一层白灰，再用砖铺做地面，上加楞木，铺满松板。可现在看，老仓廒与它南面的宿舍楼基本平齐，而与西边的道路比却低很多，形成不小的坡度。想来这老仓已有五六百年历史，就像四合院要比胡同地势低的道理一样，修路铺路的反复整理，高高的老仓就矮了，老了。

从老仓东边的一扇铁栅栏小门看，里边似乎也住进了人家。可当年我看到的是一个木工房呀，修椅子的师傅向我介绍了许多仓廒建筑材料和木匠知识，我至今还保留着从这里带回去的一片仓柱麻灰和一块仓柱护瓦呢！围着老仓我转了几圈想找个人问问，可除了匆匆路过的白衣天使和操着外地口音的停车管理员，真不知道问谁好。终于见到了一个买东西回来的老人家，却又向我连连摆手：我刚来。我一听还是算了，老人家一口浓重的外地口音。

据记载：由于是京师储粮重地，在外观上，仓廒与城墙一样按军事标准建造，全部用大城砖砌成，保证其坚固耐用。廒砖产自山东临清县，大城砖每块长约45.5厘米，宽约22.5厘米，高约11.5厘米，重约25公斤。仓房都是砖砌，五花山墙，廒的墙体很厚，底部厚约1.5米，顶部约为1米，墙体收分很大。建造如此之厚的墙体，可以使粮仓内部保持相对的恒温。既防潮又保证通风，使仓粮历久不坏。廒内可使用的空间约2800立方米。难怪我看那空场里的轿车显得很小，很单薄。而孤零零立在西边残破的单面山墙，墙体很厚、很高，裸露的仓砖显得很无奈。冷风刮起墙上的枯藤，似乎在向我说着什么，我也很无奈，我还没听懂。举起手中的相机，给你留个影吧，但愿这不是最后的……

旧太仓的83座仓廒就剩下这一座半了，但仍然让人感到庆幸。因为，在这个院里原本还有兴平仓和富新仓两座大仓。兴平仓81座仓廒，富新仓也有64座。遗憾的是不仅这些老仓早就没有了，就连仓名也很少有人提起了。

有名无仓海运仓，空留地名仓连仓

我接着继续向北找寻，海运仓可是赫赫有名呀！在东四十条路北那一片现代化的楼区中间，我看到了北门仓胡同、海运仓胡同、北新仓胡同、仓夹道胡同。却不曾见到一处仓廒，哪怕是一座仓墙。北新桥街道办事处的李晓丽科长告诉我，她1980年到这儿工作，只是每天在这些与仓有关的胡同中走过，就从未见过有仓廒。史料载，海运仓鼎盛时期，曾拥有100座仓廒，旁边的北新仓也有85座。只可惜，随着时间的流逝，这些物质遗产也消亡了。

最后，我走在海运仓小区楼群中间，见到了一座象征漕运码头的石坊和一架水车模型。居住在这里的老少爷们时常在这里休闲嬉戏，人们是希望留住海运仓曾经的辉煌呀。一位就住在旁边楼里的老师傅说，他1949年出生，从小就在这片胡同长大，却从未见过这片地界儿有仓廒。想看老仓廒您就去南新仓呀。对呀！

老人提醒了我，骑车顺仓夹道胡同向南，在过街天桥上就看到了路南那一大片老仓廒群，太漂亮了！太有气势了！

民国时为军火库，解放后改名叫"百批"

这座以南新仓命名的过街天桥，我不知在上边和下边走过多少次，可这次却怦然心动。眼见那让人们称之为北京城乃至全国唯一保存最为完整、也最有规模的古仓，巍然坐落在东四的地界儿上，怎不让人羡慕，让人嫉妒。南新仓现存九座老仓廒，即使是从它扩建的1409年算起，也已是有600多年历史了。现在人们不管是在十条胡同，还是东门仓胡同都可以看到它伟岸的身影，即使是在新保利大厦、第五广场、南新仓大厦那样林立的楼群中，它依然显得傲视群雄般的威严。

史料记载，明万历年间查京城就有1474座仓廒，后常有增减，清乾隆时期仍有1100余座。至清末时，由于俸米逐步被俸银替代等多种原因，贮粮日益减少，多处仓廒逐渐闲置。后又有年久失修等问题，许多老仓被移作他用。南新仓鼎盛时期有仓廒76座，在13仓中不是最大、最多的，却是现如今保存最为完好的，究其原因却也是天时地利人和的结果吧。民国时，南新仓就被改作军火库。1949年2月，解放军进城后，组建了北平贸易公司，开始为部队供应军需品。新中国成立后，被北京市百货公司接管，作为公司的批发仓库，正式开始了其半个多世纪的为首都服务、稳定物价、保证供应的"京城大管家"职能。说到"百

196

批"一些上了年纪的人恐怕还都记得，那时，全北京的老少爷们家的日用品：保温瓶、热水袋、搪瓷盆、牙膏、肥皂、洗衣粉，甚至是一两分钱的火柴、扣子、针头线脑等等一应物品，没有不是从这里出来的。

别说你不知道能从哪里搞到这些东西，就是想到了，你也绝对弄不到手。你想啊，计划经济，全国一盘棋，没人给你，全国都计划着呢。那时的"百批"公司，可透着火劲儿呢。北京一商集团企业托管中心百货分部的平学立经理告诉我，那时分配到"百批"的人，都要先从仓库保管员干起。他1979年复员到"百批"后，最先被分配到塑料组，在7号库做保管员，后当业务员、大组长。那时，他们组60多人，管着7个大库。现在的3号、4号、7号、10号库都是他的辖区。什么牙刷、肥皂盒、皮带、书包、皮夹子等等，大大小小上百种。每天一早他们要把库里分装的各类货品，用平车分送给全市四大商场：百货大楼、西单商场、东四人民市场和东安市场，各区县所属的商场也会来取货的。下午又有从全国各地进来的新货入库，紧接着又要按各商场要求分货，准备第二天的发货物品。平总说：一个牙刷保管员每天配货的单子就有20多厘米厚，两三千张呢！组里的小姑娘，都有累得直哭的。每个开票的业务员旁边，都要有一个专门配单子、垫复写纸的，否则忙不过来呀。写得腰酸、背痛、手抽筋，那是家常便饭。那时没有不加班的时候，也没有人发牢骚。每月三四十块钱，干得可高兴了。那时候的人，那精神……这么说吧，1985年以前，全市居民的日用百货百分之百都是从他们手上送给您家的。他们这个组仅凭一两毛钱一支的牙刷、几毛钱一个的肥皂盒，就完成了一年四千万元的任务。那时的四千万可跟现在的不一样啊……

九座老仓获新生，转型时尚养廒房

在新中国成立后那段长达55年的历史中，南新仓沿袭了"仓"的使用功能，只不过称谓由皇家粮仓演变为百货公司仓库，储藏的对象由粮谷演变为百货商品。南新仓的一座座古仓廒也与解放后建造的一栋栋仓库统一编号，称为"1、2、3……号库"，分别存放不同类别的商品。为了安全，百货公司仓库采取封闭式管理，仓库四周高大的围墙将南新仓与外界完全隔离，旧时的皇家粮仓逐渐淡出人们的记忆。

1993年10月，与共和国同龄的老"百批"被国内贸易部授予"中华老字号"的称号。1994年有关部门曾设想把1、2、3号库拆掉，迁移后建造漕运博物馆，旧址建大楼。后来因资金迟迟不能到位，这个方案才搁浅了。为此也庆幸，没钱救了南新仓一命。

2003年，"百批"停止经营，退出百货批发行业。2004年7月，根据北京一商集团的改革规划，由百货公司改制组建的北京南新仓商贸有限公司成立。从此，老仓不再是存放的代名词，作为不可再生的文物，以"新的在旧的中，时尚在历史中"为旗帜的南新仓翻开崭新的一页。

当在600多年前修建的皇家粮仓，唱响同样诞生于600多年前的昆曲时，我们怎能不感叹，炎黄子孙的勤劳勇敢，中华民族的聪明智慧。经过几年的经营，南新仓文化休闲街逐渐走进人们的视野。如今进驻这里的商户已有20多家，分为文化和休闲两大类。古仓群全部作为文化类经营设施，有艺术画廊、音乐传播中心、影视文化俱乐部等。其中位于中心区域17、18号老仓的皇家粮仓，主营演出厅堂版昆曲《牡丹亭》，已蜚声京城。而街区内具有中外特色的风味餐厅、酒吧、茶苑也各有千秋。南新仓正以它独有的魅力和历史，吸引着爱时尚的人们。

八年偶得北新仓，院深寂寞酒依香

一直以为北新仓早就消失了，没想到2018年无意中听说：北新仓还在！

盛夏时分，我在那一片胡同中兜兜转转，愣是闯进一座很大的家属院，走进大院深处，高楼矮墙边，一座高大的铁门严严实实遮挡了横向的路，老仓！我兴奋地看到，门边上悬挂的亮闪闪的银牌子，这确实是北新仓。银牌标示：北新仓是明、清两代官府粮仓之一，明朝万历年间，在此先后设立海运仓、北新仓储存漕粮。清初有49廒，康熙三十二年（1693年）增至85廒。北新仓现存7廒、仓门3座以及部分仓墙。仓结构呈日字形，各仓通风设施大都完整。1984年公布为北京市市级文物保护单位。可是我无法看到里边的情形，大铁门居然连个缝都没有，只能在门旁看到廒库的房顶。我转了很久，想找个人问问都没有。最后，一场突然而至的太阳雨把我赶走。一周后，我想试试运气，再次来到北新仓，仍是一无所获。受到打击的我决定放一放，一晃一年过去了。

这个夏天我鼓起勇气又来找北新仓，一个保安发现了转磨磨的我，严令禁止参观拍照。得知我的意图后，竟告诉我实情：你真想看，那你周一周二来吧。天哪！老天被我感动了！我千恩万谢打道回府。周一全城大雨，周二我如约而至。终于见到了寻找多年的北新仓：是我见过的最沧桑的老仓房！宽敞的大院中，一座三廒联排的廒库坐东朝西；一座两联排的廒库坐南朝北；中间各自独立的四座廒库两两背靠背。这明明是九座呀？其中六座与南新仓老仓样式基本一致，仓房都是砖砌，五花山墙，廒的墙体很厚，墙体收分很大；正面是高窗，背面是小窗；房檐有护板。另外三座也是大城砖，正反面都是小窗，但没有房檐护板。最不一样的是这九座廒库都没有气窗。所有廒库都是大铁门，贴着仓库重地、严禁烟火、闲人免进的牌子！其中有一座仓门上还留有"器材库③"和两位保管员的名字……我想象着这座当年与海运仓背靠背兴建的大仓廒：海运仓有100座廒库，仓院大门向南开；北新仓有85座廒库，仓院大门朝北开。在这一大片土地上，那该是什么样的气场呀！我不禁感叹这保存下来的、坚强挺立了600多年的老房，庆幸它们存在于深深庭院中不轻易被发现，不容易被想起。也深深地感谢一代代院主人，没有以各种各样的理由改变它们的模样。可管理人员一声叹息：这都要钱呀！我竟无言以对……

　　老仓无言诉沧桑，时光无情远辉煌；

　　运河遥遥寄心语，何日联手谱新章。

按图索骥也好、寻人问客也罢，我终于看到所剩无几的老仓廒。它们作为元、明、清时期南粮北运的产物，已成为中国古代南北方生活资料调剂的见证。作为南粮济京的重要代表性建筑，成为我国现存古建中的一个特殊类型的建筑。同时，它又对研究我国运河史有着极为重要的价值，是研究古代仓储制度和仓房建筑的宝贵的实物资料。

　　　　　　　　　　　　（作者为北京市东城作家协会会员）

善缘书舍里盲人的笑声

马占顺

今年的3月16日下午，"善缘文化大课堂"首讲在善缘书舍拉开序幕，至今已经完成了七次讲座。前来听讲座的大部分是视障残疾朋友。

"善缘书舍"位于北京东城区朝阳门西南侧的银河SOHO下沉广场，是全国首家以无障碍标准建设、以残疾人作品为主的生命主题书店。第一次走近这家书店，我看见门口上方镶嵌着一块非常精致的匾额，上面烫着"善缘书舍"四个非常秀气的鎏金大字。走进书店，三面整洁高大的书柜上摆放着《轮椅上的梦》《花开十年》《假如给我三天光明》等许许多多我熟悉、我读过，令我心灵震撼，我又非常敬佩、励志的中外残疾作家或者朋友们写出的作品。

善缘书舍的开办受到广大读者的喜爱和好评，很多残疾朋友都把这里看作是自己的精神家园。"书舍自2019年创办以来，连续3年被北京市评为'特色书店'和'示范书店'，以及'全国十大主题书店'。"用残障人士的话说，无障碍的善缘书舍"是一个有爱的、给人希望的地方。它为身体有缺陷和没有缺陷的人提供了一个共同的精神和心灵寄托。"

这天下午，中国作家协会会员、北京市残疾人写作学会会长张骥良，为近60位残障人士及文学爱好者，作了"盲人记者的选题与采访技巧——以采访蒋家秘闻与台海风云为例"的专题讲座。我所在的中国老龄事业发展基金会文化养老行动公益行动办公室是"善缘文化大课堂"的坚定支持单位之一。

这天坐在听众席里的我，聆听了张骥良的整堂讲座。张骥良风趣、幽默的讲座不时被残疾人和盲人听众们的掌声打断。

张骥良是我走上文学道路的引路人。2018年中国盲人协会文学艺术联谊会举办"感恩杯"高级研修班，地点是在河北省的涿鹿县。在这次会上我第一次见到了久闻大名的张骥良。一见面，我心中这高大的形象可就"降低"了——原来他竟是一个还不到一米五的矮个子小老头儿。这就是张骥良吗？我问着自己，分明他自我介绍就是张骥良啊！

其实之前，印象中我知道他是盲人作家中的佼佼者。是他不辞辛苦，将近十年的时间里他采访了清末的皇室家族成员，依据采访笔记，从掌握的第一手资料分析整理，最后写出的《溥仪——终结一个时代的人》这部影响海内外的大作，第一版就发行了十余万册，创造了盲人作家出版发行的第一。

张骥良的身世很让人同情。他一出生就被亲生父母遗弃，好心的养父傍晚下班时，隐约听到路边垃圾箱旁传来酷似小猫叫的哭声，于是把他抱回了家。陪伴他成长的姥姥、母亲都给了他无限的爱和极大的关怀，并对他充满了希望。

在一岁多时，灾难又一次降到张骥良的头上——因患病长时间高烧不止，不慎造成他那双明亮的大眼睛痛失光明。到了7岁上学的年龄，学校以他视力残疾看不见黑板为由，拒绝其入学，这给他幼小的心灵造成了很大的伤害和打击！第二年，父母领着小骥良去报盲校，可盲校又以他在家中由父亲亲自辅导已经读完了小学6年的课程，学校不好教课为由，又一次拒绝接收他入学。

......

1994年秋，张骥良在满怀希望迎接参加工作20年之际，又无奈地被下岗了。下岗后每月才300多块的生活费，这让整个家庭的生活捉襟见肘。如何养家糊口？当时的他就像热锅上的蚂蚁四处找寻挣钱的机会。在这几个月里，他已跑了100多家单位求职，磨破了好几双鞋。

"什么原因下岗咱们暂且不论，单就说一位盲人下岗，这不是要了张骥良的命吗？"我寻思着。下岗后他茫然过、焦虑过，甚至痛苦过。

"干什么呢？什么又是自己能干的呢？"一个盲人就如一条漂泊在茫茫大海里的小船，随风漂泊，眼前真是一片漆黑！

"下岗以后，我决心用学到的知识来养活自己。"听着张骥良充满了信心的语气，我知道他新的奋斗即将开始。

经过自己的不懈努力，终于被《北京民政之声报》聘用了。从此，张骥良成为一名记者，开始了他的记者生涯，张骥良对这个职业充满了信心。应该说在他正式进入记者的大门之前，他的文笔功力就在社会上显露，京城和各地的多家媒体、报刊经常刊登他的许多温馨的、又充满激情的诗歌和文章。

在上世纪难忘的八九十年代，张骥良用他手中的笔，描绘了改革开放社会的变迁、祖国的繁荣和人们生活中的喜怒哀乐。当时北京的报刊甚至全国大报和小报都登载过他的作品，似乎一夜之间，让"张骥良"这个普通得再不能普通的名字飞出了盲人圈，飞出了北京，飞向了全国，甚至整个世界！

这里有诗为证，张骥良上世纪80年代写的这首《雨天你送我一把小伞》的诗歌，真是充满了浪漫。

雨天
你送我一把小伞
从此
我的头上
将撑起一把彩色的云天

雨水再不会淋湿
我炽热的情感
心
再不会被冷雨
淋得打颤

雨天
你送我一把小伞
在雨中
独行再不会感到孤单

头顶上升起爱的晴空

手中紧握着绵绵的情感……

读到这首美丽的诗歌，让我的心里都爱意连连，就别说创作者的心情了……

张骥良的一篇篇撩拨人心的小诗，自然也让我回忆起那个美好的青春岁月。我虽小他两岁，但却从他那美丽的诗篇中，读懂了他的心。

著名报告文学家陈祖芬老师读了张骥良的诗歌后，抑制不住内心的激动，在她的这篇《一个沉重而常绿的话题》短文中，对张骥良赞扬道："张骥良以他爱笑的身躯，承受这个重荷，以他0.01的视力不断地发现那长青的绿，于是他就那么写诗，似乎不值一提而实在值得一提，张骥良就是一个沉重而常绿的故事。"

"在那个激情的年代，我的心中充满了爱，写诗歌就像涌泉一样，几乎每天一首，以此来表达心中的情感和对时代的颂扬。"张骥良深情地回忆起那个年代，心中真是充满了喜悦感，"在3年多的时间里，我就创作出了1000多首诗歌。"

哇！真让我惊叹。

当然，记者这个行业会不断催促着张骥良用他满脑子的文学细胞和手中的那杆笔，描绘出许多精彩的文章。"一次与作家叶永烈老师的偶然谈话，让我决定转向名人访谈写作。"话题一转，他坦诚地告诉我，时至今日他并不否认当初之所以改写名人访谈是因为生活所迫，"当时我真有一种山穷水尽的感觉，只能背水一战。"

"什么都挺住了。写名人并不容易，首先寻找采访对象就是个大问题，先前我面临一没记者证，二没正式单位的窘状，更是增加了我采访的难度。为此我特别感谢当时身边的朋友：是吴祖光、冰心、贺敬之等文艺界的大名人，纷纷主动给我这个盲人介绍采访对象，并且帮着联系。"我认真听着，真为他的勇敢和他身边的好人赞叹！

他清晰地记得自己采访的第一位名人，是当时还在中央电视台主持《正大综艺》栏目的杨澜，他感慨道："杨澜是给自己机会的人。"就这样，他采访过的名人纪录一次次被刷新着。

几年里，他先后采访了毛泽东的亲家张文秋女士，女儿李敏、李讷，儿媳邵华和孙子毛新宇夫妇；刘少奇的夫人王光美女士，陶铸的女儿陶斯亮；在战场上曾勇猛善战的李德生、萧劲光、孙毅等一大批老将军们；中国残疾人联合会的主席邓朴方、张海迪；采访文艺界的老前辈有《回延安》《雷锋之歌》的创作者贺敬之先生；书写《大堰河——我的保姆》叙事长诗的诗人艾青；还有深深地热爱着这片土地、热爱桑干河两岸人民的勤劳、勇敢而写出了《太阳照在桑干河上》的丁玲先生；著名剧作家、戏曲表演艺术家吴祖光和新凤霞夫妇；《小橘灯》《樱花赞》的作者，现代著名作家、翻译家冰心老先生；历史名人沈醉、程思远老人；台湾人物蒋孝严先生和李敖先生等。

当然让张骥良书写最下心思的，是多名全国著名劳动模范和劳动模范的后代时传祥、张秉贵和他们的子女等等。他就是凭着啥都不怕的韧劲，走进了采访这行。

让我惊讶的是，那年就连台湾来大陆观光的国民党名誉主席连战先生，也被这个貌不惊人的张骥良采访了。我问他的采访诀窍，他谦虚地说："就要有恒心。"

是啊！我看着书桌上摆放的收集的采访集子里，写满了"张骥良"的名字。他真是用手中笔书写了人生的辉煌！

5月16日是个星期二，这天下午，善缘文化大课堂第六课邀请了中国盲人协会原常务副主席盲人滕伟民，他为大家讲述的内容是中国盲人音乐的辉煌历史。

滕伟民是与我住在一个单元门里的盲人朋友，中国作家协会会员，中国盲人协会第二任主要领导人。原先他在民政部机关工作，后来经国务院同意，中国残疾人联合会成立，中国盲人聋哑人协会划入残联。滕伟民也是一个励志的人，他在三十出头就出任了中国盲人协会的领导。

这天的讲座课上，他为听课的盲人和残疾朋友们带来的是《中国盲人音乐史》的讲座。我知道一方面滕伟民是位文学爱好者，另一方面他还是位音乐爱好者，而且是酷爱音乐的。

在上个世纪的90年代，滕伟民凭着他《二十五岁那年》和《向北方》等作品，由著名残疾作家史铁生和兵团的另一位作家介绍加入到中国作家协会中来。

滕伟民花了大半生来研究中国盲人音乐史。这部作品从四个方面讲述了中国盲人音乐史，内容第一是中国盲人音乐简史；第二是盲人说唱史；第三是盲人音乐史；第四是群星灿烂（现代盲人音乐家）。

他说，中国的盲人音乐史在传统的盲人文化中是占有主导地位的。中国五千年的文化历文明，关于盲人音乐的记载从原始时期一直延续到当今社会。早在帝喾尧舜时期，就有瞽人掌乐，王国维的《今本竹书纪年疏证》中载："帝喾使瞽人拊鼙鼓，击钟磬，凤凰鼓翼而舞。"在夏朝，有瞽人为乐师，在日食时击鼓以消除灾难。到了商代，有了专门的盲人音乐学校，同时也是中国的第一所音乐学校——瞽宗。到了周朝时，周王朝设立了专门的音乐机构"大司乐"，大量选用瞽人担任乐官，并给予其专门名词为"瞽蒙"。

滕伟民的小提琴拉得很棒，钢琴、手风琴弹得也好；歌曲无论是历史上还是当今走红的歌曲他唱得很美，而且带着深深的感情，他喜欢的歌曲口哨吹得很棒。

滕伟民回忆，他在1969年秋到黑龙江生产建设兵团时，寒冷的天气、艰苦的生活、庄稼收获时的紧张、伐树的劳累、打石头的比赛，还有放牛时的清闲，都让他尝到了。劳动之余，他从知青宿舍大通铺炕头的墙上，摘下自己心爱的这把小提琴，拉上一首带着忧郁沧桑的民乐《二泉映月》。

滕伟民讲《二泉映月》是有诗意的，这种诗意也正是当时社会所缺乏的。这种诗意的情绪总会勾起人们的心弦！作品于20世纪50年代由音乐家杨荫浏先生根据阿炳的演奏录音整理写定。作品展示了独特的民间演奏技巧与风格，以及无与伦比的深邃意境。是中国民间创造曲目中的瑰宝！

听着滕伟民的讲座，我的眼前好像出现了许许多多如阿炳一样的盲人音乐家。

唐宪涛是位中年人，由于车祸他的眼睛视力急剧下降，最后不得不离开自己心爱的工作岗位。这时他开始自己的文学创作，在采访中他了解到残疾人、视障人对文学的创作欲望和要求。

"善缘文化大课堂"就是唐宪涛这位汉子创建的。

在创建"善缘文化大课堂"过程中他遇到了善缘书舍的创建人。这样共同的愿望、共同的设想，让"善缘文化大课堂"落在位于朝阳门立交桥西南侧的善缘书舍了！

每半个月一次的文学讲座，唐宪涛要凭借自己和朋友的关系，邀请知名作家为残障人士的写作开设有针对性的讲座课。他认为开设针对性的讲座课，可以提高残障人士的写作能力和水平，帮助他们拓展视野；邀请知名教授讲座，可以提升残障人士的文化素养，更新知识；邀请学者举办作品欣赏的讲座，可以丰富残障人士的精神文化生活，打造学习交流的"充电"平台。

北京残疾人作家协会会员何东明说，善缘书舍是京城第一家为残疾人服务的书店，就像雪中的红梅，傲立风寒，独树一帜。这天他为书舍赋诗一首：

品高心善人称贤，

残健相融结善缘。

志愿奉献如红梅，

独在三九傲风寒。

……

善缘书舍的特色是：

环境无障碍。书店从选址，到设计、装修，都得到了国家无障碍智库专家的指导。室内装修以"逢角必圆、逢坎必平"为原则，门把手、门铃、收银台的高度，书架、书桌的容膝率等，都符合国家无障碍标准。

选书无障碍。无障碍书架方便视障者和轮椅靠近，摆放的书籍以古今中外残障人士的书为主。为了方便读者寻找，这些书分类清晰，设有不同的专区。比如张海迪、史铁生、海伦·凯勒等专区。

阅读无障碍。对于视障朋友，书舍提供盲文图书、听书器和无障碍电影。书店里有600多部可供盲人看的无障碍电影，视障朋友只要预约，哪怕是一个人，也可以在书舍享受专场服务。善缘书舍还为听障朋友提供智能手语翻译。

沟通无障碍。为了方便残障朋友聚会、交流，专门设计了"无障爱会客厅"，定期举办各种活动。他们在关怀、关爱残疾人事业方面做出了努力，在助残的事业中为社会树立了榜样。

善缘书舍先期举办的"致敬生命"系列讲座，请残疾朋友讲述他们自己的奋斗故事，也让许多健全人为之感动。浙江朋友林晓云，自幼身患小儿麻痹症。那年她的散文集《旗杆底》新书发布专门选择在善缘书舍举行。会上她含着热泪说："做梦都没想到自己能在首都举办新书发布会。"

善缘书舍近期又在举办"善缘文化大课堂"等系列讲座，再次证明他们的爱心！

（作者为北京作家协会会员、东城作家协会会员）

时尚潮流的王府井

邓丽群

6月10日傍晚，我和老伴顶着威力依然十足的烈日去了北京著名的文化商业街——王府井步行街。一路公交，当我踏入步行街时就已经是华灯初上了。

周六的晚上步行街上熙熙攘攘，大部分都是靓丽的青年男女，他们牵着手在五光十色的霓虹灯下探店、购物。男孩子们大多提着购物纸袋，娇嗔的女孩子们一路走一路吃着冰淇淋、蛋糕，啜着酸奶或冰饮。

我则从新东方广场穿过，来到王府井大街上，抬头看到王府井新华书店，高大的书店、璀璨的灯光使得新华书店格外引人注目。站在台阶下，我忽然想起今年3月的一个上午，我也是闲逛王府井，走进我儿时和姐姐最爱浏览的地方——王府井新华书店。我本没想多耽搁，但走上四楼的角落发现一本瑞典小说《知更鸟》，因为是瑞典名著，我突然来了兴趣。

我随手翻开了小说，发现小说中提到位于挪威东南部的"奥斯陆"，这个地名更是引起我的兴趣，因为奥斯陆是四年前我旅游过的地方——挪威的首都。在旅游途中，学识渊博的导游在漫漫的长途中在大巴士里给我们讲北欧四国的天文、地理，历史、现代，政治、经济……对于完全陌生的北欧四国的文化了解了不少。美丽的挪威也是我们待的时间最长的国家。于是我就开始看起这本书，此时我发现角落有一个凳子，坐在凳子上，不知不觉看了一个多小时，粗略地把这本书看完了。这是一位世界著名作家尤·奈斯博写的小说，又是我喜欢的北欧小说，当即我毫不犹豫地买下了这本书。想到这里，眼前的璀璨把我拉回了现实。我笑了笑，望着熙熙攘攘的读书者感叹："万物复书，不亦阅乎！"这一晚我没有再走进新华书店，台阶下却让我驻足了许久。略带温热的晚风吹拂着我的脸，我仿佛感受到读书的热潮带动了王府井新华书店的似锦繁华。

我今天逛王府井是有任务的：我想买一块瑞士手表，能买到货真价实又卓尔不凡的瑞士手表，只能到王府井这样高档的商业街才能让我们放心。我从步行街南端瑞士天梭店逛到劳力士店，怎么看，我都感觉款式不随我心意。回头一看，一家斯沃琪SWATCH专卖店吸引了我的眼球。走进亮堂堂的门店，我浏览着时尚、精美的斯沃琪手表，表盘轻薄、色彩缤纷的时尚感立刻吸引了我，为了方便我的昏花老眼，在众多款式中我相中了黑色表带白色表盘名为白衣主教的斯沃琪手表。年轻的营业员告诉我，"斯沃琪手表是由三分之二陶瓷成分与三分之一的生物基材料融合而成！令创新性植物陶瓷更加耐用，触感丝润柔滑，既美观又实用，为戴腕表的人在夏日时光带来一抹亮丽"。我摆弄着，欣赏着，非常喜欢，于是斯沃琪腕表就收入我的囊中，完成了我今天的购物任务。

看着王府井步行街上形形色色、潇潇洒洒的小女生边走边吃，我好生羡慕，也打算去探探美食，下沉到工美大厦地下一层美食广场。这里又是另一番景象：干干净净的美食摊位，全国各地的名小吃都汇聚在这里，还是靓男俊女穿梭在小吃摊前，空间虽大，却也是人声鼎沸，招呼食客的吆喝声不绝于耳。我年岁大了，不能乱吃东西，踌躇再三选择了一杯奶酪。老伴给自己买了一瓶"北冰洋"汽水。我一口一口地吃着奶酪感叹："人间烟火气，最抚凡人心！"在泛着人间烟火气的美食广场，蕴藏着普普通通的我们心中里最简单的幸福，我是真真切切地体会到了。

时间尚早，我们继续逛着有百年历史的街区。老字号、新名牌荟萃于此，王府井步行街区为了主打新生活方式，里面设有pop-Cafe和活动区两个模块，这里吸引了大批年轻顾客，他们体验着不同于传统店铺的全新生活方式。我们老两口走着逛着，忽然听到"东方红"那轻轻柔柔又悦耳的旋律：百货大楼的时钟在整点报时了。我熟悉又陌生的感觉回来了，曾几何时我们这些附近的居民都能听到百货大楼的钟声。现在虽然已经晚8点了，我们也还想去百货大楼里逛一逛。

走进了百货大楼，我也赶一赶时髦，来到年轻人必来的网红打卡地"和平菓局"：斑驳的砖墙，老旧的牌匾，昏黄的路灯，大前门火车站的绿皮火车，修鞋匠，修自行车的街边摊，这里是一座仿老北京城，这里不仅让年轻的新、老北京人沉浸式体验真正的半世纪前的老北京的时光，也承载着我们这些年老的北京人满满的回忆。

我们坐滚梯来到百货大楼一楼。我是王府井百货大楼的老邻居，我心心念念的还是百货大楼"一团火"精神：当年劳动模范张秉贵——一个平凡的售货员身着普通的工作服，却心怀大目标："站柜台不单是经济工作，也是政治工作；不单是买与卖的关系，还是相互服务的关系。""一个营业员服务态度不好，外地人会说你那个城市服务态度不好，港澳同胞会感到祖国不温暖，外国人会说中华人民共和国不文明。我们真的是工作平凡，岗位光荣，责任重大！"想想小时候我特别喜欢站在糖果柜台前，望着张秉贵叔叔，看他笑容可掬、满面春风地"接一问二联系三"。他售货的柜台前总是排着长长的队伍，运气好的时候我还会意外地得到一块小小的水果糖。

　　这次我来到百货大楼发现了新建的"张秉贵展览室"，我推门参观。珍贵的照片、劳模的遗物使我感慨万千，正如展室的前言所述：社会需要真诚，时代呼唤爱心。让我们永远牢记这位杰出的劳动模范，像他那样爱岗敬业，像他那样刻苦勤奋，像他那样满腔热情，像他那样助人为乐。虽然已是夜晚，仍有一些青年男女静静地参观展室甚至窃窃私语，正能量潜移默化植入人心。

　　走出了百货大楼我们继续往北走，又探了李宁体育用品旗舰店，出了李宁店，来到王府井的水井遗迹旁，低头一看黑灰色的井盖由一圈铁锁链圈起，由于灯光不明亮，我也没看清楚水井的介绍，但我知道这是王府井大街名称的由来。据传说王府井大街原来是王爷的住宅。王府中有一口水井，井水甘甜可口，井口用一块石头覆盖，石头中间凿出一圆孔，供打水用。井沿很高，井上还有一个精巧玲珑的亭子。井南就是王府大院。北京早年水井虽然多，但大多是苦水，甜水井寥寥无几。若是遇到天旱，就是苦水也用不上。望着黑灰的铁井盖，现在再也没有旧时王府的辉煌，留给咱们的只有不尽的遐想和一声叹息。说到这儿我想起小时候我家院子里也有一口水井，我父亲还安装了轧水机，每当轧水机流出清冽的井水，我总会情不自禁地伸手接清凉的井水。唉，真是往事越千年，弹指一挥间。紧接着我路过耐克店、北京利生体育商厦……真是满眼繁华，灯光璀璨，在这里只有你想不到的没有你买不到的。我一路走一路吃着奶酪。这一晚，我累坏了，只好结束了王府井大街之行。

过了几天，我和老姐妹又继续了王府井的探店行，这次我们直接拜访了王府井大街北端的八面槽天主教堂。远远望去，三层的罗马建筑风格的灰色建筑物出现在我的眼前：砖木结构，灰砖清水墙。教堂的正面一副对联映入眼帘："庇民大德包中外，尚父宏勋冠古今"，上方有"惠我东方"。我虽然不太明白对联的含义，但站在此处我心中顿生肃穆。再一看介绍，令我惊喜的是，在这座教堂的建筑里面还融入了许多中国传统建筑元素。我们不是教徒，故怯生生地走进教堂，教堂正前方是牧师布道的讲台，神龛上供奉着金色的十字架，左右两旁供奉着耶稣和圣母玛丽亚的神像。教堂昏暗只有前方的神龛亮着灯，灯光明耀，使得神坛变得清晰明亮，温柔婉约，照亮圣母玛丽亚和天主的神像，也使得金色的十字架熠熠生辉。我虽不是天主教徒也感到前所未有的宁静。肃穆的神殿里一排排长木椅上间或几位虔诚的男女信徒在默默地祷告。一个女教士看我那么仔细观察，认真地阅读，向我投来探询的目光，借此从她的讲述中我知道了十字架两侧的神像左边是耶稣圣心，右边是圣母玛利亚。我们静静地感受着教堂宁静的氛围。自己的心灵仿佛也得到了净化。此时我看到教堂内部有小白牌标识着：神殿、礼拜堂、圣洁室、婚礼室、洗礼室等多个功能区域，每个区域的装饰都十分精美，都有着浓浓的宗教气息。教堂门口的教士告诉我们，晚上有弥撒活动，欢迎我们参加。我特别实诚地对教士说我不是天主教的信徒。

从教堂出来，占地8000多平方米的教堂门前广场北侧的圣若瑟纪念亭下方名有"惠我东方"。圣若瑟纪念亭内有圣若瑟怀抱一名儿童的白色立式雕像。现在为了保护纪念亭也围上了锁链，我们不是天主教徒，也不了解建亭的意义。这里现在也成了年轻人嬉戏打卡拍照的好地方。据介绍，圣若瑟在世时是一名木匠，有劳动者的象征。他被称为义人，怀有体谅别人的心及深爱儿子。这又是我们获得的一点知识。

我们站在教堂门前的小广场上，微风吹过，小广场上的大国槐摇摇曳曳给我们带来丝丝凉意，暂时缓解了暑热的烦躁。我们一路向北继续王府井商圈的探访，走过灯市口的十字路口，"涵芬楼"三个字赫然入眼：这是我一直没踏入过的地方。我记得小时候这座灰白色的建筑挂的是商务图书馆的牌子，我总是从此处路过和家人去培元小学接我姐姐放学。当年好像没什么感觉，如今再看到此处已经是涵芬楼了，我仍然感觉有点高不可攀。我们迈了几步台阶，透过玻璃橱窗看到了满店图书。店面敞亮，格调高雅。依稀看见为数不多的读者，我终究没有走进涵芬楼。想想我如果要想看书、买书还是去王府井新华书店吧,那里更接地气儿。

6月末的天气已然燥热,站在大槐树下,阵风吹拂树叶带来了些许的凉意,很是惬意。人们来来往往,历史改朝换代,只有林荫道旁的老树静静地矗立,见证着历史的辉煌。遥想当年明成祖朱棣是为了自己的子孙,围绕着有甜水又靠近故宫的宝地建了十座王府,时光荏苒,有着百年历史的王府井街区又由于近邻东交民巷,外国贸易的介入,它显得既古老又融入了现代时尚。王府井大街逐渐成了北京最具影响力,最高、大、上的街区。朱棣老祖宗要能知道王府井大街发展成现代化、国际化的世界一流的商业街区,估计在坟墓中都会乐得合不拢嘴的。真是"江山代有才人出,各领风骚数百年"。

走着,看着,又到了华灯初上的时候,满眼的璀璨、炫目,琳琅满目,满眼的游走在大街上的青春靓丽,满眼的人们购物的欣喜,富足的笑脸……我感慨万分:这场景、这画面正是习近平主席提倡的努力实现人民对美好生活的向往的最好体现。

在以习近平同志为核心的党中央坚强领导下,我国社会主义市场经济体制改革全方位展开,王府井大街无疑是抓住了机遇成为复兴经济的排头兵。"长风破浪,未来可期。"王府井大街会越来越好,让我们在习近平新时代中国特色社会主义思想指引下,努力实现人民群众对美好生活的向往,把首都建设成国际一流的和谐宜居之都,为实现伟大的"中国梦"而努力奋斗!共创新时代的美好世界。

（作者为北京市东城作家协会会员）

〔街区新故事〕

诗意地安居在东城大地上

李 竞

一

2023年7月8日，溽暑，北京市东城区前炒面胡同西口的新店"可能有书"里，一群年轻人里里外外地忙碌着。

赵晨，个子高高的北京小伙儿，自豪地向我们展示着这个备受瞩目的新空间："我们在做一个书店，但又不仅仅是一个书店。"他指着一进门的吧台，"我们有特色的咖啡店，门外面还有即将开业的包子铺。"穿过排排书架到了二楼，在一间小会议室里，赵晨打开了通往露台的大门，一个搭在胡同人家老房顶上的木质露台显现在了我们眼前，"这里可以吹风、喝酒、发呆、看老北京院子，幸运的话，还能听到鸽哨声。"

赵晨早先在国企工作，后来跳槽到房地产公司，几年前，在接触了牛瑞雪的设计周和"27院儿"后，工作环境优渥的他做出了一个大胆的决定：带着投资，加入这个团队。

于是，他就变成了今天这个与胡同居民、外来游客、来访客人、快递小哥、胡同环卫工等各种人群打交道的"掌柜的"，精心打理着"胡同书店加咖啡馆加包子铺"这个新鲜有趣的组合。

二

赵晨的引路人，自然是今天在"社区文化营造"圈里已经颇有名气的"27院儿"大当家——哈尔滨姑娘牛瑞雪。

2012年，从巴黎第八大学学成回国的牛瑞雪，完全想不到以后她的事业会和"北京胡同、社区治理、公共文化"这个组合联系在一起。那时，作为一个学戏剧、爱热闹、爱折腾的留学生，一个在巴黎几乎每天都会去看各类艺术展的艺术粉，她深深感觉到了国内公共文化意识的相对匮乏和公共艺术资源的有限，没考虑太多，牛瑞雪就和几个朋友决定："在国内做个艺术周！"

2013年7月19日，首届"北京ONE国际表演艺术周"正式开幕。但很快，牛瑞雪就发现，这些光鲜、前卫、实验性的艺术形式，吸引的终究还是"文艺青年"。当时的她正在撰写第三篇研究生论文，在里面她提到：艺术应该从对物的关注（博物馆展览式的）转向对以人为本的、对普罗大众的关注；关注看似没有"点"的人；"艺术的门槛不应该高"——于是艺术周的访客群体引起了她的思考，如何才能不让理论和实际脱节呢？

第二年，牛瑞雪团队在把目光投向街区和中国本土的年轻艺术家的同时，决定真正打破"空间界限"——将艺术展示放到大街上，放到胡同的商铺空间和橱窗里。经过几个月的准备，当这次艺术周在2014年夏末开幕的时候，吸引了大批观众，这里面既有"文艺青年"，又有"路过"的附近居民和"偶遇"的逛街市民。几天的活动里，后来的获奖项目"路灯下读诗"，令牛瑞雪至今印象深刻：起先还是她和请来的诗人朋友有条不紊地读着，但渐渐地，在夜幕中、路灯下，人们慢慢围拢过来，并开始各自朗诵那些曾经震撼过自己心灵的诗句，这里面既有想抒发爱国之情的老奶奶，也有大方背诵唐诗的小孩子，既有平时行色匆匆、不苟言笑的白领，也有在附近小餐馆工作的厨师和衣着朴素的农民工。路灯黄色的灯光打在大家的身上，那一个个难以用一个标签概括和归类的"人"突然具象起来，"那种氛围太震撼了"。也是在那一刻，牛瑞雪意识到，这就是艺术走入人们日常生活的路径，是艺术和普罗大众相遇的方式。

但兴奋之后，另一个问题很快又摆在了她面前：艺术节是一年才办一届的活动，如果没有可持续性的输出，艺术对参与者的日常生活其实并没有太多影响——可，艺术要成为"日常"谈何容易，这可是多少年来、多少人在探讨却又不得其法的问题啊。

牛瑞雪的引路人和未来的合作伙伴出现在之后的一次公共活动上——那次，她讲到了她办在大街上、胡同里的设计周，讲述了她对公共艺术的理解和对公共艺术项目的构想，活动结束后，时任朝阳门街道办副主任的李哲径直朝牛瑞雪走来："我们一直在搞'社区营造'，欢迎你来和我们一起探索新路子!"

牛瑞雪眼前一亮：走进社区，走进北京胡同老百姓的生活，不就是艺术要成为"日常"最直接的方式吗？但她又一想，居委会的调性和艺术不可能融合，她的理念到了街道也实施不了。她

27院儿举办的"北平派对"（图片由27院儿提供）

"槐轩"大门　摄影：李哲

224

犹豫了。

街道办似乎很明白牛瑞雪的顾虑，他们把牛瑞雪请到了朝阳门街道的"史家胡同博物馆"，给牛瑞雪细细地讲述了当年他和团队如何在创建过程中走访老百姓，听他们讲述过去的生活，受到感染的老百姓拿出自家老物件充实到"自家博物馆"的故事；讲了街道办和北规院如何利用这个社区博物馆探索"城市更新"，让周边老百姓走进博物馆体验城市变化的故事；也讲了自上而下一直在倡导、在摸索、在推进一条以文化为根基、为底色、为驱动的城市创新发展之路、以文艺赋能百姓生活的故事。

这下牛瑞雪被深深触动了，她没想到，街道工作的理念比她以为的要先进得多，她下了决心。

2016年9月10日，经过数月的筹备，作为朝阳门社区文化生活馆，以地址为名的内务部街"27院儿"正式投入了运营。牛瑞雪成了"大当家"。

三

然而，预想中的困难还是出现了，"艺术活动要报备、要审查"。"每一个项目都要单独报到街道办，由他们综合分析、过会、讨论，需要很多时间。"诸如此类的种种，让牛瑞雪头疼不已。

没有预想到的困难也出现了：社区里的老百姓对他们这些"闯入者"表现得并不欢迎，他们不喜欢他们搞活动带来的"噪音"，也不喜欢他们格格不入的风格，有一阵儿，居委会没少接到老百姓的投诉。

街道办和27院儿也经历了一段时间的磨合，但双方都没有想过要放弃在这条新路子上的探索。转机来自牛瑞雪坐在门庭冷落的"27院儿"里对自身定位的思考：作为一个社区生活馆，首要的就是和社区以及里面老百姓的融合，不能以一个居高临下的"帮助"姿态和他们打交道，唯有和在地的工作人员达成共识，才有可能将工作继续推进下去；也唯有得到老百姓的认可，才能达到服务他们的目的。之后她便主动拉近与社区工作者的距离，渐渐地，她发现："他们虽然不是专业做艺术的，但是熟悉居民的情况，有组织居民活动的经验；而我们强在内容设计，二者可以相互补足。"对于项目的报批，她也想出了一个"打包申报"的办法，节省了彼此的时间，双方的关系渐渐融洽了起来。

团队里的年轻人也开始走出院子，和胡同里的居民聊起了天。在聊天和观察中，他们发现，胡同里的老年人特别多，而且老年人和年轻人基本不交流。于是，一个旨在促进青年群体和老年群体的对话的社会公共艺术项目"当我像你一样"诞生了。活动当中，牛瑞雪让报名的十位老年人和十位青年人进行"自由配对"，"27院儿"随后会给年轻人一定的活动经费，让他们带着老年人进行一次"约会"；之后再反过来，由老年人主导一次。"27院儿"希望两代人能以对方的视角开展社会观察，并进行"灵魂对话"。在活动中，青老组合从兴趣爱好聊到生育观、生命观，活动反响极好——年轻人一下子理解到了老人的状态是什么样，老年人的脸上则多了青春洋溢的笑容，愿意开始尝试更多的生活内容。

这次活动后，牛瑞雪明显感觉到"27院儿"和胡同居民的关系不再紧张了，胡同里的老年人和青年人也不再彼此视而不见了，很多组合到后来都成为了忘年交。慢慢地，居民们开始带着自己的咖啡壶来给他们做手冲咖啡，逢年过节还会有大爷大妈来送些家里做的小吃。"这帮年轻人多不容易啊，还肯带着我们玩儿。他们不是外来者，是邻居了。"不少年轻人也被他们吸引，愿意回归社区参加活动。"你可以不懂诗，不爱诗，但不能拒绝诗意的生活。"牛瑞雪导师的话放在这里正合适。

从那以后，街道办、居委会与"27院儿"合作举办了洋溢着浓浓民国风的"北平派对"，也在端午节、重阳节等传统节日里举办了许多"接地气"的活动。起初，一些居民是为了活动提供的小礼品而来的，但到了后来，不定期地到小院儿看看已经成为了他们的一种习惯，"原来艺术是这样的"。"原来我们的生活里也可以有艺术。"小院儿渐渐成了他们休闲放松的第一去处，牛瑞雪也从此被社区居民亲切地称为"牛牛"或是"大闺女"。

几年下来，作为京城"社区建设+公共艺术"这种新模式最早的拓新者，背后凝结着政府与牛瑞雪团队无数心血的"27院儿"，探索出了一条基层社区服务与文化艺术的结合的优良方式。

四

"27院儿"的成长之路令人印象深刻，无论是从事社区建设还是文化建设，无论是街道还是文化部门都必须寻找和锻造不同的抓手。2021年，市文联提出"实施'文艺+'融合发展战略、激发首都文艺创新创造活力"，东城区拥有极为深厚的历史文化资源，文化艺术不应该只是装点，更应该是一种态度、一种能量，激活人与人、人与城市之间的交流，激发对生活的热爱，唤起人们对祖国与故乡的情绪与记忆。走在北京，走在东城，无论是市民还是游客，都应该可以通过公共文化艺术迅速捕捉到这座城市的脉动，捕捉到生活的诗情画意。基于此，文艺一定可以在诸多的领域赋能、加持，为生活在东城区以及北京这座千年古都里的人们带来更加美好的生活体验。

领导班子很快形成了共识：持续孵化特色公共艺术空间，并将其作为重要的抓手，在线下多点建设"东城文艺工作者之家"，以"强品牌"为突破口，以"文艺赋能"为发展目标，按照"覆盖面广、凝聚力强、各具特色、有亲和力"的原则，构建工作矩阵，全力打造文艺品牌集群。"东城文艺+"的品牌、路径和能量至此愈发清晰了。

很快，东城区现有的几个特色文化空间被筛选罗列出来，一个个走访调研，再根据它们的特点和成长阶段构思出不同的孵化方式和对话方式。有了"27院儿"的经验，大家底气十足。

"槐轩人文艺术空间"是朝阳门附近一处雅致静谧的民办美术馆，这里曾是俞平伯的故居，文人雅士的调调十足，既有高级感，又具有艺术特色。参观槐轩的展览是免费的，但需要提前预约，每天只限30个人参观。区文联最初接触他们的时候，为了强调自己"纯艺术"的品牌定位，槐轩对办展的艺术家也是免收场地费的，且很少做市场推广。文联马上操心起他们的前景来："艺术家办艺术空间，格调都很足，活动都很雅，但如果市场运作不跟上的话，柴米油盐的消耗很快会带来经济危机，进而严重影响到艺术家的信心和积极性，影响到艺术空间的生存。"

文联同槐轩很快操持策划了一系列市场活动，把有类似营销需求的艺术空间连点成线，由文联牵头，通过"骑行""夜游"等活动，把文艺爱好者和文联的"铁粉"们引流到空间里去。

2023年4月26日，一个春日的下午，由东城区文联、故宫博物院团委组织的"东城文艺+"品牌活动之"故宫延长线"骑行活动热闹地开启了。一群时髦的青年人骑着自行车，由李哲带队，从故宫角楼出发，串联起以故宫为代表的中轴线建筑遗产点和多个特色文化空间——南池子美术馆、槐轩、27院儿、兮院文化空间等，大家切身感受了中国古建筑的艺术之美和人文内涵，感受到了各个艺术空间的特色与质感。

5月，初夏，"东城文艺+"品牌活动之"晚风夜游"系列之"一枕槐安"和"沉浸观展音乐会——点亮东城文艺生活新'夜'态"又上马了。文联计划通过这个"晚风夜游"系列活动，汇集东城区多个特色文化空间，结合各空间特点，力求呈现丰富多元、有深度、有趣味的夜游体验——大部分文化空间均为白天开放，夜游的新形式在时间上更能与市民们的生活时间相契合，同时各空间在晚间会展现出与白天相比截然不同的观展体验。

首场活动就在槐轩开启。夜晚的槐轩经过特殊的灯光设计，用光影效果营造出了唯美静谧之感。在传统的四合院空间里，由音乐人现场为大家带来现代感十足的氛围音乐，观众们戴上耳机，用"沉浸式"这一特殊、先锋的形式欣赏了武宏作品展《形移感通》。

这几次活动，文联还都精心组织了多家市级老牌媒体和东城区"融媒体"去做报道。几番操作下来，活动效果出奇地好，所有参与了活动的空间在官媒和自媒体上的曝光量都有了很大提高。"槐轩"的两位主理人子心和高高这下对自己空间的市场反应有了信心，更对文联的力量和热情有了极大的信任，她们于是调整了经营理念，把更多的精力从策展转移到了运营上，一年多下来，像"27院儿"一样，"槐轩"成了东城区民营美术馆里一个可以复制的"样板"，此时的子心和高高已经在畅想更宽的边界和更大的影响力了。

"观坛艺术空间"则是另一种形态的存在。它坐落在北京老牌商业市场——红桥市场的顶层，除了拥有雅致的餐厅、茶室和展示空间外，还有两个新建好的风格各异、网红范儿十足的漂亮天台，向东能远望中国尊，向西则能细赏天坛祈年殿，地理位置和环境都得天独厚。主理人还特意设计了带有"观坛"字样的咖啡拉花和祈年殿样貌的菜肴造型，可谓匠心独具。但他们面临的问题是，因为经常要接待来访客人，他们无法完全向散客开放，而不开放，就无法自负盈亏。

经由东城作家协会的牵线，"观坛"的主理人找到了区文联，文联的领导班子于是又开始想办法。调研后文联认为，"观坛"的硬件设施已经完全搭好，现在是进入第二阶段"定位品牌+打造影响力"的时候了。作为一个新文化空间，自己单打独斗搞营销树品牌，不但花费大，见效还慢。"搞合作，打造一个相对开放的'新文化空间'。"文联领导一锤定音。

为了让"观坛"的团队有最直观的感受，文联出面给他们牵线搭桥，认识了一系列其他文联特色艺术空间的主理人，这样的交流让"观坛"受到了很大的启发，再看看那些特色艺术空间这两年在市场影响力上取得的成果，他们决定，就按照这样的路子走下去。而文联的"孵化"并未就此打住，下属的东城作家协会在这里设立了"创作基地"，并与"观坛"签订了战略合作协议，共同营造东城区惠民文学的艺术场景；文联还计划，在2023年下半年开启"东城文艺+"在东城区南部的骑行路线，打造和盘活南部的公共艺术资源。

几年下来，东城区已经成就了一批各具特色、社会美誉度很高的特色公共艺术空间：史家胡同博物馆、东四胡同博物馆、内务部街27院儿、槐轩、文沁阁书店、美后肆时、南池子美术馆……这些空间和"东城文艺+"这个日益响亮的招牌互相成就，和东城区文联孵化的其他活动子品牌（如"艺海拾遗""艺海书香"等）一起，既展示了东城区的历史文化内涵，又实现了传统文化与现代艺术的融合，实现了文艺多领域的跨界，居民们也切切实实地享受到了艺术带来的美好体验。与此同时，越来越多的文艺人才被吸引凝

"可能有书"内景　摄影：李哲

"槐轩"展厅内景　摄影：李哲

聚，在这里实践着自己的艺术理想和人生价值，也在助力实现文艺守正创新、"破圈"传播。"东城文艺+"的品牌内涵在东城人的不断探索中，不断地拓展和丰富着："东城文艺+文明实践""东城文艺+党日活动""东城文艺+城市更新"……"以文艺赋能城市美好生活"的理想正在变为现实。

五

今天的"27院儿"已经成为以艺术社区模式探讨推动社区可持续发展的重要课题基地，全国多地的政府领导都来带队参观，牛瑞雪正筹划着，将这个模式作为可复制、可移植的老旧社区治理新经验，横向推广至更多社区；与此同时，在文联的推动下，她的团队也在不断地试图纵向突破——迷你版的文化综合体"可能有书"就是一个尝试。

除了不断蓬勃而出的新经营思路，在采访过程中，赵晨还不断地提到"共生院儿"的概念，这个概念和"与居民融合"的姿态从书店的设计理念上就已经开始有所体现了：第一，他们持续性地选址和扎根在老北京的胡同里，与胡同的老百姓在一起；第二，"可能有书"的一墙之隔就是老百姓生活的院子，并且这堵墙随时可以打开、可以共通，寓意着一种"联结"；第三，书店（或者说是综合公共艺术空间）在门前腾出宝贵的十一平方米作为缓冲地带，设置了歇脚和闲坐的地方，方便外卖小哥和环卫人员休憩，也欢迎胡同居民和游客随时过来聊天；

还有，他们的包子铺，这是专门为附近居民设计的、与书店共融的一种方式。

这会是个破圈儿的"小赛道"吗？"共生院儿"的问题其实一直是政府的一个小难题，在胡同这样一个公共空间和私人领域相对模糊的居住领域里，居民与外来人、事、物的矛盾一直没有一个好的解决模式，看到"27院儿"和"可能有书"用"文化"为切入点启动了尝试并且收到了不错的效果，不少相关的政府部门也过来考察了，他们希望得到解决"小面积腾退空间"问题的一些启发。

不断地探索，不断地破圈儿，年轻人们在文联的支持下毅然前行着。

而随着"东城文艺+"的全面铺开，第一批"东城区文艺工作者之家"的挂牌工作也提到了工作议程上，此时区文联领导班子又在思考新的问题：特色文化空间的工作该如何进一步推进？文联在品牌建设和活动铺展上还能更加系统化吗？"东城文艺+"怎样才能成为全国"叫得响"的优秀文艺品牌？东城区历史文化内涵如此深厚，该怎样再深挖内外部资源并在系统内部形成聚合效应？如何保证品牌活动的可持续性，又如何持续凝聚人才、打造生命力充沛的创作潜能发源地和艺术聚集地，进一步用文化赋能美好生活？

昼夜交替，日复一日，在东城区这片古老又年轻的土地上，生命力在蓬勃地涌动着，城市的面貌日新月异。满怀希望的人们在这里生活、奋斗、奔跑、交融，艺术从人们的生活中汲取养分，人们的生活又被艺术点亮，抬头见山高水长。人们，正诗意地安居在东城大地上。

（作者为北京市东城作家协会会员）

跟师傅们学过春节

韩小蕙

年年雪色，岁岁春节。一直干旱无雪的北京，终于在除夕晚上飘了一阵小雪花，象征性地宣告雪姑娘来了。初一大早起，从高层窗户向外望去，太阳还在薄云里若隐若现，寂静无风。下面的几处房顶上，东一鳞西一爪，静静留着一小片一小片雪姑娘的足迹，给节日平添了肃穆的妆容。

手机"咔哒"一声，送来一文友写的春节散文，叙述他的家乡晋东南，年年从冬至这天开始，乡亲们便为春节忙活起来。各种习俗、民俗，各种年规、讲究，也便都像雪地上的小兽一样活跃起来，五花八门，鲜艳得像丰收的菜园般，红彤彤的是辣椒，绿莹莹的是青菜……这突然使我想到，在北京的中轴线申遗项目中，是否也可加进一个内容——"北京人的春节"。

我想起了自己年轻当青工时，跟着师傅们学习过春节。

那时我十六七岁，已经在北京某著名电子大厂上班，也算是进入成年人行列，不像今天十六七岁的中学生，还都是父母眼中的家宝。我的师傅们当时也就三十三四岁，都有了丈夫和孩子，在我眼里，她们更是像6月里黄澄澄的麦子，名副其实是成熟的社会人了。

我们是个小班组，除了我和另一位小青工，还有12位师傅，都是女的，基本都是初中毕业生，还有一位高中毕业，在当年就算是高学历工人了。她们都是1956年和1958年进厂的，多数都是老北京人，年龄刚好是我们1970年进厂小青工们的两倍，一个个正处于风华正茂的人生阶段，带我们这些小青工亦师亦大姐，我们跟她们说话都尊称"您"。那时北京城的地域还不像今天这么巨大，我们工厂远在朝阳区酒仙桥，但我们厂的工人们基本都住在东城和西城。和我最亲近的两位师傅，一位住在东四三条，另一位住在东四七条，那位小青工住在东直门内，我家住在东单，我们都是东城人。用今天的话说，还都是中轴线上的居民。

那时我们家的情况是，父亲在江西五七干校锻炼，母亲在北京郊区农村下放，哥哥姐姐在山西、陕西插队，北京城里就我一人留守。吃饭不成问题，我从小学起就已学会做饭了，包子、饺子、面条、烙饼……都会做，但我最懒得做饭，好在也不馋，平时吃工厂食堂，周日凑合。好几位师傅就叫我去她们家吃饭，那我哪儿好意思啊，那时师傅们才挣40多块钱，上养老下哺小，家家的日子都像老人手背上的青筋一样，皱巴，拧巴，伸不开。

何况"君子远庖厨"。当时我最缺乏的不是吃，而是家教和社会经验，师傅们恰好弥补了这个缺。比如"八月十五云遮月，正月十五雪打灯"，就是徐师傅讲给我的，意思就是说，假若头年八月十五中秋节晚上是阴天，月亮上的嫦娥和玉兔都没出来露面，那么下一年正月十五元宵节，就一定会下雪。把我听愣了，心驰神往，恨不得立即飞到元宵节去验证一番。

就此，我的春节之旅，就在殷殷期盼中开启了。

而师傅们的春节，大抵是从10月份开始的。由于从十一到春节之间再没有节假日了，所以师傅们往往从彼时起，就开始言谈起春节的话题，盘算着春节的年货怎么筹备，老人孩子的新衣怎么添置，家里的棉被怎么增补，门联请谁去写，窗户纸买哪种的比较耐用和美观（那时大多数人还住平房，窗户不都是玻璃的，还有用绵纸糊的）……嘴快的已经在请教别人，手快的更是已把本月的点心票、油票、鱼票、肉票……换成春节那个月的了。

近朱者赤，我也就在师傅们的指点下，行动起来。因为春节里，父母哥姐都会回北京过年——"过年"，就是北京人口语中的"过春节"，直到今天仍是这么表达。

我们家不是老北京，父母都是随他们的父辈来北京定居的，来了基本上没离开过学校，所以他们对真正的老北京风俗，对老北京的四合院文化，对老北京百姓的生活、语言、喜怒哀乐……并不怎么了解。新中国成立以后，我们家一直住在协和医院宿舍大院里，那里的语言体系与胡同里四合院居民的完全不同，说的基本都是报纸上、广播上和学校里教的"正统话"。比如，若大人问小孩子"将来长大以后，想当医生还是工程师"，孩子们的回答，一般都会是"党让干啥就干啥""做共产主义接班人"等等。在我进工厂之前，我以为全中国满北京的人，都是如此生活着呢。

进了工厂以后，我师傅们说的话，却是另一套话语体系。比如关于春节，各位师傅讲得像天女散花，把我惊得一愣一愣的。像"二十三，糖瓜粘。二十四，扫房子。二十五，做豆腐。二十六，去割肉。二十七，杀公鸡。二十八，把面发。二十九，蒸馒首。三十团圆闹一宿。"那时的我，头上还梳着两条过肩膀的辫子，真是一张纯洁无瑕的白纸，竟然还傻乎乎地问："为什么杀公鸡呀？不能杀母鸡吗？……"

印象深刻的是有一次，当屋里只有我和关师傅的时候，这位号称"万事通"的师傅，竟然一推眼镜，给我讲起一些闻所未闻的老北京风俗。比如说大年三十除夕晚上，要把家里的坏鞋扔出去，谐音"驱邪"。大年初一不要扫地，不倒垃圾，不洗衣服，以免破了财气。立春这天要吃春饼，而且要卷成一个直筒，从上到下吃完，这一年就会有始有终，风调雨顺……

这些"冷知识"对我来说，就像走着走着阳关大道，突然出现了旁门左道，令我不知所措。在我们那个革命家庭，从小到大，父母的口里从未有过如此奇谈怪论，连邻居家也没有，所以我当时的表情一定很美丽。关师傅见此，赶紧涩笑了一声，加上一句"革命大批判"的后缀："嗨，这些北京老话，现在都属于封建迷信，今天不但没人信啦，还要'破四旧'，过革命化春节……"

然而革命化春节什么样，怎么过，谁也说不清楚。有人提出取消节日的三天假，加班加点在工作岗位上过春节，幸好国家没有采纳，终归还是依照老例放假三天。肉还是在卖，鱼还是在卖，尽管要去用票证买，排大队。但春节就是好，还给全北京市民加供了半斤花生，三两瓜子。二十三过小年时，糖瓜儿也还有的卖，一个个乒乓球大小，小灯笼般的艺术造型，真惹得人心里痒痒的。而更大众化、价钱更亲民的，是被俗称为"关东糖"的麦芽糖，它们呈棍状，有大人的中指粗细，两三寸长，在小年这天，家家孩子都会举着一根两根的，女孩儿一般都会吮着吃，尽量让那根小棍子能多甜上一会儿；性急的男孩子"咔咔"几下嚼个嘎嘣脆，然后就疯跑去了。

过了小年，我师傅们的话就多了起来。互相通报着哪家肉铺的肉新鲜，哪家纸店的红纸又结实又便宜，于是大家伙儿就相约着到星期日时一起去看看。于是，到了下周一，师傅们有的兴高采烈，有的唉声叹气，报告着自家昨天采购的种种情况，像反刍的牛儿一样，细细咀嚼着每个细节，继续享受着精神上的愉悦。

给我印象最深的一件事，竟是到了腊月二十八九的时候，车间里最漂亮的一个女青工，来我们班组送信儿，她瞪着好看的杏核眼，传递的消息是："你们不知道现在什么最难买吧？告诉你们吧，是豆腐干、素什锦，得早晨五六点钟就去排队，不要票。"她家住在南河沿，离东单菜市场近，是在上班的路上听说的，哎嗨，那时的公交车也是一个小社会，只要支起耳朵，就能听到各种信息。不过让我觉得不可思议的是，不知道为什么，几十年都过去了，岁月迢迢，世事渺渺，我已经过了千山万水，踏过了大江南北乃至世界上十多个国家，但这句普通得不能再普通、朴素得不能再朴素的话，却一直躺在我的记忆里，梦着，响着，有时宛若小雨"沙沙沙"，有时还能像大雨"哗哗哗"……

关于工厂春节的点点滴滴，我最美好、最温馨、最神圣的记忆，还要数大年初一的正日子。这一天，师傅们三五成群，到各位亲密工友家拜年，这是一年之中最不可或缺的礼仪，连我这小青工家也不落下。一般进门后，先向家里的长辈问好，拜个吉祥年，然后象征性地吃一把花生瓜子儿，那是家家主人都早已摆好在桌子上的。唠几句家常话，我父母真诚地向师傅们表达感谢，并请他们在新的一年里，对我严格要求，该批评就批评，有错误就纠正……哈，又是我们革命家庭的话语体系。我在一旁直冒汗，师傅们礼貌地听完，鸡啄米似的点点头，遂起身告辞，赶去下一家，我也赶紧穿衣戴帽，加入到拜年的行列中，我们的队伍越走越壮大……

可惜，后来我离开了工厂，失去了享受这份暖心的待遇。更可惜的是，以后有了电话、网络、手机，上门拜年的北京"老礼儿"，便由这些代劳者取代了。那些摆在桌子上的花生、瓜子儿和红红绿绿的糖块儿，也被冷落得像李清照笔下的寂寞愁绪，蒙上了一层凄凄惨惨戚戚的惆怅。这是时代的大势所趋吗？我说未必，山不转水转，三十年河东三十年河西，说不定很可能在某一年的春节，随着纷纷飘扬的雪花飘下，拜年的人流又会红红火火，在京城涌动起一条条热腾腾的巨龙！

因为我们的春节，因为老北京过年的规矩和老礼儿，从虞舜时期就开启了，已经在这片古老而新生的土地上，深扎下2184万棵心根（截止到2023年8月，北京市人口为2184.3万），结出了枝繁叶茂的岁月。

（作者为中国作协全委、北京市东城作家协会主席）

寻访亢慕义斋

韩冬冬

第一次听到"亢慕义斋"四个字是在电视剧《觉醒年代》中一段蔡元培和李大钊的对话里。在1920年的春天，李大钊等十九人在北京秘密成立马克思学说研究会，得到了北京大学校长蔡元培的支持。当时的李大钊是北京大学图书部主任，研究会的其他发起者和会员大多是北大学生及旁听生，研究会选址于北大校区，所以又称"北京大学马克思学说研究会"。研究会成立之初，蔡校长来走访，和守常先生谈到研究会的命名，守常先生说："名字我都想好了，叫亢慕义斋。"蔡校长说："亢慕义，再加个斋字，有意思，共产主义书屋，很有智慧，也很响亮。"

亢慕义是英文Communism的音译，意为共产主义。亢慕义斋——共产主义小屋——这个来自于一百年前的名字，将西方马克思主义学说与中国传统文化相结合，不仅智慧、响亮，而且浪漫、时尚，这个名字深深吸引了我。我想去寻找这间公布位于北京市东城区景山东街2号的斋室，寻找马克思主义中国化最初的起点。

景山东街，是北京一条南北走向的安静小街，小到只允许机动车单向通行。这条小街如今是皇家园林和北京民居的分界线，一边是北京明清中轴线制高点、金元明清四朝皇家园囿景山，一边是四合院、大杂院交错分布的北京市井慢生活。景山东街单号编在西侧皇家园林，双号编在东侧民居，自北向南排序。我以为在如此清晰的小街，找到2号亢慕义斋的痕迹不是什么难事，然而从头寻到尾，也没能打听到亢慕义斋的踪影。途中我不厌其烦地和那些说话慢条斯理的北京大爷大妈解释他们未曾听说过的音译名字，什么斋？亢什么斋？简直比夏洛说清楚马冬梅的名字还要吃力。亢慕义斋成为湮没在胡同里的一个谜，它在哪里呢？一百年后还存在吗？现在做什么用呢？

《觉醒年代》播出几个月后，迎来了中国共产党的100岁生日。作为生日献礼，北京市开展了"北大红楼与中国共产党早期北京革命活动红色旧址群"保护传承利用工作，公布了31处革命活动旧址，东城区以13处红色旧址位居榜首，亢慕义斋名列其中。然而不论是官方公布的地图、地址链接，还是影像资料，依然难觅亢慕义斋的踪迹，除了一张老照片，再没有更多的信息。我按照二维码上的地址链接从电子地图导航摸到了沙滩后街55号院，找到了一座砖木结构，四周游廊的宏大二层建筑，和亢慕义斋相同的是灰色外墙和拱券门窗，不同的是每一面墙都多出了连廊，且建筑主体要比老照片上的共产主义小屋壮观得多。原来这里也是北大的前身京师大学堂的一部分，并且因为马克思学说研究会曾在这里庆祝过五一劳动节而成为红色旧址。虽然此行仍未找到亢慕义斋原址，但是找到了他们开展活动的场所，感觉离这个神秘的共产主义小屋更近了。

再去寻找亢慕义斋，已经是2023年的七一前夕。一日，我骑车经过五四大街，看到北大红楼重新开放，想进去再找找亢慕义斋的线索，才发现昔日安静的北大红楼，如今变得一票难求，早上九点不到门前就排起了长队，等待入场的观众大多胸前别着醒目的党徽。

几年不见，经历过血雨腥风的百年北大红楼依然稳稳安坐于五四大街和皇城根大街的交会处，外观朴素壮美，一百年来保持着不变的风格。红楼内的装饰风格也并无改变，白墙素窗，变化巨大的是之前仅有一层开放几间原状陈列展，如今从一层到四层全部开放59间展厅。出入于一间间一百年前中国最先进的人才奋发图强的教室，感受一百年前在这里工作和学习的有志青年探索旧中国救亡图存的思考、行动和勇气。李大钊、陈独秀、蔡元培、毛泽东、鲁迅，那一个个响铮铮的名字；新文化运动、五四运动、新青年、马克思主义与工人运动、中国共产党的诞生，那一幕幕拉开的旷世剧章。慢慢地、细细地把每一间展厅走遍，会深刻理解在一个根深腐朽的社会制度里，牺牲和革命是唯一走出困境的道路，会由衷敬佩南陈北李的大智慧和大勇敢，敢想、敢做、敢为、敢当。

百年红楼展览中，有一幅我非常喜欢的油画，原名《李大钊与陈独秀》。画面的背景是故宫角楼，大雪覆盖着北京，灰霾的天空下，依稀看得到下午的太阳悬照在两个并肩向故宫以东行走着的人的头顶上，洒下满画面的光芒。一个佝偻人的背影，正和他们背道走远。这是在1920年早春，李大钊秘密护送陈独秀去天津转道上海的出京之路。半年之前，经过李大钊的努力营救及在全国舆论的压力下，北洋军阀被迫同意陈独秀保释出狱。对于战友的出狱，李大钊以激动与喜悦的心情赋诗云："你今天出狱了，我们很欢喜……什么监狱什么死，都不能屈服了你；因为你拥护真理，所以真理拥护你……"1920年初，陈独秀在武汉发表宣传社会主义革命的演讲而引起湖北军阀当局的驱逐回到北京，李大钊获悉京师警察厅准备再次逮捕陈独秀的消息，决定亲自护送陈独秀出京。在此次送行的途中，陈独秀与李大钊"商讨了在中国建立共产党组织的问题"，"南陈北李，相约建党"的故事给这幅油画赋予了非凡的意义。画面故事之后一个月，李大钊领导成立了北京大学马克思学说研究会（亢慕义斋）；之后三个月，陈独秀领导成立了上海马克思主义研究会。两位先锋分别在北京、上海建立了中国共产党早期组织。在成立之前关于党的名称问题，陈独秀征求李大钊的意见，李大钊主张定名为"共产党"，陈独秀表示同意。之后在各地党的组织先后成立后，直至国内外有了8个党的早期组织50余名党员，召开一次全国代表大会，成立统一的中国共产党成为历史的必然要求——1921年7月23日，中共一大召开，标志着中国共产党诞生，从此中国革命的面貌焕然一新。

百年红楼的59个展厅中，用3个展厅的篇幅，分别介绍了"马克思学说研究会的成立"和"共产主义小室"，不用解释，这便是亢慕义斋了。其中第33展厅依据罗章龙的回忆，想象复原了亢慕义斋当年的场景：四壁贴有革命诗歌、箴语、格言等，正中墙壁

沙滩后街59号院亢慕义斋旧址大门　摄影：韩冬冬

北大红楼内复原亢慕义斋陈列展　摄影：韩冬冬

九排东一间东山墙　摄影：韩冬冬

挂有马克思像，两侧贴着一副对联，"出研究室入监狱，南方兼有北方强"。

上联出自陈独秀，他认为世界文明发源地有二：一是科学实验室，一是监狱。"我们青年要立志出了研究室就入监狱，出了监狱就入研究室，这才是人生最高尚优美的生活。"在黑暗统治的年代，陈独秀和他的儿子，及他的很多学生都有过被捕入狱的经历，他用这句话鼓舞青年们，进这样的监狱不耻犹荣，时代需要有人进这样的监狱，才能有力量冲破禁锢思想和制度的牢笼。下联出自李大钊，意思是马克思学说研究会有南方人也有北方人，南方之强又加上北方之强，南北同志要团结互助、同心同德。当时，陈独秀先把《新青年》和新文化运动从上海带到北京，李大钊又把陈独秀和具有了马克思主义风格的《新青年》从北京送回上海，北、南两个马克思学说研究会的先后成立，成为中国共产党早期组织的酝酿之源。这副对联概括了亢慕义斋奋发图强的精神，也把南陈北李的思想风格一展无遗。

在百年红楼的另一个展厅，我大抵清楚了一百年前北京大学的构成，教学院共有三个，分别是文法学院、理学院和法学院，宿舍区共有五个，分别是西斋、东斋、三斋、四斋和五斋。我曾经找到的亢慕义斋开展五一活动的那座二层洋楼便是理学院的理科大楼，而亢慕义斋使用的两间房屋位于二院西斋，就在理科大楼向西不远。得到这些线索，步出百年红楼，我按图索骥再次来到沙滩后街，沿着55号院的大门向西走，果然在不太远的59号院门前看到了一块北京市文保牌，上面写着"京师大学堂建筑遗存"，旁边竖着红色贴有党徽的"亢慕义斋旧址"介绍。

文保牌和红色旧址牌旁边是一个没有门簪的金柱大门，花鸟彩画少有剥落色泽如新，悬着一对儿半新的大红灯笼，门前两侧写着"滋兰树蕙、桃李芳香"八个字，仿佛在告诉你一百年前这里是大学堂所在。门内和北京很多胡同一样，整齐排列着密布的电表，宣告如今的59号院成为一个大杂院，仍是在用的居民区。那些过惯了安静胡同生活的老北京人在院门前立了一块"游客谢绝入内"的牌子，显然亢慕义斋的红色旧址还未能腾退修复。我出示工作证件说明采访来意，被允许进院，绕过两棵细高的柏树后面一块福字影壁，眼前出现了一条深长的胡同。胡同左边一排排样式大致统一又略有不同搭建的略显宽大的卷棚顶灰砖平房，就是一百年前的北大男生宿舍西斋了。一百年后，这十四排曾经朝气蓬勃又整齐划一的房子，被一家一户赋予了不同的风格，但还是掩藏不住它们曾经的样貌。亢慕义斋在哪一间呢？院子里的人少有能一下子听懂这个名字，但说起李大钊的研究会，大爷恍然大悟般热情起来："九排东边第一间！"向北数到第九排，终于见到了寻觅已久的共产主义小室。

它与其余十三排西斋宿舍并无两样，前后两侧都有不同程度的搭建，看不到南北向的门窗，侧面临胡同狭窄不便搭建，所以还保持着一百年前的样子。与普通的古建筑不同，西斋宿舍侧墙也开了两个很大的窗，灰砖砌出的拱券既有西洋的味道，又让人想到陕北的窑洞。我和一位胡同大妈聊了许久，她突然对我说："你想看看屋里吗？我给你开门。"这就是我和亢慕义斋之间的缘分吧，寻了那么久，竟然不经意地就步入了斋室之中。门，打开了。有点失望，并不是《觉醒年代》中那般宽阔得可以围起长桌会议，眼前的这间九排东一的小室，或许是经过了内墙隔断和粉刷，一百年后成了一个小小的储物间，已经找不到当年的痕迹。大妈告诉我，59号院的古建筑腾退只是时间的问题，她觉得不仅仅是九排一号，整个院落的人都会搬走。

一百年前，这里是亢慕义斋的一间办公室一间图书室，这个小小、小小的图书室做了一件特别了不起的事：成立英文、德文、法文3个翻译组，把《共产党宣言》《资本论》等很多著述翻译成中文，让更多的中国人开始接触和了解马克思主义。1936年，毛泽东在同美国记者斯诺谈话中曾说："我第二次到北京期间，热心地搜寻那时候能找到的为数不多的用中文写的共产主义书籍。有三本书特别深地铭刻在我的心中，建立起我对马克思主义的信仰。我一旦接受了马克思主义是对历史的正确解释以后，我对马克思主义的信仰就没有动摇过。"这三本书就是亢慕义斋所藏的《共产党宣言》《阶级斗争》和《社会主义史》。这是毛泽东思想发展中的一次大飞跃，亢慕义斋的译著帮助毛泽东从一个革命民主主义者转变成为一个共产主义者、一个马克思主义者。北京大学新闻网上有一篇题为《亢慕义斋犹在红楼钟声长鸣》的文章，讲到北大图书馆里，珍藏着一份1921年11月17日的《北大月刊》，刊登了"马克思学说研究会"的成立启事。习近平总书记在北大看到这份启事时，十分感慨地说："追根溯源，看来源头在这里啊！"

站在这个源头小室内，我内心澎湃，努力在白顶白墙中想象它一百年前的样貌，凝视良久，转身回过头，发现刚才进门的地方，竟还保留着原木色的顶棚，屋顶垂下了一只没有任何装饰的老式白炽灯泡，发出温暖的光。就在我找到亢慕义斋小屋的这一天，新华网公布中国共产党党员总数为9804.1万人，这个小小的灯泡，就是照亮中国共产党人的启蒙之光，照亮了9800万人胸前的徽章。

（作者为北京市东城作家协会会员）

东三里河的记忆

马占顺

一

在冬日的胡同里，有着暖暖的阳光。

那天是周末，还没等天上的星星闭上眼睛，我就出门了，去感受进入小雪节气以后北京冬天的胡同。

在劲松站坐上41路，磁器口换乘57路，不到5分钟的时间，随着车上女服务员的一声"东三里河站到了"那清脆的报站声，我刷了老年卡下车。顺着清晨还没什么人的路边，向北走进草场十条，这算是一条还沉浸在睡梦中的大胡同吧。道路两旁都是青砖墙顶着青瓦的北京老式的平房，虽然看上去整齐的墙面是经过修缮的，但置身在这样的胡同里，还是感觉到老北京那浓浓的胡同味道。

初冬的清晨这条胡同听不到什么嘈杂声，安静极了，我自己走在胡同里真是心旷神怡！偶尔能看到路上有出行的人骑着电动摩的从身边飞过。

我正在一门心思往前走时，左手的盆路口不远的对面迎着我走过来一位老者。他脚穿旅游鞋，外套大红色羽绒棉坎肩，脑袋刮得锃亮，两只手里各提着一个鸟笼子，断断续续哼着略带老北京味道的那冰糖葫芦的小曲，迈着轻盈的步子向我走来。

　　"早啊，您呐。"这位老者的嗓门还挺洪亮。

　　我看看四周就是我们俩人，还没有第三者时才恍然大悟似的醒过来回道："早，您好！"

　　俩人的问候，叫我们都停住了脚步。"这么早到哪去遛啊？"老者客气了客气。

　　"就到咱们这三里河来看看！听说这里改造得不错，有点小河流水的感觉。"说着我向他表露出一种期盼的意思。

　　"我在这住了都七十多年了，眼见着这胡同的变化。胡同也跟人一样从年青走向壮年，又从壮年走向了老年，这些年呢，咱住的这片胡同又焕发了青春！"

　　"是啊，我也是胡同里长大的，对这胡同有一种特殊的感情。今天来既是还原儿时的梦，又是感受感受这门前流水的新鲜！"

　　我看他光着脑袋话题一转就说："这么冷了，咋不戴个帽子出门呢？"他晃着身子回道："都习惯了！"口气里带着满不在乎老北京的味道。简单的交谈中得知他就出生在这，到今年生活75年了，可看他的精神面貌似才60出头。

　　告别了老者，再往北走100米左右，向西拐去，就是前门东侧三里河的那片平房和胡同了。我甩着胳膊慢慢融入这一片平房之中……

这里是新修复的三里河古河道的东侧入口。

根据记载，前门东侧的三里河地区是指古三里河河道所流经的区域。三里河是老北京城护城河的泄水河道，于1437年形成，河道纵横。由于河道长期不疏浚，历代政府疏于管理和不作为，再加上居住人口密集，特别是解放前，这三里河成了一条臭水沟。新中国成立初期，臭水沟被改为地下暗沟。

我顺着弯曲的胡同往西走，看到被拆掉的破旧平房的地界里有一条自东向西新修建的宽约两三米的小河，看上去河水清澈，涟漪绵绵、河水中那一群群赤红、洁白的锦鲤鱼，有的静静聚在一起，不知是沉睡还是在沉思；有的则摆着尾巴，似早起的老人散步一般慢慢游荡、潇洒自如，就像是朵朵泛红、洁白的睡莲。小河上的这座小桥有点独特;石头打造的桥面，似沉在河中，又像是漂在河上。桥边那略有些枯干的水草，就像冬日里守卫在这里的卫兵一样，凛然屹立着。抬头望见小河对岸那棵高大的杨树，叶子几乎脱落完的树杈上，一对恩恩爱爱的喜鹊在自己的家里，叽叽喳喳地像是在相互倾诉着甜言蜜语，又像是对我发出欢迎的问候。大树细枝头上稀落地挂着几片黄叶，在初冬里显得是那样地肃静。

我从小河边旁边矗立的简介牌中看到：三里河景观修复，采用了多种环保的措施。通过活性炭和叠泉的景观设置，保证了景观美化的同时，还净化了水质。在景观的取材上，工程采取了旧材新用的方式。谁能想到，这老三里河小河边上古香古色的凉亭，竟然是用拆除的老房子的旧房梁搭建而成。

二

几年前，就听说前门东侧的这片旧平房要拆迁改造。于是在我心中燃起了一定得去看看的火焰。在几年的时间里，在不同的季节我或开着车、或是溜达着分别来到这里。怀着忐忑、期盼和美好的心情，好像是来瞻仰，好像是来参观，又好像是重温儿时住在胡同里的梦一般，心情疯狂到了极点！

当初我是想尽快来到这里，领略一下在这里不知沉睡了多少年的，又浑身带着多少伤痕的老胡同风貌；想站在这里，面对脱落的墙皮唤起心中对这片胡同的挚爱；想走在这里，摸一摸斑驳的墙砖，感受感受那时间隧道的遥远。

我清楚地记得，当我第一次兴冲冲地来到这里，看到这成片的、满目沧桑的房屋和露着窟窿的墙体时，走在这秋风扫着落叶，略显苍凉的胡同里，多少让我心有些伤感，也多少让我心有些刺痛！年久的沧桑感油然而生，摇曳的风雨啊，怎么会把我心中美好的现实冲刷得这样七零八落？

不管怎样站立在这胡同里，使劲吸一口胡同中带着拍三角、滚雪球那新鲜的空气，我的肺腑里似乎都装满了儿时的负氧离子；不管怎样行走在这胡同里，看一看这一间间脸上都布满了皱褶、如今渐渐进入衰老阶段的老平房，心里还是有些知足的；不管怎样穿行在这胡同里，再摸一摸这伤痕累累的一面面土墙，想想当年用扫帚枝从墙窟窿掏蛐蛐时的喜悦，我干枯的心湿润了！

这更让我回忆起上个世纪60年代，家来北京住在胡同里的岁岁年年……

　　那年我7岁时刚上小学，就跟着父母从辽宁旅顺苏军盖的洋楼里搬来北京。就住在大前门外鲜鱼口东边那片平房一条叫德丰西巷的胡同里。记得这条胡同大致是东西走向的，东边还有德丰东巷。小学、中学甚至结婚后还住在这胡同里，在这里一下子就住了几十年，我感到这里有我的爱甚至有我生命的根。

　　儿时的感觉还真好。

　　那时放了学可以在不宽的、全是土路面的胡同里踢球。三四个同学就是一场足球赛，在胡同边上摆上两块小石头就是一个大门，看谁踢进去的球多。为争着踢那个不大的甚至气还不足的破皮球，几个小同学滚得满身是土，回到家里就活生生的是一个"土猴"了，母亲见了不是一顿唠叨就是几巴掌。可是再次看见人家踢球，我早已把母亲的唠叨和巴掌放在了脑后；玩"砍包"是最热闹的游戏，每队四五个男女孩子，当你这拨人赢了是站在对方两边人的中间，对方站在你们这拨人的前后，手里拿着自己缝的，装了半包沙子的六面形沙包，奋力砸向中间的人，如果中间这拨人无论谁接到了，就算赢一分，可以救活被对方手中沙包打中的人，继续上场。如果打在身上没接着就得下去（我们开玩笑是"下蛆"）。这个游戏就是看你机灵不机灵，稍笨点的或是跑动不灵的人往往只能看着；还有在胡同里找块平点的硬土地，吹吹地面上的浮土，我们几个放学的孩子就跪在地上玩拍三角；秋末冬初的季节，满地的杨树叶从树梢上飘落在胡同里，那厚厚的、暄暄的，踩

256

在上面真是美极了，小同学们还忘不了捡起杨树叶，掐掉叶片只要树叶的梗，玩"拔梗"，看你的树梗结实，还是我的结实。我经常是两手紧揪着树叶梗的底端，让露出的部位少一些，这样树叶梗就不易断，拔不断就算赢了……

那年郭兰英的一曲《丰收之歌》红遍了胡同，唱遍了学校。放了学在胡同里调皮的男孩子们一边揪着耳朵闹着，一边踢着小砖头走着，嘴里还不断哼哼出这朗朗上口的曲子："麦浪滚滚闪金光，棉田一片白茫茫，丰收的喜讯到处传……"

离家不远就是我的母校——鲜鱼口小学。这所小学是个小二层楼，班级不多。我的小学老师是位慈祥的母亲。那年春天我放学后开始发烧，后来一直在烧，到医院一检查是得了麻疹！由于父亲在外地出差，不识字的母亲着急得很。一是怕不退烧的我很可能有个三长两短的，二是她不知道让我怎样吃药，甚至几种药堆在一起是饭前吃呢还是饭后吃。

班主任知道我两天不来上课，觉得我这个从来不逃学的好学生肯定是有什么情况，于是放学后到家里来家访。当她知道我家的情况后，就常到家里来看望我，跟我母亲说这种小白药片要饭前吃，那种带着黄色糖衣的圆药片、大一点的白药片、上边还写字的黄药片是饭后吃，每次都叮嘱说可别把药吃错了，这样对孩子没有好处。老师来时总不是空着手，昨天带来几块动物饼干，今天拿出一袋爆米花……

在这里，我家离着"天兴居"包子铺很近，记得那时出了家住的院子，往西一拐，顺着净是风景的胡同走不了多远就到了。昔日的"天兴居"也是很诱人的！星期天家里来了亲戚吃什么呢？母亲掏出几块钱来，叫我去买上几斤包子就是主食，她再做个西红柿鸡蛋汤一顿饭就这样解决了。

这包子可是最好吃的啊！刚蒸出来冒着热气，那个年代咬一口感觉真是香得流油，只要一闻见这包子味，哈喇子甚至还会流出来。这次母亲让我拿了一个不太大的铝盆，接过钱我屁颠屁颠地边走边踢着胡同里的石头子。买的包子到手了，还没到家呢两个香香的包子就进了我的肚子！到了家母亲一数看见包子少了，就问怎么少给了啊？我红着脸简直无话可答！

上副食店打一毛钱的酱油和醋，母亲让我买韭菜、茄子、黄瓜一些菜是常事，这里面没有什么"油水"可捞。记得那天街坊们说副食店来了芝麻酱，我赶紧放弃了玩，回到家里对母亲说，副食店来芝麻酱了。母亲递给我一个大白搪瓷碗，我拿着钱和副食本就气喘吁吁地来到这里。我估摸着排了十来个人的队大约半个来小时，家里六口人（那时可能一人一两吧，记不太清楚了）有大半碗的芝麻酱就装在碗里了。这下可把我乐坏了，为什么呢？"偷吃"一口还是少不了的！我也不知道刚刚还在土地上趴着拍三角的手指头干净不干净。反正是用我右手的食指使劲杵到碗底，拔出来后只见手指头上沾了香香的、稠稠的芝麻酱，往我张大的嘴里一放，好像这芝麻酱的味道直冲着我的鼻子来了。"真香啊！"我抑制不住自己的情感居然还叫出了声音。

初中那年，在学校组织的学农中。由于在郊区与农户们住在一个房子里，又是睡在同一铺炕上，再加上一天天劳动的汗水和灰土灌满了全身，腰围处被虱子咬得全是大大小小的红包包。学农结束到了家门口，母亲一掀我的背心，二话不说赶紧叫我到鲜鱼口那儿的大众浴池去洗澡。这次洗澡我感到是最舒服的一次了！因为有两个月了，全身的皮肤已经被村里细细的土面如雪花膏一般给涂上了，皮肤想喘口气的机会都没有了。这回我光是在热水池子里就泡了近一个小时啊！这种享受至今还刻在我脑子里。

要说住在德丰西巷胡同的平房中，冬天最最要紧的事就是自来水晚上的"回水"，那可是生活中的一件大事。老北京人都知道，夜晚回水是保证第二天的正常用水。自来水都是院子里大家共享的，所以冬天晚上自来水水管的"回水"都是轮流的。由于那个年代北京"三九"天气很冷，要是今天晚上轮到咱给自来水管回水，自己给忘记了，那么第二天这水龙头准保歪歪了（就是被冻掉了）。这不但自己洗菜、做饭不方便，还要受到同院子住在一起的邻居的指责！

后来长大了，总觉得走在窄窄的胡同里憋屈得慌，住在那几十年历史的破落院子里，人多嘈杂，房屋漏雨。特别是夏日里，家家户户拿着盆、提着塑料桶都排队等着那像滴香油似的自来水，让人极度难忍。还有那臭烘烘的下水道，如同小说里的龙须沟，都让人心烦。

记得那年有了儿子，傍晚下班刚进屋门，屋外瓢泼大雨就哗哗落下，那震耳欲聋的雷声裹着凶猛的冰雹从天而降，风大、雨急，还有如樱桃似的冰雹，差点把我居住的那间苍老的小平房的房顶给掀了。眼看着院里的水迅速漫涨就要淹过门槛了，忽听后山墙床底下有哗哗的漏水声，拿起手电，撅起屁股钻进床下，手电的光柱迅速照射着那面泛着黄水的后墙。不妙！墙缝开裂的地方，有一股水如小男孩撒尿般使劲往我床底下灌。无奈，我只好让孩他妈拿起脸盆递给我，放在喷涌得跟"趵突泉"似的地方。

三

回忆着往事，多次我都站在老三里河这片胡同里，看着，想着，任由思绪回到以前……

我盼着这里赶紧改造成现代化的高楼大厦，让住在胡同里的市民尽快享受楼房的温暖和温馨，让这破旧的平房不在！

可是我又非常愿意站在这沧桑的胡同里，天天感受这里浓浓的老北京文化气息和这胡同里的冬夏和春秋。

当然每次来，我都用手中的相机和手机，记录一段段沧桑的回忆，带回去，带回去，待到夜深人静的时候慢慢地"咀嚼"，回味那绵绵的过去。

昨天又一次来到这里，我那梦想早已变成现实：这里还是平房，可是大部分已经翻盖；这里还是胡同，可眼前竟有小河流水哗啦啦的响声！

顺着新建的小河河岸有长巷二条、三条、四条、五条等胡同。这汇集了泾县、南昌、江右、丰城等诸多会馆。

这还是那片曾让我感叹又忘不掉的院落和胡同吗？

是的，就是那片院落和胡同！我不敢想象。

我的心中不由得发出感叹：美！冬日的东三里河。

可是我居住过的德丰西巷在这里消失了，我家居住的院子和冬日里阳光融融的大北屋子不见了！这可是我的挚爱啊，怎不让我一遍一遍地来到此地，在我的头脑中尽情地回忆呢？

这天，当我沿着这片胡同新修建的弯曲的河水，走到西边的鲜鱼口时，太阳的光芒已经穿越寒冷的大气层，照在这小河的水面上，阳光透过不多的树叶，斑驳地洒在用"老砖"恢复的800余米的河道边那古香古色的地面上。更让我吃惊的是：西出口的道边上那不知名的小草花，竟能旺盛地开着，一簇一簇的，红色的像火焰，白色的像细棉，黄色的像绸缎。我用手机赶紧拍照下来。问清晨出门遛弯的一位头发苍白的老人，她摇摇头；又问一位外套红色羽绒服、四五十岁的中年人，他还是摇摇头。我想莫非在这初冬里，这些小草花也打了鸡血，个个顶着花朵亢奋得不得了。还是这里的园林工作者告诉我这花开的秘密：一是今年冬天暖和阳光充足，二是大家爱护，又管理得好，才让花期延长。

我在感叹园林艺师智慧的同时，感叹东三里河的这片胡同又把我带回了暖暖的家！

（作者为北京作家协会会员、东城作家协会会员）

南锣鼓巷记忆

张大锁

在咱北京城，大大小小的胡同得有近千条。在这些胡同中，有一条恐怕是无人不知，无人不晓。它就是北连鼓楼东大街，南至平安大街的南锣鼓巷。

我打小生活在与南锣鼓巷纵横相交的黑芝麻胡同的一处四合院里。历经半个多世纪的时光，从没挪过地方。打开院门，到南锣鼓巷最多不过20米，在那里留下了我很多难以磨灭的记忆。

一

听老辈儿人说，南锣鼓巷建成于元代，当时叫"罗锅巷"，到清代乾隆年间才改名为"南锣鼓巷"。上世纪七八十年代，南锣鼓巷还没有进行改造，也并不出名，但它却是我儿时幸福的乐园。那时的孩子没什么游乐项目，我记得当时比较流行一种游戏叫"摔方宝"。方宝一般用书纸或比较硬的纸穿插叠成，方方正正的。最大的方宝和油饼儿差不离，最小的比指甲盖略微大一些。最常见的是

10厘米见方的。玩法比较简单，找面山墙，几个孩子将自个儿的方宝按在墙壁上，"一二三"，一松手方宝落在地上，谁的方宝滚得远，谁先摔。摔方宝的人，将自个儿的方宝用力摔在对方的方宝上，靠产生的风或适当的角度把地上的方宝翻个面儿，翻面儿成功那对方的这张就归你了。

那时候，只要是节假日或者放学后，我们这些半大小子准保是三个一群五个一伙儿，聚集到南锣鼓巷的墙根下摔方宝。玩这，我们的瘾头甭提多大了。夏天，老爷儿特别毒，晒得大家伙儿四脖子汗流；冬天，哈气成霜，一个个小手冻得跟胡萝卜似的，我们照样是兴致高涨，家大人不三番五次喊吃饭绝不回家。

咱北京的老人儿有午睡的习惯，尤其是大夏天的，不眯瞪个午觉一下午都没精神。奶奶怕我大晌午的到处乱跑，愣是要把我按在床上一起睡。我这心里跟长了草似的，净惦记着玩儿方宝去呢，哪儿睡得着。没辙只能假模假式闭着眼，熬到奶奶进入梦乡，我便悄没儿声溜下床，带上三五个方宝，如同出笼的小鸟般飞到南锣鼓巷里，寻着"啪啪"的声音而去，必有一番酣战。

那时候，居住在胡同里的人关系都非常融洽，亲如一家。不要说一个院子里住着的，就是隔着几条胡同一点都不生分。可不像现在住楼房的，门对门好几年都不知道姓字名谁。

我小时候，每到腊月初一，奶奶都会炒上一锅棒花儿（玉米花）。一来为孩子们解馋，二来听着锅里玉米粒鞭炮似的"噼噼啪啪"图个吉利。炒棒花儿是需要手艺的，火候必须得掌握好，锅不能太热，也不能过凉，最好能在锅里放些细沙子，让玉米粒受热均匀，这样炒出来的棒花儿才好吃，酥脆中带着一股玉米粒儿特有的香味。不过，在城里沙子可并不好找，多数时候我家都是直接用小把锅炒，玉米粒不容易开花，多是死豆，还时常黑乎乎。

记得有一年的腊月初一，我放学走到南锣鼓巷，惊喜地发现王奶奶家院门外有一堆沙子，便颠儿回家对奶奶说："奶奶，门口有沙子，一会儿我撮一簸箕，咱炒棒花儿！""那是人家王奶奶家准备盖小厨房自个儿掏钱买的，你要先和王奶奶说好，借用一下沙子，用完给倒回去，咱可不能偷摸着用。"敲开王奶奶家的门，当我说要借沙子炒棒花儿时，王奶奶笑道："借啥沙子，奶奶家的沙子随便用。"说着，踮着一双小脚儿，从门后的墙上取下一个铁网筛子，"宝贝儿，先用这个把沙子筛筛，炒棒花儿沙子不能太粗。"因为有了沙子，那一次，我家炒的棒花儿格外酥香，以至于几十年后还能回想起当时的味道。

二

南锣鼓巷进行商业化改造应该是在上世纪90年代末。由于地理位置的优越，没几年的光景，南锣鼓巷就声名鹊起，被誉为北京必去的10个地方之一。每逢节假日，这里都是人流如织，热闹非凡。除了固定的店面，南锣鼓巷连同相接的几条胡同都涌动着不少的流动商贩，卖小玩具的、卖冷饮水果的、卖米糕、吹糖人儿的……叫卖声此起彼伏。一道红漆大门将我家的小院与外界隔成了两个世界。可谓：门外喧嚣，院内安然。

那时候老爸还在世，70多岁的他让小妹帮着趸了一些小孩子玩具，在大门口支起一张小方桌，放个小马扎，做起了小生意。顺便给那些穿过胡同想前往后海的游客指指路。我也曾担心老爸累着，想劝他收了小方桌，在院内喝喝茶，看看电视。但看到他见天儿乐乐呵呵，精神饱满地准时到门口"上班"，与南来北往的游客攀谈的快乐模样，便打消了那个念头。

在我的记忆里，南锣鼓巷的店铺开得长久而不换招牌的并不多。而位于黑芝麻胡同与南锣鼓巷交界处的西北角上那家小咖啡店却坚持了十多年。店名很响亮——登陆，我估摸着是店老板受到了第二次世界大战盟军诺曼底登陆成功的启发，起的这个店名。咖啡店店面不大，也就30平方米左右。除了吧台之外，店内摆着三四个一尺宽、二尺多长的迷你小桌子，将将够两个人面对面对饮闲谈。咖啡店有三扇小窗，除了严冬，窗子一年三季都是敞开的。坐在里面可以看到胡同里熙熙攘攘的行人。那扇朝南窗外的地上有两盆茂盛的龟背竹，若是细雨蒙蒙的日子，约上好友临窗而坐，品着咖啡，看着雨滴在龟背竹肥厚的叶子上跳跃，看着行人撑着五颜六色的小伞，听着鞋底在洁净的石板路上发出清脆的声响，真是别有一番滋味在心头。

那年的初夏，也是一个雨天，也是在这个小咖啡店，我与相识不久的女友约会。看着窗外如烟的雨雾，以及石板路上溅起的点点水花，女友竟然来了一句：这情景让我有种身在丽江古城的感觉。的确，细细品味，除了少了一道蜿蜒的流水，南锣鼓巷真的有点儿南方古镇的韵味。

三

南锣鼓巷的再一次蜕变是在2016年，政府对南锣鼓巷进行了封街升级改造。全面提升服务质量，让商业旅游与居民宜居并蒂花开。流动商贩消失了，各家店铺窗明几净、粉刷一新。以前很少逛锣鼓巷的附近居民闲暇之余也喜欢到五花八门的小店中走一走、看一看，吃上一串糖葫芦，喝上一杯纯正果汁，或者来上一幅剪纸画送给家在异地的亲朋。我家大门斜对面新开了一家经营北京炸酱面、爆肚儿的小馆，虽然近在咫尺，我却一直没进去过。

有一阵子，不知道什么原因，上小学的女儿总是食欲不振，吃嘛嘛不香。咱中国人有句老话儿"吃啥补啥"。于是，我从厨房取了个搪瓷碗，直奔斜对面的小馆。店主人是一对20多岁的小夫妻，男的负责后厨，女的负责柜台。见我进门，女主人热情地打招呼。我说家就住对门，孩子不想吃东西，特地来买上一碗爆肚儿。女主人一听是邻居，当即冲后厨喊道："来一碗爆肚儿，多加点儿肚丝。"手捧热气腾腾的爆肚儿，女主人竟然死活不肯收钱，弄得我这心里既温暖又不好意思。人家开门做生意不易，房屋水电挑费不小，咱咋能占便宜？还好，现在基本都是微信支付，我掏出手机直接扫了微信码。

当第一次吃爆肚儿的女儿将脆生生的肚丝放进嘴里，并发出动听的"咯吱、咯吱"声时，我满怀期待地问："味道如何？"女儿只回答了一个字："香！"随后是一脸的满足。

从小在南锣鼓巷长大的女儿，对这里特别熟悉。每有亲朋来访，她总是自告奋勇担当逛街小导游。出色的介绍，常常赢得亲朋的点赞。2019年，东城区教委在中小学生中征集"新童谣"。女儿仅仅用了十几分钟就创作了一首《南锣鼓巷》。

我家住在锣鼓巷，

小小胡同不一样。

一年四季人熙攘，

世界朋友都向往。

特色商品种类全，

人人脸上笑开颜。

胡同虽小作用大，

北京文化四海传。

作品上交之后，班主任当即组织班上同学组成了拍摄小组，准备为这首童谣制作视频。女儿身兼撰稿、导演、演员三职，和她的同学一起在南锣鼓巷拍了半天儿，并请同学家长帮忙做了剪辑。童谣和视频代表学校被推荐到了区里参赛，不久喜讯传来：女儿的《南锣鼓巷》获得了东城区新童谣大赛视频一等奖，文字撰稿三等奖。这可是孩子破天荒获得区级奖项，那份喜悦真的是无以言表。

光阴似箭，日月如梭。如今的南锣鼓巷已经被时光打磨成了京城一颗璀璨的明珠。来北京旅游、探亲的人大多会在闲暇之余到南锣鼓巷走一走、看一看，买上一件可心的商品，或者来上一份北京小吃。有人说："没看过兵马俑，不能算到了西安；没见过秦淮河，不能说去了南京；没欣赏过趵突泉，不能说到过济南……"而我要说：您如果没来过咱南锣鼓巷，是不能说到过北京城的，更不能说到过东城。南锣鼓巷这条小小的胡同，在大多数人眼中也许只是一条胡同，或者是个商业街，是个旅游景点，但她在我的心中却有着无可替代的位置。她陪伴了我家几代人，我见证了她的成长与变迁，她已经同我的生活融为一体，成为我生命的一部分。

（作者为北京市东城区教育科学研究院办公室主任、北京市东城作家协会会员）

我在南锣等你飞

吴京华

　　说起北京的南锣鼓巷。那是墙里开花墙外香，名声在外。美国的《时代》周刊，在其精心挑选亚洲25处不得不去的地方中，南锣鼓巷就是其中之一。对于北京人来说，去过南锣鼓巷，根本不算什么稀罕事。但我，却在南锣鼓巷飞过。

　　我生在北京，长在北京，总在不经意间，就从南锣鼓巷走过。在我还在孩童时代，我父亲就曾经带我去南锣鼓巷玩。我的爷爷、大爷、叔叔都是高干，他们有些同学、同事，还有一些姻亲在北京高就，常与我家有走动。我父母所在的单位也很神秘，有持枪警卫站岗，很多中央领导的子女和我的父母是同事。我家旁边是将军楼，和我一起玩耍的伙伴儿有将军的孩子，也有中央办公厅工作人员的孩子。某司令员的儿子与空军司令吴法宪是邻居，他常到我们家串门儿、聊天儿，每次来我家，常给我带来一些零食吃。

　　有一天，父亲把我从幼儿园接走，说带我去玩儿去。我坐进了一辆军绿色的吉普车，坐在车内，闻着汽油味儿，不但不觉得呛，反而很庆幸自己能坐进小汽车儿里，在北京城的街道上"嗖嗖"地飞驰。那时，马路上看见最多的是马车和公共汽车。自行车不是每家都有的，步行上班的人占大多数，"私家车"这个词在那个年代还没有出现。在天安门附近有时可以看见"红旗"轿车。我坐着汽车往窗外东张西望，见小汽车从鼓楼东大街飞驶进了南锣鼓巷里，然后，一拐弯儿，在与南锣鼓巷相连的胡同里停了下来。都说南锣鼓巷像一只有八条腿的蜈蚣，以前，人们还称它是"蜈蚣巷"。我去的地方相当于是蜈蚣的一个足。汽车就停在一个有石狮子的院子门前。院门是红色的，门环金灿灿的。那个年代，小汽车停在胡同里是很正常的事情，不但不会有谁把汽车给拖走，还会像吸铁石一样，吸引胡同里的孩子们过来围观。下了车，父亲领着我上了台阶，叩动门环，院内露出一张笑脸把我们迎进院儿里。我按照父亲的教导，向他们逐一问好。父亲指给我说，这个叫大大，那个叫大娘，这个叫姐姐，那个叫哥哥……我就按照父亲说的挨个叫人。有一个二十岁左右的大姐姐，给我抓了几块糖，还抓了些花生、瓜子放进我的兜儿里。然后，就领着我在院子里玩耍。院子很大，也很整洁。不像电视剧《贫嘴张大民的幸福生活》里住着很多人家的大杂院儿。这个院子里有东西厢房，且不止一进。有后院儿，有花园。院里有花，有树。只是，我那时太小，才5岁，不认识那是什么树，也不往心里记人家的门牌号，以及这家人姓什么，更不去听大人们都聊些什么，只记得，父亲说是去一个领导家。因为，父亲交际广，且热心助人，我们家里也常高朋满座。迎来送往，相互走动，也并不新鲜。饭桌摆在院落第一进的南北朝向的大房子里。加上我和父亲，约十口人。饭菜摆了满满一大桌。有炸丸子，有梅菜扣肉、红烧肉，还有一盘儿香肠儿，一盘儿小肚儿，一盘儿酱肘子，一条红烧鱼，木须肉，还有白酒，炸花生米等小菜。我吃得很开心。因为，当时还是计划经济时代。我们家每次去副食店买肉，只买两毛钱的肉，且还要拿着副食本。买花生，买鸡蛋，买黄花，买木耳，也是要划副食本的。光是做这一桌子菜用的肉就相当于我家一个月的猪肉定量。黄花、木耳是过春节才供应的食品呀！五年后，我去吃婚宴，都没有这一天在他们家吃的菜"硬"。也是这顿美味佳肴，使我记住了我曾"飞"到南锣鼓巷。

十年后，我途经南锣鼓巷，在它旁边儿的胡同里，看见了那一对熟悉的石狮子，还有那扇熟悉的红色大门。我停下了脚步，想了又想。最终，还是没有鼓起勇气迈上台阶，去叩动那对金灿灿的门环。

时光如梭，繁华易逝。几十年的斗转星移，早已物是人非，昔日院子里那个给我奶糖、花生、瓜子的大姐姐，现在，恐怕已有70多岁了。即便走在南锣鼓巷里打个照面，我们也很难认出彼此。日子过得可真快呀！一眨眼儿的工夫，就过去50多年啦！那个院子里的伯伯现在恐怕已经不住在这个院落里了。倘若院落里的新主人打开门儿，看到我。我们又能聊些什么呢？洪承畴的院子也在南锣鼓巷，且前门儿和后院儿都不在一条胡同里。遥想昔日，是多么风光。现在，"洪宅"已沦为民房，曾经的豪宅已显陈旧。还有昔日的"皇后府"，曾经见证过婉容风光出嫁的盛大场面，而今，往日的繁华也只剩追忆。就连溥仪回趟故宫，都要自掏腰包买门票。这个世界变化很快。我的父亲已不在人世。数十年前，他带我去南锣鼓巷做客，已恍然是前世的记忆啦！

这一世，我也"飞"过南锣鼓巷。那是一个周末，我带女儿到南锣鼓巷游玩。刚一进巷子，就有两个小姑娘管我闺女叫"张浩然"。这一声呼唤，只因为我闺女与这位明星撞脸。我竟然在不知不觉中"飞"进了一个追星的时代。我重新打量着这里，巷子里人多得简直出乎我的意料。我经常在节假日的旅游黄金周去外地旅游，全国各地旅游景点虽然熙熙攘攘，游客络绎不绝，但绝没有像南锣鼓巷这样摩肩接踵，人头攒动。旅行社的导游摇着小旗一批一批地往这里带游客。使这条不足800米长的胡同，让人有要窒息的感觉。这条巷子原本日均承受量为1.7万人。但实际上，日均接待游客量都在3万人以上，有时，日均游客量突破了10万人，一度超过故宫。南锣鼓巷店铺的租金也随着游客的增多快速暴涨了几十倍。我带着女儿在各家店铺里转了转，只给女儿买了一杯奶茶解渴。其余的商品在我闺女看了商品的价签后，她又掏出手机进行网上比价，之后，她选择从网上下单直接快递到家。我闺女对我说，这样，还不用拎着呢！多爽！我不由得感叹，我已"飞"进入信息时代。

因为，这里的客流量大，很多商贩削尖了脑袋想往这里扎。胡同里的私搭乱建越来越多，加上汽车、自行车胡乱停放，胡同里的环境卫生状况也越来越差，满地都是游客随手丢弃的竹扦子、饮料瓶。游客从白天到深夜都在这里的酒吧欢聚，居住在这里的老街坊日夜被游客的喧嚣声惊扰，苦不堪言。

过去的南锣鼓巷负担实在是太大啦！不光是人满为患，更重要的是商业业态的无序发展和商户私搭乱建所导致胡同风貌的严重破坏。居民门口随意停放的汽车、三轮车、自行车，使原本狭窄的胡同形成"肠梗阻"。狗皮膏药似的小广告随意乱贴，空调外机随意地挂在墙上，天上还"飞"着各种奇形怪状的电线，交织如蜘蛛网一般。旧城改造迫在眉睫。

2014年正月里，习近平总书记就全面深化改革、推动首都更好发展特别是破解特大城市发展难题进行考察调研，他先后走进南锣鼓巷旁边的雨儿胡同29号、30号大杂院，到居民家中察看，嘘寒问暖。2015年起，北京市东城区以南锣鼓巷地区雨儿、帽儿、蓑衣、福祥四条胡同为试点，创新推出了"申请式腾退"政策，把选择权交给胡同居民，老街坊们可以自愿选择"去或留"。外迁居民可以通过适度补偿，搬到面积更大、设施更现代化的新小区居住。2016年开始，南锣鼓巷暂停接待旅游团队，政府相关部门和由商户组成的商会携手努力，进行"自救"整改。不堪重负的南锣鼓巷，开启了它的"瘦身"工程。

时隔多年，南锣鼓巷的情景如何？胡同里的商铺有何变化？带着这个疑问，今年夏天，我迈进了古巷，探寻南锣鼓巷的古韵与新貌。

我抬头望去，头顶的飞线没有了，露出了通透的天空。同时，曾经外挂的空调外机也都统一做了隐藏装饰。最难得的是，很多老建筑重新展露真容。

"莫道人行早，更有早行人"。清晨，居民们纷纷走出家门去街上吃早点，很多店铺也早早地打开了店门，迎接八方来客。

在南锣鼓巷路南边儿的南锣鼓巷147号，有一位手艺人坐在店门口用小锤"叮叮当当"地锻打着银器。我见他的店铺牌匾上刻着几个大字——"北京大银家"，在几个大字下面还刻有一行小字——"小锤敲了一千年"。我觉得这里有故事，便走进店里与之交谈。

在交谈中，我知道了他叫段志涛，是大理白族人，他的祖祖辈辈都是做银的。他跟随妈妈姓段，是段氏家银器传人。2003年，他来到琉璃厂开店，这一干就是20年。大理段氏家族和寸氏家族的手工银器制作在全国最有名。段氏家族既打黄金，也打白银。CCTV-9，"银究"传奇栏目在隆福寺给他拍纪录片，记录他在北京打银器的经历。段志涛，来自云南大理的手工银匠，在北京胡同里待了20多年，感觉北京的胡同文化非常好。特别有乡情的味道。很有胡同底蕴。他一直很喜欢北京的老胡同。段志涛作为新北京人，在北京传承手工艺，保护胡同儿，留住乡愁的故事，在BTV-老行当、CCTV-9纪录片频道播出了几十次。

段志涛对我讲，白族的手工艺是从古代传承到近代。改革开放后，他在云南制作银器。他15岁到西藏学手艺，2003年，他带着老婆孩子到北京创业，一直到现在。段志涛在北京通州有作坊，且又雇了几个人干活。他在云南的村子——中国民间手工艺之乡新华银都水乡新华村，也有自己家的作坊。他们那个村子，在全世界都出名儿。在那整个大理白族自治州，段氏在北京待的时间最久。当然，在北京也有比他来得早的，但这几年很多银匠都离开了这里，回村加工银器，再通过网络销售。段志涛店里卖得最好的就是花开富贵银壶，那栩栩如生的牡丹花片儿花瓣，都是段志涛一锤一锤，一錾一錾，敲打出来的。他的店铺里还有银首饰、银摆件、银保温杯。这些物件看似普通，但这些都是民族文化的传承。

在南锣鼓巷的商店里能看见很多国家级非物质文化遗产作品，有毛猴，有景泰蓝工艺品，有捏面人，有吹糖人……

在《红楼梦》第五十二回中：晴雯因为大雪夜晚没穿外套就跑到户外，受了风寒，发烧、流鼻涕、咳嗽。宝玉着急，找了两位中医看，一次胡乱开药，一次服了药，只发了汗，"仍是发烧，头疼鼻塞声重"。在这种情况下，宝玉让麝月拿来了一个西洋鼻烟壶，这是一个金镶双扣金星玻璃的小扁盒子，打开盒盖，看见里面有一个西洋珐琅的黄发赤身女子，两肋生有肉翅，里面盛着些真正汪恰洋烟。晴雯"用指甲挑了些嗅入鼻中……忽觉鼻中一股酸辣透入囟门，接连打了五六个嚏喷，眼泪鼻涕登时齐流"。这里提到的鼻烟壶，在南锣鼓巷里就能找得到，这家店叫"益德成"。清代随着鼻烟的盛行，闻药走入人们的日常生活，不仅作为药品更作为一种生活方式。这里的闻药有的可以医治出鼻涕的，医治过敏性鼻炎，还有，闻药是司机提神必备的。这家店是300多年的老店，在南锣鼓巷开了有9年啦！每天到这里的顾客川流不息，这儿的口碑特别好。店里还卖口袋、口罩、香囊。闻药的种类还挺多，有通关止鼾散、通推正骨散、安枕相眠散、鼻通正气散、火中精。在门口的柜台里摆着卖得最好的老烟坯、薄荷芯。薄荷芯是提神醒脑，治感冒头疼鼻塞用的。老烟坯是辅助戒烟，替代烟草的。听店里的顾客询价，我才知道这东西不贵，才400块钱一两，还没有香奈儿5号贵呢！再在店里配一个精致的鼻烟壶，拿在手里不仅有范儿，还能"提神醒脑清心开窍，一吸一闻一嚏一爽"。待里面的老烟坯吸完了，还可以拿着这个鼻烟壶去店里再买一点儿续上。即便不想再往鼻烟壶里面装东西，它也是个手工艺品，看起来赏心悦目啊！

在南锣鼓巷鳞次栉比的店铺间，残留有一些古迹，例如：万庆当铺的遗址。现在，万庆当铺虽然已经荡然无存，但据1940年，中国联合准备银行调查室编写的北京典当业之概况记载，"万庆当铺位于南锣鼓巷3号，成立于民国二年1月，注册资本为14000元，有职员共八人，经理为郭润田"。当时，京城当铺以展柜姓氏著称的有"常、刘、高、董、孟"五号，万庆当铺属于"当铺刘"掌管。南锣鼓巷东西两侧的达官显贵，是万庆当铺的主要客户。解放前，万庆当铺因衰败关闭。2006年8月，万庆当铺重新整修，露出"万庆"两个字。墙面上三处门洞儿为万庆当铺的店门，仍保存较好。现当铺铁门密封在墙内，右侧是当年万庆当铺门前的夹杆儿石，中间留设的圆孔，为立杆儿支棚所用。2006年8月在南锣鼓巷道路施工时被发现圆孔距墙边儿两米左右，后移至此处。就是这个夹杆石中间留设的圆孔，为立杆支棚所用。

还有一些北京的老字号如稻香村、都一处、月盛斋、全聚德等在南锣鼓巷里也都能找得到。

当然，在南锣鼓巷里也有一些现代的元素。南锣鼓巷20号呢，是一个美食城。其不远处，还有酒吧、蛋糕店、服装店、冷饮店……

这些年，我去过太多的古镇、古街。这些古街、古镇无外乎悬挂一些红灯笼，卖一些小吃或是民族服装，就好像都是一个模子刻出来的，一点儿新意都没有。但是，当我走到南锣鼓巷最北头的时候，我被一个数米高的火箭模型给吸引住了。我在航天部工作了一辈子，远远地一瞅那4个助推器，立马就认出这个火箭是长2F运载火箭。长2F运载火箭可以说是"金牌"火箭。它曾多次万无一失地完成发射任务。壮我国威，振我军威。我以前来南锣鼓巷从来都没有看到这个火箭模型。我询问店里的小姑娘，这个火箭模型是什么时候摆到这里的？小姑娘说，这个店是去年10月1日开张的。他们店里有飞越神州大型裸眼全景飞行体验。就是不用戴眼镜，也能轻轻松松体验飞越的感觉，感受高空飘逸的自由。飞行体验给你的人生添光加彩，让天空成为地球上最美的地方，可以轻松感受飞行乐趣，是您翱翔蓝天空中观光的不二选择。没有翅膀咱也照样飞。里面有30个场景可以体验，88元一个人，188元三个人，想体验飞行的可以在我这儿购票。

我问，有哪30个场景？小姑娘答，场景有：雪域高原、布达拉宫、浙江乌镇、上海陆家嘴、港珠澳大桥、桂林山水、湖南天门山、长城、紫禁城、水立方鸟巢、海底世界、广州塔、航母编队、航空站、地球、日月潭……

正说着话，有一对夫妻领了个小孩推门进来了。小姑娘热情地招呼客人买票落座等候。由于这里的客流量大，不到五分钟就进来了十位客人。见这么多人都买票体验，我这个与长2F火箭零距离接触的人，怎么能不加入坐火箭体验飞行的行列呢？我奉献航天事业数十年，日夜精心工作，只为了向祖国人民交一份满意的答卷，保证火箭发射100%的成功率。从来没有坐过火箭遨游太空。每当我坐在直播现场，看到航天员走进舱口在太空遨游，我的心情都无比激动。我曾经作为我院12名优秀职工的代表之一，到人民大会堂开会，聆听中央军委主席的讲话，至今，我还保留着去人民大会堂开会的请柬和纪念品。

战士爱战马，航天人爱火箭。我一看见长2F火箭模型就特别高兴。我和店员说，我从远处一看这个火箭模型我就认出来它是什么型号的火箭啦！十多种火箭模型要是摆在我的眼前，我都能准确无误地说出它的型号。因为，我是航天人，我工作在总装火箭的"一米线"内。我见过"火箭之父"钱学森，见过航天员，见过杨利伟，见过杨利伟曾进出过的舱口。我曾触摸过真正的长2F火箭，还和真正的长2F火箭合过影，我还见到过在太空执行过任务的返回舱。那个返回舱现在在航天博物馆里放着，你有空儿可以去那里参观。

小姑娘没有想到在熙熙攘攘的南锣鼓巷里居然偶遇铸箭人。出于对航天人的崇高敬意，小姑娘盛情要求我免费进太空舱体验。我踏着台阶走进舱内，系好安全带，站稳扶好后，火箭点火起飞，伴着一阵剧烈的震动，盛世中华的"中国梦"展现在我的眼前：长2F火箭进入了群星闪耀的太空。我俯视地球，皑皑白雪，一望无际的蓝天，飞行器带着强劲的风，带着我们在这太空穿越时空隧道。隧道的另一头是被雪被覆盖的雪域高原，我如雄鹰一般掠过高原，我看见了布达拉宫，看见了桂林山水……我穿梭在祖国壮美的山水间，湖面溅起点点水花飞溅在我的脸上。待我睁开双眼，我已沿着绵延起伏的万里长城，飞到了大气磅礴的紫禁城。伴着一瓣瓣桃花的盛开，我又飞到烟雨江南那充满梦幻般色彩的乌镇。这里有小桥、流水、古巷，还有一阵阵的花香扑鼻。旋即，我又飞越到了北京的"盘古大观"。接下来，火箭又"咔咔咔"地飞翔到了鸟巢上空。在鸟巢上空，我俯视了一场激烈的足球比赛。这时，我又飞越到了上海的黄浦江畔，看到了高耸入云的东方明珠电视塔。沿着黄浦江江面，江花飞溅到我的脸上。我一阵惊喜。睁开眼，我已经飞到了香港的国际金融大楼，我看见香江上一簇簇礼花竞相绽放，绚丽了夜空。我又飞越到灯光璀璨的广州塔。广州塔的灯光不停地变幻着色彩，我从几百米高的广州塔顶尖上俯冲，俯冲到了杭州的三潭印月，俯冲到珠港澳大桥。我在东海宽广的海面上，看见壮观的中国航母编队正在海洋上巡弋。我飞到航母的甲板上方，有两架飞机此刻正从甲板上滑行起飞，冲进蓝天，飞越钓鱼岛，穿越海峡。鲜艳的五星红旗在海岛上高高飘扬，场内响起了热烈的掌声。这时，大厅里传来讲解员的声音，飞行已结束，大家下台阶请注意脚下安全。

虽然，飞行体验已结束，但我此刻仍然心潮澎湃。坐着飞行器翱翔天际，怎一个"爽"字了得。

数百年的南锣鼓巷正在焕发出勃勃生机，未来可期。我在南锣等你飞。

（作者为北京市东城作家协会会员）

279

东城生态环保蓬勃发展我自豪我舒畅

满韵章

一、当时叫环保办公室

2023年7月5日，我走进坐落在北京体育馆路旁边的新进驻的东城区生态环境保护局。那是一座5层高的崭新的大楼。已退休16年超过七旬的我，心潮澎湃，热血沸腾，像那蓄满水的十三陵水库，瞬间开启闸门，记忆的洪水喷涌而出，不容遏制……

我是在1985年加入崇文区环保事业的（当时叫崇文区政府环保办公室）。正是在那法华寺西街的红桥路口。那些年正是我国环保事业的大发展时期。在中央和北京市委的领导下，全市各企事业单位抽调和选拔了数百名人员。经过西郊四季青公社温室大棚四个月的培训，由环保局长江小珂及各位中国著名环保专家进行系统的有条理的讲课。传达了瑞典召开的世界环保大会，确定六五国际环保宣传日。《寂静的春天》这本书充分展示了不重视生态环保，将会使动物植物灭绝。人类本身不但失去了朋友，还会面临水、空气、土壤等资源的污染而不能生存繁衍。

最后经过严格的试卷考核，当时接受的年龄限制是35岁以下的，本人已38岁，考试成绩取得全市第一，被破格录取（宣武区化工厂的一位保卫科干部已经39岁也被录取了）。我是由房管局抽调来的，分配到崇文区环保监测站。

环保办是一个长十多米的小院儿，北边一排房做办公室。中间盖了个大棚分成几间屋子，是监测站化验和检测的地方。全局总共才30个人。

日常项目：大气：降尘缸，SO_2碱片法，烟气黑度仪，NO_x及CO自动采样器，尾气测试仪，试剂化验，COD，BOD5，高锰酸盐指数，护城河龙潭东湖中湖西湖观赏水体的检测，还有噪声测试仪，等等。

运输：一辆军用吉普车（北京212），运送降尘缸、取水样、蒸馏水，都是颠颠簸簸地在胡同里穿行，十分简陋。

我们监测站10个人，男同志带头出力气，女同志不甘示弱。

别的各位干部也都热情高昂，积极投入到各项工作中，整个办公室的氛围是团结一致有干劲勇往直前。

二、环保政策最权威

环保政策在中国称为国策，具有一票否决的地位。

在老前门大街上，噪声（空调及叫卖喇叭声）原来弥漫在道路两侧。我区环保部门及监测站只出动三次测量检查并开会告知，于是各单位空调上移，违规喇叭被没收。一下子，前门大街噪声污染和热污染就消失殆尽了。

还有一些厂子（比如珐琅厂）有电镀业务，被监测站查出污水处理率不达标。于是取缔电镀，把该业务都归到郊区某个指定单位加工，城市的污水走向了精准的科学净化。

以上这些都是老百姓能够见到能够感觉到的环境好处。

汽车尾气治理。一次在天坛南门进行集中监测，一下子聚集数千辆汽车，现场测试记录，发合格证及超标通知。全站检测人员艰苦迎战，有一位老同志被熏倒，住进了第四医院。汽车尾气被称为流动污染源。经过燃油更换及催化剂净化，才最终完成PM$_{2.5}$污染的降低，使空气质量提高，减少了呼吸道的污染，减少了肺癌的发生。

三、监测技术很精准

多年以来由于国际交往的频繁，要管理好市容和空气质量，每天都要进行污染事件查处。冬天燃煤锅炉有冒黑烟的现象发生，要全区发通知开大会。监测站要出动车辆到各个重点街巷用黑度仪测试烟筒口。根据烟气黑度级判定是否超标，两人一个小组，要带着仪器走街串巷。

还有普查食堂污水和各企业生产的污水，还有制药企业车间粉尘及各单位工业噪声问题。每天要用分贝仪去测量及打印数据，作为管理科的执法依据。夜间扰民噪声的测量是回应居民反映的一种政策性服务，我站几位女同志也是不辞辛苦积极参加……

每年7月上旬及8月下旬，还要配合防汛，进行河水流量检测。而且平时每季度都要在护城河及几个湖泊中采水样，并在实验室测出数据指标，上报市监测中心水室。

环保局局长对外都说环保局上管天下管地中间管空气。所以说，生态环保是生态保护的先行军和保护神。

监测站是用精密仪器精微的痕量数据报道的高技术化验部门。对每一项数据，水气声都凭借最新的国际测量仪器，现场现况地进行测量报出。随数据一起的还有质量控制、未知样考核的精密校正，如$PM_{2.5}$及COD、高锰酸盐指数等都可以在同等城市数据进行比对验证。

（我的实际感受是：过去穿白衬衣一天就要换一次，现在我试验穿一周才达到那样的污染。由此可以证明$PM_{2.5}$的减少，降低到2022年报道的日均30mg／nm^3优级的洁净效果。）

四、环保工作很忙碌

如开展的气态污染物降尘，SO_2（碱片）PM_{100}的测试，还开展了大规模地入厂企业单位测试汽车尾气。减少CH、氢气、CO、SO_2、NO_X的排放，及马路上交通流量和噪声等等的工作。

拆迁和建楼的工地噪声扰民的来访测试……

监测站每年都要报出数据成千上万组。

每年还要参加市里举办的新仪器、新设备的产地学习班。推广自动采样（比如测锅炉、烟气），常常两三个人一组到街道企事业内去现场采样测试。

监测站是环保局的瞭望哨，发现情况及时上报管理部门。

五、环保办公地点逐渐完善

以前北京市的四个区：崇文、宣武、东城、西城；现已合并成两个区：东城区、西城区。我们东城区由南北两片也合成一个统一的办公处所啦。

我们监测站又增添了原子吸收、气相色谱、电子荧光、质谱仪以外的新仪器——水气采样器及化验仪器，增加了车辆，检测化验实验室也更加科学方便快捷了。

新大楼共五层，人员在新的环境下正处在2023年新的发展的高光时刻。

汽车尾气有固定测试地点，在永定门执行光电遥测采样和进京路口设点巡查任务。保证了采样的密度。配合汽油燃油标准由6A转至今年7月1日的6B标准，那么CH、CO、NO_x的排放会更低。汽车是流动的污染源，对源头的治理，向来是环境治理的根本方法之一。

在去年冬奥会期间，有5000辆氢能汽车转入北京公交系统。它只有水的排放，没有污染物的排放，是最先进的。

20世纪70—80年代，锅炉里的烟粉尘及汽车SO_2、CO_2、CO、NO_x的排放使污染天气年年超标，而现今$PM^{2.5}$竟达到30mg／nm^3以下，晴天、甲级天占比近80%，真是特别大的改善。

市内公交车每年由燃油车转成电动车或无轨电车，使车辆的噪

284

声明显降低。但燃油车也会产生热污染。市政府每年都淘汰老旧燃油车，明显地去除了污染。2022年东城区宣布彻底去除了燃油锅炉，都已改造成了燃气锅炉，也彻底告别了重污染。

六、环保干部素质在提高

到环保局监测站工作素质是非常重要的。面对监测任务的众多，我在黄站长指导下，每天将站里的各项工作写到公示墙上。做到每人任务鲜明，心里有底儿。我上班后第一件事是翻看环保规程，那里有水气声等各项操作规范，不能稍有懈怠。其次到办公室去看《北京日报》及《中国环境报》，有时一个上午都要自我学习。

看《中国环境报》有深刻体会：

1.知道国家环保的各项宏观法规及宣传方向

2.关心水环境的总的情况及每年治理排污的进度

3.对煤烟型污染、燃煤及化工废气的治理政策及替代性发展方向

4.对水气声等测试化验仪器的研发进展方向等

5.环境污染对大气环流、水流湖泊江河及近海的污染的情况……

《中国环境报》上是环保部的大眼光大手笔。如，大气污染物的迁移规律都予以深入分析，对监测化验的研究改进都投入巨大的

力量。对三北防护林，对沙漠治理，对养畜牧业的围栏、饲养都有重要的研究启示。

以上都是我关注的课题。在1993年还自学资料，针对街头炸油饼小煤炉，对煤油烟净化处理，研发了《带有除油烟除尘装置的锅灶》，并获得国家专利，专利号ZL93209382.5。

还结合实际情况，自制了水体透明度检测盘，还负责铬酸洗液的配制及玻璃洗瓶的制作，分给大家使用。

七、天坛公园是北京市内环境清洁的对照点

环境清洁的评定需要设立对照点。市环保局决定把中轴线东边的天坛公园作为居民生活区的环境清洁度对照点。

市规划：在天坛公园附近不能盖超过四层楼高的建筑物，附近不能有重工业区和轻工业区的污染。公园周围均为快速公交道路，绿化覆盖率也达到60%多。在天坛公园长廊边的宰牲亭内设立空气采样点，监测 NO_x、SO_2、CO、CH。每季度监测一周，每天监测四个时间点，对环境质量的评级有巨大的意义。采用最先进的自动定时采样器，可作为环境质量评价的零度点（基本对照点）。

在采样间歇区（休息时），看到来自国内外的参观者。长廊上聚满了市内外的游人，他们唱歌跳舞，练武功，踢毽子，唱京剧评剧，聊天打扑克，下象棋，吹练中西乐器等，成为市民游乐的天堂。

我好几年都参加那里的测试，监测站为市里积累了近万组数据。为监测市里环境空气质量做了最充分的原始记录。

大家都爱到天坛来，既感受到传统历史的伟大，还感受到古树林内空气的清新。这样的环境是最佳的生活质量的标杆。

八、参加汇文中学的环境科普教育

在天坛东侧路，因校舍的改扩建，汇文中学临时在那里教学。区监测站在那里设置了交通干线空气监测点。我和王力今校长有了更多的接触。我1964年在汇文上高二年级时，王校长作为物理教师，我是他的物理课代表，因此比较熟。开办汇文分校（文汇中学）也是扩大汇文中学的影响。王校长虽已退下来，但还热切关心崇文的教育工作。

有位负责校外辅导的梅老师，邀请我参加校外辅导。让我讲讲环保大气采样及水质采样的讲座，受到课外组同学们的欢迎。增加了同学们对环保科学的理解，增强了学生树立远大理想的信心。

汇文是北京市中学教育的一面辉煌的旗帜，当年积极参加一二九运动，具有优良的革命传统。我作为一位校友，为母校的成长贡献了力量。

九、环境噪声监测

当夜幕降临，华灯初上，在十几座楼宇旁挖底槽的工地上，开来了一辆环境监测车。那是十来名监测站人员来测量施工噪声。他们要在楼房最远处、最近处、最高处，不同的地点、不同的层数，在窗外一米处（法定测量位）测量施工机械发出的综合噪声值（以测定扰民的程度）。以分贝数为依据，夜间是10点以后，45分贝；白天是55分贝（市噪声污染防治法限定值）。

为了切实保护市民享受安静环境的权利，监测站人员要亲自辛苦地忙上忙下地去测量以确定超标户数及人群的范围，并依此来确定对居民生态补偿的范围。

噪声处理是平常最忙和最亲民的工作。

花市街道针织五厂的锅炉噪声影响好多户，群众反映噪声扰民。管理科的同志告诉监测站去处理。我和梁工到现场用声级计测量确定影响两条胡同的住户，发现锅炉烟筒较细。上面的遮雨帽儿压得太低，鼓风机的烟气流的吹出就是噪声源。环保员反映给厂长，数天后派吊车卸下了烟囱，把伞帽儿向上接出30公分后测量，噪声就不扰民了，得到居民的赞扬。

还有锅炉烟灰扰民的事儿令人非常挠头。经我们组测量发现，是由于烟筒下口常年不掏灰，造成淤塞而吹散到空中造成的。让锅炉工掏了好几辆小车灰才解决问题。

环境监测人员是环保局的眼睛和哨兵，是最前方的侦察人员，他们的监测数据是环保政策执法的依据和证据。

十、空气和噪声污染最严重的那个春节

1980年以来市环保局决定对除夕夜进行污染及噪声测试。有各个市控子站及各定点的SO_2及NO_x、CO测试，1986年我区噪声测试点设在东唐街71号院门前。我负责仪器的操作和使用。那天我穿了件带风帽的毛里大衣，从夜里11点钟开始至凌晨1点结束。噪声仪连接220伏电源，准时开机。

那天人们都居家看电视除夕晚会，有稀稀拉拉的小孩后面跟着大人放小鞭炮或二踢脚。也有不少人们提着各式样的灯笼儿，走来走去看热闹。11点到零点以后，人们都蜂拥地走出家门，把大纸箱子采购来的各式炮仗都拿出来，成捆成排地在街上放。几十米长的东唐街鞭炮声此起彼伏，忽然有人抬来几盒土地雷（用泥土做底托儿，里面包着大威力的炸药），点燃后炮仗冲天，满地满街筒子，都是黄土烟又呛人又熏人又震耳膜。那一个瞬时，我看到是142分贝（比飞机起飞时的声音还大）。我当时全身背对着土地雷的方向，保护噪声仪器不被损坏，但也感觉震得后腰及肩膀发麻。虽然戴着口罩儿，但还能闻到浓浓的硝烟味，好几次都有站不住要晕倒的感觉。当时环保局的领导也赶过来支援我，他们也感到严重噪声污染的可怕了。

在以后几天的《北京日报》和《北京晚报》中报道了这一事件，说明烟花应该定点销售，不能生产违禁烟花的重要性（为这次测试我吃药调适了一星期才恢复健康）。

在天坛公园东侧路，沙子口路口等处设立大气采样点，对摸清交通干线汽车排放尾气污染的底数很重要。在大气采样器吸收液的吸附下，对尾气中的NO_x、SO_2、CO等测试非常重要，而减少对呼吸道的损伤对健康的保护非常必要。

十一、尾声

北京的永定河、潮白河、温榆河、护城河、凉水河、小龙河等经过河道治理、截污、污水集中净化排放，都使水体清洁量级有所提高。再加上每天打捞水面漂浮物，更使水环境得到大大改善。地下水位回复上升，使空气湿润，绿化植被生长旺盛，使居民的生活质量有了很大程度的提高。

环保管理部门、污水净化部门、环境监测部门、植树绿化部门在中央、北京市各级政府的领导下共同努力，显露出更能看得见的功效。

加强京津冀协同发展，恢复京杭大运河通航，北京带头治理北京段，天津和河北的跟进，再现京杭大运河的辉煌指日可待！

走在北京的街头上，常常发现这样的一幕：在汽车的洪流中，有的公共汽车还会发出隆隆声并会喷出红色的火花儿，那是少数还在烧汽油的内燃车。

北京公交系统每年都推出几千辆的氢能车和上万辆的新研制的电池汽车，还有数千辆的无轨电车。在不久的将来，公交系统会实现无燃油化，在2023年7月1日后还将实行汽车燃烧排放标准国6B（即实现第六阶段先进的燃气排放），使普通的燃油车尾气排放更环保，使北京的空气环境更上一个新的台阶：

①PM$_{2.5}$的值将达到30mg／nm^{3}及以下

②去除CH、CO、SO$_2$、NO$_x$等微颗粒数千吨

③噪声值也会减少10—20分贝

再加上每年上万亩的绿化植树及街头公园、绿地湿地公园的建设，更能进一步摆脱城市热岛的坏名声，使北京实现成为全国政治中心、文化中心、国际交往中心、科技创新中心，以及居民宜居的目标，使天更蓝，气更洁，空气更清新！

（作者为北京市东城作家协会会员）

旅居在故宫以东

杨　婷

也许是巧合，来京这些年，我住过的地方，都在故宫以东。想想，还真有点意思。

先是在王府井。那时候它还是全国最有名的一条步行街，除了北京百货大楼、新东安等，还有小吃一条街，傍晚就会开张，然后就人头攒动到深夜，那热闹的烟火气，真让人难忘。

先是住灯市口东头，后搬到西头，两个地方离工作的地方和常吃饭的一个饭店"蓝月亮"都不远。那几年在"蓝月亮"吃饭，喝酒，结交朋友，蓝棣之、芒克、梁小斌等，都不止一次来过这里。现在饭店已拆迁了。

再是南锣鼓巷。住在靠北口的一条胡同里，一个小院子。在那样一个寸土寸金的地方，有那样一个没怎么整理，但有树，有草，有花的院落，应该是我的福分。一些夜，很深了，一个人从外面回来，穿过安静的胡同，我甚至听得见自己的脚步声。那感觉，说不清楚，一个人，走着，而周围的灯光很深远，有些惘然，恍若隔世。怀念啊！

巷子两旁的胡同里，有中央戏剧学院老校和一些书店、酒吧。尤其是有的酒吧有歌手驻唱，边喝啤酒边听歌，那感觉棒极了。还有小剧场，曾在里面参加个诗会，看过演出。

再是美术馆后街。在那儿住得时间不长，但离中国美术馆很近，可以看一些展览，高兴或忧伤的时候，也可在里面喝点饮料，安静地坐着。

再是朝内大街，又一个小院子。这是一个在平房基础上改造而成的面积不大的小四合院，来玩过的朋友们都很喜欢。主要是有间厨房，可以自己做饭，如果哪位朋友露一手，也可以，带菜，或让我提前购买，都行。那院子里，几乎每天都有客人，春、夏、秋三季，可以在院子里摆上大圆桌，大家围坐，举杯畅饮，谈天说地，聊过往与未来，岂不快哉。

去过院子的朋友都会记得，它二楼是个露台，夏天的傍晚坐在上面，看夕阳一点点落下，四周的灯光一点点亮起来，心里什么都可以想，也可以什么都不想，就那样静静地看。

现在住在广渠门附近。公寓房，不大，但还算舒服。这些年，从王府井搬到南锣鼓巷，再搬到美术馆后街，再搬到朝内大街，再搬到广渠门，换了几个地，但都在东城区，二环以里。总觉得这才算是住在京城。

（作者为北京市东城作家协会会员）

胡同也是博物馆

刘永卫

　　我出生于1970年，小时候住红桥。从小就爱收集各种零零碎碎的东西，比如冰棍棍儿、小画片儿、石头子儿……从小就是语文好，算术差，不怕写作文。从小学高年级开始集邮，成年后收集门券。从收集门券喜欢上了文史。作为一名文学和文史爱好者，要聊东四的胡同，先看看"东四"这地名的由来。

　　一张站台票，带出东四牌楼。话说明朝永乐年间，在现东四大街路口修建了东西南北四座牌楼，这就是我们熟知的东四牌楼。

　　要说这东四牌楼该怎么断句呢？应该是"东，四牌楼"。后来东四牌楼拆除了，只留下了"东四"这个地名。

　　那有朋友要问了，西边的"西四"那个地名也是这么来的吗？恭喜你，答对了！

　　东四三条至东四八条的胡同肌理自元代形成，至今近乎完整保存，是北京旧城33片历史文化街区中为数不多的元代城市格局标本。

　　东四三条和东四四条为东西走向，东起朝阳门北小街，西止东

站台票，票面为东四牌楼

四北大街。两条胡同中间相通，各长约700米。

明朝属思诚坊，清朝属正白旗。这里为北京最古老的街区之一，距今已有750多年的历史。

东四三条是我市首条古树主题文化胡同，拥有20株百余年树龄的国家二级古槐树。饱经沧桑的古国槐枝繁叶茂，给胡同增添盎然生机。

东四三条的古国槐与胡同、四合院一起，成为北京一道独特的历史文化风景。

近几年，我经常在东四胡同采风，认识了爱讲胡同历史的李信老爷子，他就住在东四三条。

老爷子80多岁，身体硬朗，说话透着北京人的幽默风趣，有时候我也爱跟老爷子没大没小地逗几句。

这一天我约上老爷子，得让他好好给我讲讲东四胡同。

这不，一大早，老爷子就在东四三条等我了。

刚进三条西口，老爷子就指着路北的一座门楼跟我说："这院子可住过大官呀！"

东四三条　摄影：刘永卫

　　原来老爷子所说的大官是徐立清，他是中华人民共和国开国中将第一人，我军优秀的政工干部。他曾经让级别、让军衔、让职位，被人们称为"三让将军"，毛主席称他是我党我军的好干部、好同志。1950年，徐立清一家被安排住在东四三条79号。他几次跟管理部门商量，想把这个住处让给更需要的同志。徐立清还找到上级领导要求换房，当时的管理部门考虑到徐立清夫妇有3个孩子，再加上秘书、司机、警卫员，住房并不宽敞，没有同意徐立清换房的要求。

　　老爷子动情地说："我今年快90了，前年是党的100岁生日，我可激动了。我们党就是为人民办事的，党的干部大多数都是好样的。"

　　我也是一名党员，为老爷子这番话点赞。沿着东四三条往东走，老爷子的话匣子又打开了。

走到东四三条67号时，老爷子停下了脚步，给我讲起了往事。

现在的67号老门牌是27号，曾是清代格格王敏彤的家，她是末代皇后婉容的表妹，与住旁边的京剧名角孟小冬是好友，两人常有往来。

王敏彤身材高挑，眉清目秀，皮肤白皙，从小受到良好教育，举手投足落落大方，性格温婉，是真正的大家闺秀。她非常喜欢溥仪。话说1960年溥仪大赦，从皇帝变成了普通公民。王敏彤知道溥仪回到北京后非常高兴，在家设宴招待。谈话间王敏彤表达了对溥仪的爱慕之情，但溥仪着实不敢再娶一位满族官宦人家的女子为妻，便婉言谢绝。王敏彤终生未嫁，孤独终老。

东四三条旧门牌25、26号，便是孟小冬的家。孟小冬人称"冬皇"，提到孟小冬您肯定得想到梅兰芳。

1927年，经冯耿光等人撮合，孟小冬与梅兰芳在冯耿光府秘密结婚，婚后孟小冬离开舞台。1930年8月5日，因梅兰芳伯母（梅雨田妻子）去世，梅兰芳准备带孟小冬以儿媳身份为婆婆吊孝，却被梅兰芳妻子福芝芳阻拦。梅兰芳劝解俩人不成，只能请孟小冬的舅父将孟小冬劝回。孟小冬因此事与梅兰芳失和，离开北京，回到天津。1931年7月，孟小冬正式提出与梅兰芳分手，脱离家庭关系。1933年9月，孟小冬在天津《大公报》发表紧急启事，说明其与梅兰芳的关系，连载3天，随后重返舞台。

1938年10月，在北京泰丰楼，孟小冬正式拜余叔岩为师。自从拜余叔岩为师后，孟小冬每天下午在家吊嗓子，吃过晚饭便从东四三条出发，到宣武门外椿树头条余府学戏，就这样持续了5年。1950年，孟小冬正式嫁给杜月笙。1977年5月，孟小冬病逝于台北。

老爷子讲故事讲得绘声绘色，一下把我带入时空隧道。老爷子讲得口干舌燥，我提议找地方坐坐，喝口茶。"甭找地儿了，我家就在东边不远，几步就到了，家里茉莉花儿茶都沏好了。"老爷子这么一说，我自然是恭敬不如从命。

老爷子住在东四三条35号，院门口的标识上显示，这里是北京市东城区普查登记文物——车郡王府建筑遗存。

车郡王府为广亮大门，门簪四颗为花卉图案，门口一对抱鼓石分列左右，鼓面上雕刻"有凤来仪"吉祥图案。门外八字影壁仅存其一，大门对面曾有影壁一座，现无存。

入门一进院有倒座房11间，其中大门占一间。进入二进院经过垂花门一座，门上木雕精美但彩绘均已破旧开裂。

垂花门的门墩为箱型，石刻图案为"鱼化龙"。"鱼化龙"是中国传统寓意纹样，鱼变成龙，喻金榜题名。

第二进院正房三间，东西厢房各三间，其间有抄手游廊连接。老爷子就住在第二进院靠东头的正房，到了自己的地盘，老爷子更是如数家珍。

老爷子1975年搬进这个院子。他告诉我，新中国成立初期这里是文化部对外文化委员会的办公地点。二进院的正房当时是会议室，周恩来总理曾经在此接见越南总理范文同。

老爷子还神秘地跟我说，他家有宝贝——正房天花板上五爪龙

东四三条35号及大门门墩　摄影：刘永卫

纹彩绘。老爷子刚搬进来的时候，屋顶上糊着顶棚，后来打扫卫生，撕掉顶棚上的糊纸，五爪金龙才得以显现。

自从发现了五爪金龙，老爷子就给家人宣布了两项规矩：第一，不许在正房里做饭；第二，不许在屋里抽烟。经过全家人的精心呵护，目前彩绘保存良好。

老爷子讲到这，我不禁插嘴问："这车郡王是什么人，他怎么敢用五爪金龙呢？"

老爷子喝了一口茶，向我娓娓道来这尘封历史。

当年为了团结蒙古部族，清廷与其联姻。雍正皇帝将自己的养女和硕和惠公主嫁给了这个部族的首领。和硕和惠公主的生父是怡亲王胤祥，为此怡亲王特将一所宅院作为陪嫁赠予了女儿，这便是今天的车郡王府。

万没想到，和惠公主夫妇均早逝，孩子被乾隆皇帝在内廷教养，并封给他郡王爵位。从此这一支族人便在北京落地生根，直到清末，爵位传到了车林巴布，这座蒙古王府就被称为车郡王府。

再说天花板上五爪龙纹彩绘，按照历代宫廷的规矩来说，一个郡王即使是驸马也不能使用五爪龙纹，除非是御赐。

老爷子讲的这大段历史，我听着有点晕，回去还得求助度娘消化吸收。

老爷子还请人把家里天花板上的彩绘拍照，并打印装订成册，经常给过路人宣讲历史。要是赶上小朋友胡同游学，老爷子不但讲王府历史，还会邀请小朋友去家里观赏天花板彩绘，老爷子的老伴也特支持，从不嫌烦。

东四三条35号门口，李信老人（右二）给小朋友讲车郡王府的历史

摄影：刘永卫

我们来到第三进院。第三进院落空间最大，正房为五间。老爷子告诉我，第四进院的后罩房已经不是原来的建筑，早先整个府邸还有东跨院，是花园，早就没了。

抄手游廊已改建成住房，原建筑三进院西侧开一旁门，后来四进院西侧也开了旁门。

老爷子从四进院的旁门带我走了出来。出门就到了东四四条，一座宅子跨两条胡同，真是让人惊叹。

在院子的西墙外，老爷子指着院墙下部的砖说："你看这砖都是城砖，就是一般的官宦人家也不敢用啊。"

到了东四四条，老爷子说带我看点特别的玩意儿。

边走边聊，和老爷子闲谈中得知，老爷子退休于北京飞宇微电子厂，有俩儿子、俩闺女。

说话间来到东四四条81号，老爷子用手一指，让我好好端详这门墩。

门墩一般常见的是抱鼓型和箱型，这六棱型的门墩真是少见。

正看门墩呢，有骑着载客三轮车胡同游的，导游和游客说："这抱鼓型的门墩是武官家使用，因为它像一面战鼓；箱型的门墩是文官家使用，因为它像一只书箱。"

老爷子对我说："这人说的根本不靠谱，我真想问问他，这六棱型门墩是什么人家用的呢？"

听老爷子这么一说，我也觉得确实该辟谣了，门墩的形状与家庭背景没关系。

其实门墩只是门枕石露在门外边的一部分，门枕石中间的一个槽用于支撑门框，门内的一个槽插入门轴。简单说，门墩是门枕石的装饰部分，固定门槛和门轴才是它真正的作用。

老爷子说得起劲，我听得认真。东四三条79号就在我们面前了，老爷子这回要考考我，指着门簪上边第二层砖雕问我，这层砖雕是什么寓意。

砖雕的寓意我是知道一点，大多是吉祥动物或植物图案，总的来说都是祝福生活美好。

砖雕也有用博古图的，博古图就是把文房四宝等雅器图案纳入其中，有博古通今、崇尚儒雅之寓意。

这门簪上的第二层砖雕给我看得一头雾水，赶紧向老爷子请教。

老爷子拿出了这张图，指着上面的人物问我："这些人你都认识吗？"我一看这是送分题，迫不及待地回答："我认识，这不是八仙吗？我还去过蓬莱阁呢。"

老爷子也不理我，又拿出一张图，跟我说："这些是八仙使用的法器，你对照门簪上第二层砖雕，看看能不能找到这些家伙什儿。"

我伸长了脖子踮着脚看，每一件法器都在砖雕上找到了。

老爷子幽默地说："小子，别人我不告诉，你得记住了，只出现八仙法器，不出现人物的，这叫'暗八仙'。"

我恍然大悟，真是开眼。想着和老爷子逗逗咳嗽，我一本正经地问："那出现八仙人物形象的，是不是叫'明八仙'呀？"

老爷子看都不看我，扔出一句话："你就贫吧！"

老爷子带我逛了一上午了，东四胡同博物馆是今天的最后一站。

东四胡同博物馆二进院的垂花门　摄影：刘永卫

东四胡同博物馆大门　摄影：刘永卫

东四胡同博物馆的纪念章　摄影：刘永卫

东四胡同博物馆的三进院　摄影：刘永卫

博物馆位于东四四条77号，主体建筑于1940年左右建成，以前这里是东四派出所，是典型的三进四合院。

进博物馆大门，一进院有影壁，影壁上雕刻着五只蝙蝠围绕着中间的"福"字，意为"五福吉祥"。

最吸引我的是院里有盖章的，总去公园和文博场所，这几年盖了不少纪念章。

一进院倒座是图片展，展览介绍了东四地区的历史和曾经居住在东四的名人。

穿过垂花门到二进院，红色的回廊旁栽种着石榴树，缸中几尾金鱼在水中游弋，让人想起北京小院的"天棚鱼缸石榴树，先生肥狗胖丫头"。可别说，我拍照时正好有仨丫头看金鱼呢。

二进院正房滚动播放博物馆修缮和东四地区历史的纪录片，老爷子也在视频中露脸儿。

三进院有正房和厢房，院子正中安放着直径近1米的不锈钢金属球。现代雕塑放置在四合院里，传统与时尚在这里碰撞。

老爷子跟我说："这胡同博物馆就是我们这块的文化会客厅，老街坊们有事没事的都爱到这来，观展、看书、聊天，这是政府给老百姓办的一件大好事。"

老爷子说的，就是普通百姓的心声。习近平总书记指出，文化是一个国家、一个民族的灵魂。

文化自信使中华民族伟大复兴的中国梦具有深厚的历史底蕴和强大的前进动力，激发中国人民为实现中华民族伟大复兴的中国梦而不懈奋斗。

这一上午的时间过得可真快，老爷子80多岁的人了，精神头还挺足。

我握住老爷子的手说："今天辛苦您了，跟您学到了不少知识。还有，就是我那杯茉莉花茶还酽着呢，倒了怪可惜的。"

老爷子看着我微微一笑："你小子憋什么坏，我都知道。你大姨中午做炸酱面，麻利儿的，跟我一块堆儿回家吃饭去。"

（作者为北京市东城作家协会会员）

后　记

杨建业

　　已经编写出版10多年的"东城故事"系列丛书，延续着每年一个重大主题的传统，记录时代发展，传承人文情怀。东城作家协会三分之一多的会员是中国作家协会会员和北京作家协会会员，他们视野广博、触角深邃，但每年参与系列丛书的撰写时，都会和东城"原住民"作协会员一样的感受，那就是身处东城区这片热土真是一种幸运。这里日新月异的面貌，给作家们提供了取之不尽的创作资源。都说妙笔生花，其实，东城区这块文章来源的土地本身就是一片让人垂涎欲滴的巨大花海。万蕊争艳，四季芬芳。

　　2023年的"东城故事"所写内容所以选择"故宫以东"，一是"借势"，再是"亮剑"。

　　"借势"自然是借助故宫名声之大、之响、之亮。故宫是位于东城区域内的世界文化遗产，全球闻名。近年来它推出一系列的文创产品和众多的传统与时尚交融的活动，使之声势更大、影响更广、效益更佳。习总书记在前不久召开的文化传承座谈会上发表重要讲话强调，在新的起点上继续推动文化繁荣、建设文化强国、建设中华民族现代文明，是我们在新时代新的文化使命。博物馆活起来，故宫就是一个很好的范例。故宫使熟悉中华民族文化的人与可能不那么熟悉中华传统文化的人，都找到了共同的路径。此时说起故宫，可说几乎是天下无人不晓。

东城区要做大做强文化旅游市场，自然要借助故宫这块金字招牌，"故宫以东"成为东城重点推广的文旅品牌。这4个字先出自旅游，后文化与旅游两个政府管理部门合并后，便成为东城区域内文旅资源共同发展的一面旗帜。东城区历史文脉源远流长，新兴产业聚集成阵地，每年申报加入"故宫以东"矩阵的企业逐年增多。作为一名文化工作者，我在东城区工作多年，目睹了"故宫以东"孵化、生长、逐渐成熟，虽然不是直接参与者，但也闻晓其间很多曲折、艰辛与跨越、雀跃的感人故事。在东城区文联和东城作家协会组织2023年"东城故事"选题时，我觉得可以适时"亮剑"，给社会大众分享"故宫以东"收获成果的时候了。习近平总书记要求我们，要坚定文化自信、担当使命、奋发有为，共同努力创造属于我们这个时代的新文化，建设中华民族现代文明。东城区的文旅人正踔厉奋发、砥砺前行。

每年一本的"东城故事"紧贴时代脉动，这里面有生动的故事，有鲜活的人物。东城区文联和东城作家协会在组织采访、撰写"东城故事"的文稿时，特别强调作者对第一手材料的运用。《故宫以东的律动——2023东城故事》的稿件，有来自作者第一线的采访，也有作者本人就是"故宫以东"某项工作的具体策划组织者，还有一些作者就是生活在东城区域内，时刻感受着"故宫以东"文旅矩阵带给他们的巨大变化，正在乐享着"故宫以东"给予的无限美好。多方高手凝心聚力，荟萃为一篇篇美文，分享给读者。

文，可以言志。文，可以抒情。这些都无法掩饰其具有的众多的实用功能。这是个信息高度发展的时代。世界那么大，每个准备奔向目标的人，都会做做"攻略"。避免自己踩坑，同时觅得最心仪的打卡点。东城区位于北京市核心区，拥有众多的文化遗产和传统打卡地。近年来，围绕"一轴、两区、五带、五城"，又推出了众多新举措、新景观、新玩法。要做奔赴新东城的准备，《故宫以东的律动——2023东城故事》无疑是最新、最直观、最感性的一本攻略。我希望这本书拿到读者手上时，既可以当作下午茶时的手办，消遣闲暇的时光；更可以成为你开始一段新行程的导引。不论是打开书页还是合上书页，书中呈现的那个地方，让你心心念念、夜不能寐，终至纵身奔赴。

这就是"故宫以东"。

期待着和每一位拿到这本书的读者在这里相会。

图书在版编目（CIP）数据

故宫以东的律动：2023东城故事／韩小蕙，杨建业编 . -- 北京：作家出版社，2023.12

ISBN 978-7-5212-2624-9

Ⅰ．①故⋯ Ⅱ．①韩⋯ ②杨⋯ Ⅲ．①散文集－中国－当代 Ⅳ．①I267

中国国家版本馆CIP数据核字（2023）第227307号

故宫以东的律动：2023东城故事

主　　编：韩小蕙　杨建业
封面书法：郭宝庆
封面图片：龚小雅
责任编辑：宋辰辰
装帧设计：意匠文化·丁奔亮
出版发行：作家出版社有限公司
社　　址：北京农展馆南里10号　　邮　　编：100125
电话传真：86-10-65067186（发行中心及邮购部）
　　　　　 86-10-65004079（总编室）
E-mail:zuojia@zuojia.net.cn
http://www.zuojiachubanshe.com
印　　刷：河北京平诚乾印刷有限公司
成品尺寸：152×230
字　　数：213千
印　　张：20
版　　次：2023年12月第1版
印　　次：2023年12月第1次印刷
ISBN　978-7-5212-2624-9
定　　价：52.00元
